U0109891

青年族群

對傳統戲曲

「京劇」的觀賞行為

◎楊雲玉 著

自　序

　　「京劇的美，在於劇中人物的聲腔與情緒相契合的霎那間的沈醉。」這也許是筆者較個人的感觸與體驗，卻也是長久以來筆者無法忘情於京劇的因由。

　　與京劇的因緣，溯自就讀復興劇校之前；小小年紀不喜陳蘭麗的「葡萄成熟時」，卻喜哼唱譚鑫培的《武家坡》、馬連良的《甘露寺》，之後便一頭栽進京劇十餘年。此期間，可能是筆者吹毛求疵的個性使然，一直在身高的困擾中無法自拔，儘管在其他唱念作打方面表現優異，仍抱持著無法完美的在京劇舞台上呈現瀟灑帥氣的遺憾。

　　文化大學國劇組三年級時，因汪其楣教授的引領，認識了現代劇場，發現了另一種沒有身高困擾的戲劇領域而興奮莫名，因此，背負著對京劇的情感卻轉身向現代劇場尋找表演藝術的「第二春」。

　　文化大學畢業後，經汪其楣教授的推薦至雲門舞集任職行政工作。記得在 1985 年夏天，筆者隨雲門巡演至新竹，遇見學長吳興國，他提及將組一個另類京劇團，搬演結合現代劇場的創新京劇，筆者當時非常興奮的表示早有相同的看法與企圖，因此相邀未來共事之舉。後來，可能某些因緣際會錯過了，筆者沒能參與「當代傳奇劇場」的風雲盛事，但滿懷的祝福遠超過遺憾。

　　在現代劇場的表演藝術相關職場工作十年後，為跳脫工作瓶頸赴美研修表演藝術。返國後，如願以償的投入自幼即有的願望——教職。

　　雖然十年來皆任教於現代劇場藝術的領域（前國立國光藝術戲劇學校之劇場藝術科，現已升格為國立臺灣戲曲學院劇場藝術學系)，但仍能在同一個校區內聽見小學弟妹們的唱腔練習；或看見他們演練身段，總不禁反覆思考著京劇及傳統戲曲的何去何從？心想，京劇的美，只是一時被遺忘，需要同好者共同努力奔走宣告「京劇之美的再生」，透過每一種可能，讓未接觸過或曾經接觸過京劇的人，不斷的走進劇場與劇中人物一起沈醉！

　　幸好，這條路還不太寂寞，還有臺灣戲曲學院京劇團、國光劇團、當代傳奇劇場、台北新劇團……的演員們及愛好戲曲之專家學者們，也有未忘情京劇的觀眾們一起關心著、陪同著……

因此，在夜深人靜時，或一個人開車在高速公路飛馳時，哼唱著《武家坡》、《甘露寺》或《珠簾寨》、《空城計》的唱腔，總不自覺的愈唱愈大聲、愈唱愈激昂起來……

「我本是——臥龍崗——散淡的人——」

近二、三年來國內之戲曲文化研究著作頗豐。尤其 2005 年 10 月由曾永義教授總策劃、國家出版社印行之『國家戲曲研究叢書』（目前已出版兩輯 12 本著作）令人矚目，內容收錄兩岸戲曲研究專家、學者之精闢論述，為戲曲研究之重要文獻。另外，2006 年 3 月底由吳靜吉博士計劃主持、文建會出版《2004 文化統計》，彙整 1994 年至 2004 年之文化建設相關工作，將抽象之文化予以量化，提供各界規劃和研究文化活動參考指標。

本文雖曾於 2005 年 12 月初版，但仍有諸多論析未明與漏失之處，有待謹慎修正。因初版付梓之時，『國家戲曲研究叢書』及《2004 文化統計》皆尚未問世，筆者未及拜讀各前輩、學者專論，亦缺國內文化事務相關資料之對照，錯失修正與豐富本文不足之良機。因此，決定增修再版。

因教學與行政業務繁瑣，加上各個畢業製作之編導演等工作費時，致使本研究修正延宕，不免耿懷難安。終於歷時兩年多的反覆修撰補正，前輩學者專書論述的確給予筆者相當多研究參考之助力。今二次出版，筆者自知本文於學術研究及分析上仍有不足，將會持續發現剖析與論述之必要，就如一齣戲，完成之後也會一直有值得編導修整之空間。斗膽將拙作匆促再版，乃因目前類似之問卷調查分析文獻較少，本文或可儘早提供相關之調查研究些許參考價值，以保持本調查分析之時效性。若本文有幸能於京劇藝術及其他傳統戲曲藝術之未來創作及研究推廣上有參考與對照之幫助，則是筆者之意外驚喜也。

本文是筆者對京劇之美的研究開端，誠心期望能表達京劇之美或有助於京劇未來發展的萬分之一。因筆者出身於京劇表演藝術，後從事現代劇場之教學亦從京劇藝術汲取養成訓練之優點與表演技術，憂心於當代京劇所面臨之困境，實是自然的情感和必然的反應。本文再次付印僅代表筆者在戲曲推廣研究的一小步，日後筆者必將在戲曲研究及推廣上持續努力與補述，為戲曲發揚與延續盡綿薄之力。

最後，感謝曾永義老師及文建會柯基良主任秘書的鼓勵，國立台灣戲曲學院鄭榮興校長及李殿魁老師的提拔，以及蘇桂枝小姐、漢樂逸 Lloyd Haft 先生、呂謙先生、李曉蕾小姐及諸多師長、朋友提供寶貴資料與意見，廖郁婷小姐的協助，在此特別致上十二萬分的謝意。

楊雲玉

謹識於

國立臺灣戲曲學院

目　次

表目次

圖目次

第壹章 緒 論

第一節 研究背景與動機

一、時代變遷對傳統戲曲及京劇演出觀賞之影響

　　台灣多年來經濟、貿易極速成長與變化，科技資訊日新月異，網路、電子媒體突飛猛進，造成時代與社會架構快速的變遷，國民的文化藝術水準遭遇挑戰，社會價值觀亦未能禁得起考驗，甚至國民娛樂的習慣也跟著大幅度改變。為了因應時代趨勢與價值觀的驟變，導致知識教育重於生活教育，終而形成今日以金錢衡量成就，而非重視精神生活之社會形態等諸多原因，相對影響傳統文化藝術產業的延續與推廣，傳統戲曲等表演藝術的保存與發揚自然接著顯現出困境。

　　臺灣社會大眾文化受到「西化」影響已久，尤其近十年來，更颳起一陣陣日風、韓風等流行文化，臺灣社會大眾多寧受其支配，加上影視媒體的強勢導引，日見臺灣社會迷信高價位、世界名牌的「拜物文化」，因此將傳統戲曲視為「包袱」的籠統印象下，其推展更形困難重重。欣賞人口的汰換始終未能趕上新舊世代的交替，又有科技媒體傾銷式的衝擊，講究立即效果的流行文化凌駕在各藝文活動上，造成傳統戲曲等表演藝術的市場快速萎縮實在令人婉惜，尤其雄霸劇壇兩百餘年的京劇，正值創新與再造之瓶頸，本已施展困難又再面對許多自國外引進的各類型表演團體與炫麗的演出節目，於觀眾性喜新奇及其不同文化的強勢吸引的對立下，尤難挽回京劇漸漸邁入沒落之途。

二、不容忽視的傳統戲曲中京劇之藝術性與重要性

　　我國傳統戲曲與古希臘戲劇、印度梵劇並列為世界古老的戲劇文化。古希臘戲劇與印度梵劇早已年久失傳，我國傳統戲曲則為碩果僅存的文化瑰寶，仍活躍於當代世界劇壇上。以京劇為代表的我國傳統戲曲，其獨特的民族風格及藝術形式豐富人類之藝術寶庫。京劇，歷史悠久，以聲腔溯源；其歷經數百年錘鍊演變，涵蓋豐富；集文學、音樂、

美術、舞蹈等多元藝術，並因其內容、形式、風格皆精緻完整而在傳統戲曲中高踞劇壇
寶座，無能出其右者。就文化藝術價值而言，傳統戲曲最能呈現一個民族的文化涵養與
藝術品味。不論東西方國家，在探究每個民族的文化內涵，進而推衍各民族的文化藝術
特質與精神品貌時，皆重視其傳統戲劇藝術的保存與影響。二十世紀初，即有許多首次
接觸京劇的西方國家之哲人與戲劇學家尤其推崇東方戲劇，並且受到京劇藝術影響而改
編京劇劇本以體驗傳統京劇精神內涵。二十世紀末，興起以異國文化所產生的戲劇形
式、表演訓練、劇場風格來豐富自己作品的「文化交流劇場」，更引起多國的戲劇家專
研京劇藝術且將京劇劇場的表演形式融入其劇場或創作中。

　　反觀台灣近十多年來，在政府單位全力打拼經濟成長的前提下，文化藝術的塊面顯
然失去焦點，偶有見力圖振作之姿，卻未見力挽狂瀾之勢，京劇尤其首當其衝，先是逐
漸刪減甚至停止的電視京劇轉播，然後撤除國軍京劇團隊的京劇競賽與勞軍，至國內公
屬京劇團一再縮編整頓為僅存的「國光劇團」與國立臺灣戲曲學院所屬的「國立臺灣戲
曲學院京劇團」，部分民營劇團更因經費、人事及表演場地拮据而暫停營運或漸漸銷聲
匿跡者，如「雅音小集」、「盛蘭國劇團」等，致使京劇的推展因缺乏演出平台更顯弱
勢與無力。

三、傳統與現代相生相合才能豐富未來

　　正如文化藝術學者余秋雨在其專著《藝術創造工程》第四章〈宏觀的創造〉中談「創
造傳統」所說：

　　「正因為藝術的歷史是一個層層累積的動態過程，所以，一切有價值的創造都是傳
統的延承，都是傳統的再創造……傳統與現代並不嚴格對峙，尋根意識和當代意識並不
嚴格對峙……」（余秋雨，1990，p307-310）。

　　他更進一步指出延續傳統的重要：

　　「延續傳統，不是靠已有文化的擁堆而成，不是從藝術遺產中抽繹精華拼接而得，
而只能靠沉澱著傳統文化精神的現代藝術家的生氣勃勃的個人創造」（余秋雨，1990，
p312-313）。

　　我們可以確信，由傳統過渡到現代並非截然的切斷，而是一種文化的流程與社會的
過程，今日的「新創」有可能成為明日的「傳統」。就文化藝術層面與精神內涵來說，
傳統與現代應是互相衍生互相融合，才能匯集浩瀚的文化江流於未來，傳統京劇藝術何
以不能創造現代劇場的豐盈？

　　近年來，有部分的京劇團體力圖振作，推出改編外國劇作或自創新戲；又或製作精緻老戲、新老戲，將現代劇場觀念運用到京劇舞台上，確實吸引不少青年族群前往觀賞；其中民營劇團如「當代傳奇劇場」數次應邀參加國外藝術節展演，得到國內外交相肯定；「台北新劇團」的「新老戲」系列及傳統與新編戲曲的國內外巡迴演出亦得到熱烈迴響；加上「國立國光劇團」及「國立臺灣戲曲學院京劇團」致力於新戲創作及巡迴推廣，顯然將再創造京劇新生命。

　　因此，傳統與現代沒有藩籬，如何在深具文化特質的京劇藝術上保持觀眾的注目與持續的興趣，才不致造成剛點燃的京劇藝術火花又將熄滅成為灰燼的懊惱？適足以讓人思考。

四、京劇藝術之深耕以青年族群的觀眾為直接導向

　　任何表演藝術是因為觀眾而演出；劇場是因為觀眾而存在。在探討京劇藝術之深耕的議題時，青年演員將直接承負絕對的發揚與傳承之責，欣賞人口之新舊世代汰換亦以青年族群的觀眾為直接導向。一般而言，目前年屆 45 至 75 歲以上之中老年人較多觀賞京劇演出之經驗，其所喜好之劇種亦較穩定。45 歲以下之青年族群參與戲劇藝術觀賞的內容則較多變，普遍來說仍具可塑性。因此，經由青年族群的欣賞人口之京劇演出觀賞行為等調查統計與分析，以瞭解青年族群對傳統戲曲京劇演出的觀賞模式。觀察其欣賞人口之統計變項與京劇演出之觀賞方式、目的、意願、性向等之間的差異與變化，透過其欣賞人口之統計變項在京劇觀賞時所專注的編導方向、表演的內容或舞台的畫面呈現，以探討京劇藝術對現在的青年族群之吸引力為何，以便做為未來京劇藝術推展的參考與對照。

五、青年族群之觀眾對擴展觀眾人口深具潛力

　　本研究以青年族群進行京劇演出觀賞行為之調查分析，另一原因是青年族群為社會中堅份子，其社交需求最廣泛，社會活動力最強，也是最具理解力與消費能力的群體。青年族群的觀眾往上延伸則擴及其父母輩之中老年群體；往下延展可濡染子女輩的青少年族群。因此，青年族群的觀眾人口擴展空間較寬廣，影響較深遠，顯示青年族群對京劇演出觀賞行為所提供研究資訊的重要性，對京劇發展深具研究分析價值。

六、京劇觀賞行為研究可提供更廣泛之參考與對照

　　本研究雖以京劇為主題，但因與其他傳統戲曲之表演內容非常相近，除語言發音與唱腔不同外，表演形式與舞台呈現幾近雷同。因傳統戲曲之宏觀體系（近千年來逐步發展而成的戲曲體系）使各地方戲曲因歷史的凝聚而有其相容性與對照，本研究問題雖以「京劇」為研究對象，但相關調查非僅專屬於單一劇種，亦等同於其他地方傳統戲曲之重要課題，本研究調查分析所顯示之依據，對於其他相關傳統戲曲之團體，亦可提供參考與對照。

　　另外，一般以觀察方式或是文獻分析的方法有許多學者完成研究，本研究則採取問卷調查方式，配合統計軟體之應用與分析，以數據論證。對於往後一般觀察或是訪談等方式之調查，亦可藉由本研究數據與統計結果分析之根據，加以佐證與提供相關研究討論之資料運用。

　　本研究基於青年族群對京劇觀賞之行為觀點進行調查研究與探討分析，乃期望為傳統戲曲之未來盡一分棉薄之力，或可提供教育單位、政府相關部門及相關之民營或法人等團體，未來在推動京劇及其他傳統戲曲之展演及活動之參考，根據本研究之觀賞行為調查所提供之意見，研擬對於一般觀眾群之推廣策略，期望可達事半功倍之效。

第二節　研究目的

　　依據研究動機敘述，本研究具體研究目的如下：

一、從傳統戲曲京劇演出及京劇舞台藝術等觀賞之理論，探討台灣青年族群觀賞人口統計變項之不同資料的相關性，包括性別、年齡、教育程度、個人月收入（含打工或每月零用金）、職業與居住地區等資料。

二、瞭解傳統戲曲京劇演出觀賞行為因素之間的關係。

三、探討台灣青年族群之性別等人口統計變項在傳統戲曲京劇演出觀賞行為因素之間的差異。

四、分析台灣青年族群不同人口統計變項（年齡、教育程度、個人月收入、職業與居住地區）在傳統戲曲京劇演出觀賞行為因素之間交互作用的影響。

第三節　研究範圍與限制

一、本研究範圍以 2005 年台灣地區青年族群為研究對象，以便利抽樣法調查台灣
北部、中部、南部與東部地區年滿 18 歲足歲至 45 歲以下之青年族群，探討
傳統戲曲京劇演出觀賞行為之關係，各項自變數分別在傳統戲曲京劇演出觀
賞行為因素之差異與交互作用的影響狀況。

二、傳統戲曲之表演藝術有許多種，本研究僅針對京劇演出觀賞行為調查，無法
包括所有傳統戲曲之表演藝術。

三、本研究僅針對台灣青年族群對傳統戲曲京劇演出觀賞行為進行研究，由於設
計許多問卷題項，僅假設台灣青年族群曾經看過報章雜誌、電視、電影、電
子媒體或是實際在劇場觀賞京劇，探討其京劇演出觀賞行為因素之關係，至
於觀賞其他傳統戲曲任何活動並未列入本研究。

四、本研究僅針對台灣地區青年族群進行研究，對於未年滿 18 足歲以及年齡在 45
歲又 1 天以上之民眾並未列為研究對象。

五、問卷填答者是否皆能誠實回答問卷，無法精準測量得知，本研究以回收之有
效問卷進行分析。

六、便利抽樣方式抽取台灣地區青年族群進行研究，樣本代表性較弱（與全國青
年族群人數相較，本研究問卷調查分析樣本僅 1600 份，故代表較弱）。

七、對於因台灣不同地區青年族群可前往參觀或使用之軟、硬體資源與限制條件
部份，並未予以深入討論。

第四節 研究流程

一、研究流程

　　研究流程係指研究進行之步驟與順序，自研究動機中轉化出研究目的之後，進行蒐集與彙整以往相關文獻工作，之後確立研究架構並依據研究變項間可能產生的關係，接著設計收集研究資料用之問卷。

二、收集研究資料

　　在正式收集研究資料之前，尚需經過預試的過程，依據預試的結果調整問卷的設計，之後進行問卷調查以收集研究資料，在經過資料整理與施以統計分析之後提出傳統戲曲京劇演出觀賞之結論，最後對研究成果作一總結與建議。

三、研究流程圖

　　本研究之研究流程如圖1-1所示：

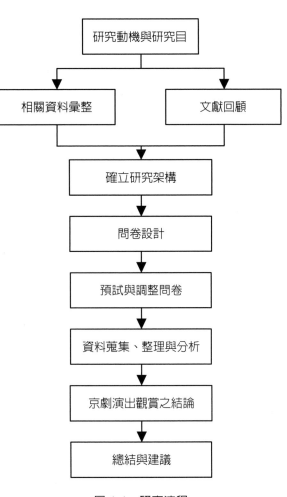

圖 1-1　研究流程

第五節　名詞解釋

一、青年族群

　　青年期是針對青年的生理、年齡和社會民俗認可的標準而定。依人體生理發育過程劃分，青年期始於男、女的性成熟期。由於時代、民族、國家和法律類別的不同，青年期年齡界線的規定也不一致（張菁芬、王文瑛，2003，p.2），迄今尚無統一標準。

　　我國現行之「兒童及少年福利法」（92 年公布）中第二條指明，「本法所稱兒童及少年，指未滿十八歲之人；所稱兒童，指未滿十二歲之人；所稱少年，指十二歲以上未滿十八歲之人」（全國法規資料庫網站，2007），因此「青年」應指 18 歲以上之人。另，行政院青年輔導委員會於民國八十七年修正核定的「行政院青年輔導委員會輔導青年參與志願服務計畫」中，將青年界定為年滿 18 歲至未滿 45 歲之在學或社會青年。以此可見，18 歲以上則進入「青年」，為青年年齡之下限；而上限則應為 45 歲以下。

　　本研究所指之青年族群，即以其生理成熟且具工作能力（含在學打工者）之 18 歲至未滿 45 歲之「青年族群」為研究對象。

二、傳統戲曲

　　我國傳統戲曲淵遠流長，已知的戲曲已經遠超過三百六十多種劇種（不含偶戲）。戲劇史學家王國維在《戲曲考原》中謂：「戲曲者，謂合歌舞演故事也」。以此作為我國傳統戲曲之定義最為簡單明瞭。傳統戲曲的表演方式以歌舞為主，目前在台灣較常見之傳統戲曲有：京劇、崑曲、豫劇，以及歌仔戲、客家戲及布袋戲、傀儡戲、皮影戲等都屬於台灣民眾所熟悉的傳統戲曲。本研究所指傳統戲曲乃針對目前台灣較常見之傳統戲曲為定義而論述之。

三、京劇

　　清乾隆五十五年（1790）四大徽班（四喜、三慶、春台、和春）為高宗八旬大壽進京祝壽演出，以徽（徽調二黃）、漢兩腔吸收崑、弋、京、秦的特長，亂彈競奏，因此徽班在北京倍受歡迎。後西皮調（秦腔變襄陽調）與二黃合奏（稱楚調）謂「皮黃戲」（以二黃、西皮為主，另以崑曲、花部諸腔為輔的劇種），集中國各種戲劇、地方聲腔等精華，得勢壯大，小曲於大成，盛行於京師，自此取代「崑曲」稱霸劇壇，因發煌於北京，故稱「京劇」、「京戲」、「平劇」，甚至「國劇」之稱。

四、觀賞行為

　　「觀賞」廣義的解釋是泛指所有有關表演之觀摩與欣賞；「行為」則指人類有意識的活動。

　　本研究調查鎖定以京劇演出為目標，「觀賞行為」解釋為參與一切與京劇相關的演出之觀摩與欣賞的意識行為，其包含各種參與的行為模式及想法，藉此探討京劇演出之可加強與改進的方向，以利京劇未來的延續與推廣普及。

第貳章　文獻探討

第一節　青年族群與觀賞行為

一、青年族群的定義

　　青年範圍的界定迄今無一致的標準依循，有以年齡為標準、有以精神狀態為標準、也有以生理狀態為標準，就生理及心理成熟與發展的觀點而言，青年應以年滿 18□40 歲者為限（社會工作辭典第四版，2000）。依據青輔會之「九十一年國內青年參與志願服務現況調查」報告中所述：

　　「青年期是對青年的生理、年齡和社會民俗認可的標定。依人體生理發育過程劃分，青年期始於男、女的性成熟期。由於時代、民族、國家和法律類別的不同，青年期年齡界限的規定也不一致」（張菁芬、王文瑛，2003，p.3）。

　　誠然，各國因國情不同其對青年之定義亦有所差異，國際間有關青年年齡界限的規定尚無統一標準。一些國家將青年年齡下限跨（含）少年期（18 歲以下），而上限則多在 30 歲以下（台灣則更高延至 45 歲）。下列表 1-1「青年界定之比較」為世界部分國家有關青年年齡界限的規定，可清楚看到所列名之國家不同界定：

表 1-1　青年界定之比較

國家	青年年齡下限（歲）	青年年齡上限（歲）	青年年齡跨度（歲）
美國及北美大陸	男 13~15	24~25	12
	女 12~14	21~22	10
拉丁美洲	15	24	9
蘇聯	14	30	16
波蘭	15	29	14
日本	12	25	13
中華人民共和國	14	28	14
臺灣	12	45	32

資料來源：中國大百科全書：社會學，1993
註：本研究摘錄整理

　　由上表資料顯示，台灣之青年年齡界定於 12 至 45 歲，下限年齡已跨少年之界定；如我國現行之「兒童及少年福利法」（92 年公布）所言之「少年」，乃指十二歲以上未滿十八歲之人，該法第二條指明：

　　「本法所稱兒童及少年，指未滿十八歲之人；所稱兒童，指未滿十二歲之人；所稱少年，指十二歲以上未滿十八歲之人」（全國法規資料庫，2007）。

　　又如我國法務部編著之《父母法律手冊》之第六章〈未成年人年齡的法律效果〉中指出：

　　「滿十八歲以上的人，有完全刑事責任能力，適用一般成年的刑事訴訟法處理。滿二十歲之人，有完全行為能力，為成年，具有完全的法律行為能力」（法務部全球資訊網——法治教育版 2007）。

　　因此，就生理及心理成熟與發展的觀點而言，12 歲發育未成熟，仍屬「少年」，18 歲以上則發育成熟，已有完全刑事責任，可視同成年，應可稱為「青年」之始。

　　而上表所載之青年年齡上限比其他國家延長 15 年以上，亦因相關法令之界定將青年以後之中年、老年年齡界定較高之故；如現行之「就業服務法」（民國 96 年 07 月 11 日修正）第二條第四款指出，「中高齡者：指年滿 45 歲至 65 歲之國民。」又如現行之「老人福利法」（民國 96 年 01 月 31 日修正）第二條：「本法所稱老人，指年滿六十五歲以上之人。」顯見 45 歲前仍屬「青年」，45 歲後稱為「中年」，65 歲起稱為「老年」（全國法規資料庫網站，2007）。

　　另外，如行政院青年輔導委員會於民國八十七年修正核定的「行政院青年輔導委員會輔導青年參與志願服務計畫」中，將青年界定為年滿十八歲至未滿四十五歲之在學或社會青年；民國八十九年修訂的「行政院青年輔導委員會推行青年參與國內地區志願服務實施要點」中，將青年志工年齡下降界定為年滿十五歲至未滿四十五歲之在學或社會青年；九十六年修訂之「行政院青年輔導委員會輔導青年創業要點」將申請創業輔導之青年界定為年齡在二十歲以上四十五歲以下（全國法規資料庫網站，2007）。上述三項計畫之青年年齡上限皆為 45 歲，但下限年齡則因考量不同計劃而變動，如：「輔導青年參與志願服務」以大專以上青年為主要對象，因而下限年齡定為 18 歲；而「推行青年參與國內地區志願服務」則因擴大志工範圍將高中生納入，因此下限年齡降至 15 歲；「輔導青年創業」則考慮其需具有完全的法律行為能力，因而提升至屆滿 20 歲之法定成年人為標準。

　　依以上相關現行法令歸納：12 至 18 歲為少年，18 至 45 歲為青年，45 至 65 歲為中年，65 歲以上為老年（65 至 75 歲為健老期；75 歲以上為衰老期）。

　　本研究即以上述之現行法令規定之標準，鎖定 18 至 45 歲之「青年族群」為研究對象。因青年族群為社會中堅份子，其社交需求廣泛，社會活動力最強，也是最具理解力

與消費能力的群體。另一原因是青年族群的觀眾往上延伸則擴及其父母輩之中老年群體；往下延展可濡染子女輩的青少年族群。因此，青年族群的觀眾人口擴展空間深具彈性亦較寬廣，影響較深遠，顯示青年族群對京劇演出觀賞行為所提供研究資訊的重要性。

二、觀賞行為的意義

演出是表演藝術的傳達形式，也是最接近、最貼切人類生活的藝術。胡耀恆在譯著布羅凱特（Oscar G. Brockett）的《世界戲劇藝術欣賞——世界戲劇史》指出：

「藝術是我們瞭解世界的一項工具。在這一種性質上，它可以與試圖發現與紀錄人類經驗類型的歷史、哲學或科學並駕齊驅，它可以同樣的方式處理同樣的問題」（胡耀恆譯，1974，p29）。

布氏強調了藝術的重要，同時亦令人間接想到最能傳達人類經驗紀錄的即是戲劇。繼而，他提出：

「藝術家們則以作品直接引起觀眾情感、想像力與理智的介入，直接激起觀眾反應為要務。因此，一齣戲呈現事件的方式就好像事件真正在我們眼前發生，我們接受它就像我們接受生活自身一樣——經由我們的感官而接受。而藝術與生活不同之處就在於它剔除了所有不相干的細節，並把事件緊密結構起來，成為一種相關連而富意義的形式。如此，則一齣戲的演出，貌似人類經驗的新創，而同時也對人類經驗增加了一番評註與啟發」（引自胡耀恆譯，1974，p29-30）。

戲劇演出在於人類生活中即是建構人類經驗探索的藝術界域，即因為戲劇本身是一項融合了文學、美術、音樂、詩歌、舞蹈等等綜合性藝術，戲劇藝術的意義在於把每一種不同傳達方式、訴諸不同感官的藝術作整體的呈現，而人類在演出觀賞當中有意識的活動行為則影響人類藉由演出的觀賞達到瞭解自我、彼此及探索世界與生命本身之目的。

而觀眾對戲劇的影響如何？尤其我國的戲曲文化悠久，觀眾對戲曲之風格影響又如何？蘇國榮的《中國詩劇美學風格》中針對民間觀眾對戲曲民族風格的影響指出：

「中國戲曲發展的歷史證明，任何一種戲曲劇種，只要獲得了廣泛的觀眾，就具有強大的生命力；反之，則會消亡……」（蘇國榮，1987，p65）。在同一著作中，作者談到「中國戲曲的宏觀體系」時，尤其顯現觀眾之重要，因其為完成戲劇創作之不可或缺的元素之一：

「一個民族的戲劇體系，是本民族戲劇總體規律的歷史凝聚；是劇本文學、舞台藝術、觀眾感應等三度創作流程的有規律的統一」（蘇國榮，1987，p35）。

　　戲曲的存亡實繫於有無觀眾為其準繩，更如我們一般所了解，「戲劇因觀眾而存在……沒有在觀眾面前演出的劇本則未完成其完整性」。魏怡於《戲劇鑑賞入門》中談到〈戲劇活動的第四度創作〉，劇作家創作劇本為第一度創作，導演運用戲劇藝術使劇本完整並統一和諧與演員對角色的詮釋，乃著重演出的創作，是第二度及第三度創作，觀眾參與演出的觀賞則為第四度創作，因此與其它的藝術鑑賞明顯不同（魏怡，1994，p68-69）。戲劇需要觀眾，除觀眾是戲劇活動的必要條件之一外，更是戲劇創作活動的一個重要環節。魏怡並引述英國戲劇學者及導演馬丁・艾思林所言，意指劇作家和演員在演出時等於將劇作完成一半，另一半即是觀眾與其反應使作品完整。因此，魏怡認為戲劇觀眾的主體意識著重於與演員的同步創作的體現；觀眾先有主動參與的意識，再積極運用各種心理功能，以舞台呈現的樣貌做為心理創作的主要依據，不斷向戲劇審美心理深層挖掘，以實現戲劇之美的全然意義（魏怡，1994，p101）。

　　換句話說，戲劇因觀眾的參與而完整。蘇國榮將觀眾觀賞演出作為第三度創作的流程；馬丁・艾思林則將劇作排演完成到觀眾參予分成兩半；筆者則認為戲劇或現今之戲曲，因「導演」工作的加入，因此從劇作到觀眾觀賞演出的流程，與魏怡先生所述論點相同，以「四度創作」描述觀眾參與觀賞的重要性應更為清晰。劇作家利用文字、文學編創劇本（第一度創作），再由導演對劇本研究與詮釋（第二度創作），而後演員和舞台藝術相關設計以導演意圖藉由劇中角色和整體舞台藝術作演出呈現（第三度創作），至此仍只完成四分之三，因尚未知演出效果為何？必須在觀眾實際體驗與感受的同時（第四度創作），編創者、劇作家想賦予意義於創作的理想才逐步的完整實現。等同於發明家創造出一項前所未有的偉大發明（第一度創作），經過工廠技師實驗證明其功用（第二度創作，相當於導演對劇作經過讀劇與研析，已知劇本的高明之處），接著廠商負責製作、量產化並將產品鋪貨至市場（第三度創作，如舞台藝術等設計及演員排練皆完成，預備演出），之後，此發明需經社會大眾的使用與檢驗（第四度創作，觀眾參與觀賞與品評），才顯現並完成此發明之實用與功能。如果發明僅止於創造，而未能提供社會服務，則此發明就相當於只完成部份，其對人類之意義則如同未發明一樣。

　　談到觀眾對戲曲之風格影響，蘇國榮提出「戲曲觀眾學」是當前亟需研究的課題，因為：

　　「觀眾不但決定著戲劇的興衰，也影響著戲劇的民族特色。審美主體（觀眾）的情感、氣質、修養、愛好……，頑強地影響著審美客體（藝術）的品格和風貌」（蘇國榮，1987，p65）。

　　因此，我們深信觀眾影響戲曲的民族特色之形成，乃隨著不同民族的生活、習俗、信仰、文化等相異性，以致關係著各民族之審美趣味及審美理想也各不相同。蘇國榮並強調：

「研究觀眾的結構及其反饋（反映現象），有利於探索戲曲發展和消亡的軌迹、民族風格的形成及歷史時期之戲曲如何適應廣大觀眾之需要，以縮小審美客體與主體的差距，使戲曲更廣為流傳」（蘇國榮，1987，p65-66）。

顯見觀眾的存在和參與關係著戲曲之命脈及其藝術內容之豐富性，欲使戲曲具有旺盛之生命力則需大力推展，其首要任務即先著手於研究觀賞者的觀賞行為之各種可能因素，瞭解並藉以修正演出內容與演出模式，才可達推廣之最高效率。

本研究鎖定以傳統戲曲中的京劇演出為主題，企圖經過研究調查而瞭解臺灣青年族群在京劇演出之觀賞行為的喜惡狀況及模式，藉其觀賞行為研究以探討京劇演出可加強與改進的方向，以利京劇未來的延續與普及推廣，並嘗試以所獲之相關資訊作為憑藉、塑造現代戲曲文化藝術的民族風格之些許空間與可能。

第二節　傳統戲曲與觀眾之關係

誠如上節所述之要點歸納：因觀眾之於戲劇猶如魚與水的休戚與共、息息相關，那麼希望其參與觀賞則是戲劇存活的必然之道；冀望傳統戲曲得以保存和延續，則需熟知觀眾觀賞行為及模式，應為當前戲曲推廣之首要任務。

因此，為能挽回目前「京劇漸漸邁入沒落之途」的憂慮，有待京劇從業者及關懷京劇命脈之愛好者在京劇推廣上全力以赴。然而，推廣之先則須了解當前之民間觀眾；在研究與分析現今觀眾之觀賞行為模式之前，應先瞭解所探討之戲曲、劇種之發展與沿革，探尋其民族特色之形成，觀察其歷史時期對觀眾的適應與改變，然後對照現今社會環境之文化、藝術、休閒之動機與目的，以及目前經濟、人口、市鎮的分布及不同年齡之消費能力或行為等狀況，才得以規劃京劇推廣的模式與方法。推廣方式的研究亦須透過文獻資料的對比，以使研析信而有據，進而憑藉設計妥切的問卷調查與方法分析，才能深入京劇推廣的核心，給予最有效的助力。

一、傳統戲曲的定義

我國傳統戲曲，若以時間追本溯源，自是源遠流長；以空間探索，更是幅員遼闊，方言分歧，除主流外，各地方戲曲種類龐雜，千頭萬緒。

　　我國傳統戲曲的表演方式以歌舞為主，戲劇學者孟瑤論及戲曲之定義亦同意王國維先生之解釋最為明確：

　　「今天我們所看到的傳統戲劇，大致不外三個特徵，一「悅耳」（音樂的聆取），二「娛目」（舞蹈的欣賞），三「賞心」（對人生悲歡離合之故事的陶醉。）所以王靜安（王國維）先生在《戲曲考原》中謂：『戲曲者，謂合歌舞演故事也』。我們若以這十一個字作為中國傳統戲曲的定義，可謂十分簡單明確」（孟瑤，1979，第一冊 p2）。

　　我國歷史悠久，因此傳統戲曲起源久遠且種類繁多，雖然間或有民間小戲被其他劇種吸取或同化而沒落者；亦有因民族遷徙（觀眾流失）而散失者。即便如此，我國傳統戲曲的種類難以數計。依據戲曲學家曾永義先生在其著作《台灣歌仔戲的發展與變遷》中所記錄（見《中國戲曲曲藝詞典》「劇種」條）：「根據民國五十一年（1962）所作的調查統計，全國有四百六十多個劇種，其中偶戲近百種，戲曲三百六十餘種」（曾永義，1988，p27）。

　　而戲劇學者陳芳發表於國光藝訊 43 期文章中提及全國劇種數目約三百多種，且於該文章後之注釋羅列載有劇種數目之相關資料，除《中國戲曲曲藝詞典》（同上）外，另有：「……中國大百科全書‧戲曲曲藝卷」，北京、上海，中國大百科全書出版社，1983 年 8 月，〈中國戲曲劇種表〉，則據 1982 年譚偉、張宏淵、余從等的統計，認為中國戲曲約有 317 種。而李漢飛編《中國戲曲劇種手冊》，北京，中國戲劇出版社，1987 年，重新統計的結果是 360 種。余從〈劇種一覽〉收入其著《戲曲聲腔劇種研究》，北京，人民音樂出版社，1988 年，再根據 1982 年《中國戲劇年鑒》的記載，修訂、補充輯錄中國戲曲 373 種。另 1995 年 6 月，上海辭書出版社出版《中國戲曲劇種大辭典》，乃據 1985 年以前的相關資料所編寫而成者……」（陳芳，2004.2.25）。

　　以上相關資料顯示，劇種數目有：317、360、373 種，不同數目之說法，遲至 1995 年 6 月上海辭書出版社出版《中國戲曲劇種大辭典》時，綜合中國大陸眾多學者意見並取得共識，計收入中國近代以來流布各地的戲曲劇種 335 種。足見因歷史的久遠，各地方戲曲的流傳與遞變難以真正數計，各家論點存在的差異，主要是因各執筆者的認知與觀點標準不一，對史料文物的掌握程度各有不同所致。《中國戲曲劇種大辭典》所述之「綜合中國大陸眾多學者意見」的共識，仍僅以「中國近代以來流布各地的戲曲劇種」而言，自然無法涵括戲曲史中曾經出現過的每一種劇種。

　　以台灣而言，早期活躍過的戲曲種類不少，以呂訴上《台灣電影戲劇史》中〈台灣戲劇分類簡表〉記載有：明末隨漢人傳來之音樂典雅、動作優雅柔美的南管戲（梨園戲）與清中葉以後在台灣紅極一時的北管戲（亂彈戲）。之外，與南、北管關係密切的劇種尚有：正音、藝姐戲、亂彈、查媒戲、司公戲、九甲、四平、皮影戲、布袋戲、加禮（傀儡）戲等。而源自其他地方或者發生自台灣的劇種還有分別流行於閩南與客家社會中的

歌舞小戲：車鼓戲、採茶戲、歌仔戲，另有由孩童組成的七腳仔戲（七子班）（林勃仲、劉還月，1990，p44-46）。而早期傳入臺灣的大陸地方戲曲尚有潮州戲，另外，於國民政府遷台後隨之而來的地方戲曲，如：粵劇、閩劇（福州戲）、越劇、評劇、陝劇（秦腔）、川劇、江淮戲、楚劇、漢劇、湘劇、晉劇（山西梆子）等（曾永義，1988，p20-21）。因各地省籍民眾懷鄉而偶見展演，隨著老一輩的觀眾凋零，也鮮少再見演出。原尚有越劇（紹興戲）劇團定期公演，近年來已不復見。

　　目前在台灣較常見之傳統戲曲有：京劇、崑曲、豫劇等，以及歌仔戲、客家戲及布袋戲，雖然現今之傀儡戲、皮影戲已較少見，但都屬於台灣民眾所熟悉的傳統戲曲。本研究所指傳統戲曲乃針對目前台灣較常見之傳統戲曲為定義而論述之。

二、傳統戲曲的沿革

　　論及我國各朝代戲曲文學之代表，一般有言：唐；傳奇（小說），宋；戲文，元；雜劇，明；傳奇，清；皮黃，因此簡略得知各代盛行之戲曲。曾永義於《中國古典戲劇》中談到我國古典戲劇發展的脈絡時指出：

　　「戲劇是一門綜合的文學和藝術，就像『海不辭水，故能成其大；山不辭土，故能成其高。』又像長江大河，源遠流長，行經之地必匯聚眾流，以成其浩蕩之勢。所以若以雜劇、傳奇為中國古典戲劇之兩種類型，向上以溯其淵源，其結果必是淵遠而多流的，中國之有戲劇，固遠在未有曲體以前；自南、北曲興起而施之於戲劇，於是乃有劇曲之名稱」（引自曾永義，1986，p12）。

　　孟瑤提到戲劇（戲曲）的起源則認為，無論中外，皆認同大致由三種力量促成……（孟瑤，1979，第一冊 p3）。以下簡述我國戲曲源起與觀眾之間密切關係之概況：

（一）初民的宗教情操

　　遠古時代，人類尚無文字的矇昧時期，為求生活自然是上與天爭下與禽獸相爭，歷經風、水災害、冰雪嚴冬或猛獸襲擊等生命威脅。至農耕、畜牧時，初民逐水草而居，仍然靠天吃飯，對大自然的山搖地震、風雲雷電等驟變現象，因無法理解而產生畏天的心理，認為天地萬物皆由專神司理，進而對大自然頂禮膜拜，此即是宗教情操。先民由群眾聚集向天神膜拜，到扮神驅魔，再到鍛鍊武功以學習抵抗猛獸的角力及弓箭武器的使用和訓練，即是先民生活樣貌。由懼怕和崇拜而至敬神驅鬼的祭祀，或更進一步促進人神溝通產生巫覡歌舞以娛鬼神，後因人類生活的進步與繁榮，漸漸產生娛樂需求，除

有人與獸鬥，如：「葛天氏之樂」的表演，原用以娛神的歌舞，亦進而用以娛人，如「雲門」、「大卷」（卷亦作「拳」）、「大咸」、「大磬」、「大夏」及「大武」等六代樂舞。歌舞以娛神者為巫覡，歌舞以娛人者為優伶（古時優伶分職，優主戲謔，伶司音樂）《帝王世紀》（晉，皇甫謐所撰）：「黃帝使伶倫為渡漳之歌。伶倫氏乃司樂之官」。另有：「黃帝曾使伶倫取竹於崑崙之解谷，斷兩節間而吹之，以為黃鍾之宮，制十二簫」等記錄。至於優，漢朝之許慎所編著之《說文》解釋：「優，饒也。一曰倡，又曰倡樂也。」由此可知當時的優也通音樂，只是除歌舞外，仍以調謔為主（孟瑤，1979，第一冊 p3-5）。再由優伶歌舞娛人的形式轉化為姬周之後俳優的故事性歌舞戲劇。

（二）祖先及英雄的崇拜

上古時代重視祭典，尊敬祖先並以歌舞歌功頌德，詩經中的頌，是祭祀的樂歌亦是樂舞。自黃帝至商朝皆盛行巫風。至周朝，宗教性的巫舞為巫覡專業，士子則兼習頌舞，《禮記》〈內則〉：「十有三年，學樂、誦詩、舞勺。成童舞象，學射御。」（十三歲習文舞，十五歲習武舞）；巫舞為對鬼神的祭祀，頌舞是對古聖先賢之告饗。士子頌舞告饗祖先，因其感情導升即英雄崇拜。緬懷傾慕先賢音容往事，載歌載舞又略含故事性的模仿演出，極富戲劇意味（孟瑤，1979，第一冊 p6-7；魏子雲，1994，上冊 p18-19）。

（三）人類的模仿天性

模仿即是學習；凡俗累積聖賢智慧，以促進社會進步並導啟戲劇萌芽。影響戲劇有三：

1. 戲劇觀點來說，模仿別人聲容相貌即是演技。
2. 戲劇演出而論，重述先人事跡即為故事安排。
3. 戲劇娛樂而言，模仿之歌舞故事有高度娛樂性，觀者、演者皆賞心與陶醉。（孟瑤，1979，第一冊 p6-7）

孟瑤並強調傳統戲曲的發展脈絡之研究，應從音樂、舞蹈、故事三條線索向源頭搜尋。諸如：音樂與舞蹈的合流與各自之發展為何？音樂及舞蹈又如何影響與施於戲曲？於人生之悲歡離合的故事情節，又如何由「講唱」的方式演變為「扮飾」演出？（孟瑤，1979，第一冊 p2）。以此相關課題循序漸進的研究整理，應可勾勒出我國傳統戲曲之概括與原委。

　　一個劇種的形成並非起於一旦；京劇的出現自然非一夕而成，其淵源於我國近千年來逐步發展而成的宏觀戲曲體系，為能簡易了解我國龐雜的戲曲脈絡，以了解京劇的藝術的內容、形式及風格，探析觀眾於觀賞京劇內容之相關目的與行為，茲將我國傳統戲曲以朝代分別記錄其戲劇相關表演藝術（音樂、舞蹈、故事）之發展概要，請參閱表2-1，以便對照查閱其沿革及當時社會文化與表演藝術之關係，有助於了解我國觀眾之觀賞行為，並從中分析其觀賞行為之變異。

表 2-1　我國傳統戲曲發展概要表

朝　代	首創者	開創年代（西元）	戲劇相關表演藝術（音樂、舞蹈、故事）	備　註
有熊氏	黃帝姬軒轅	前 2704 年	・「葛天氏之樂」，《呂氏春秋》，記有：「三人摻牛尾，投足以歌八闋」人與獸鬥之舞蹈。 ・「雲門」、「大卷」（卷亦作拳）、「咸池」等樂舞。 ・「方相」（官職，扮神驅鬼除病）。	・此時觀眾（百姓）僅觀摩察祀儀式進行。「葛天氏之樂」已有模仿之戲劇元素。 ・「雲門」等三舞已有合歌舞之表演性質。 ・〈封神演義〉言有兄弟二人，兄名方弼，身高三丈六尺，方相三丈四尺。兩人皆赤面四眼。
唐	堯伊耆放勳	前 2357 年	・「陶唐氏之舞」，《史記》，記有：「奏陶唐氏之舞，聽葛天氏之歌，千人唱，萬人和」，場面浩大。 ・「大咸」（改自「咸池」）樂舞。 ・巫咸（人名，通神、為人決疑治病）。 ・「擊壤歌」、「康衢謠」	・陶唐即帝堯。此時樂舞表演已發展成千人唱萬人和之場面。 ・亦有傳說其為黃帝時代之人。 ・詩歌。
虞	舜姚重華	前 2255 年	・「大磬」、「蕭韶」樂曲 ・「南風歌」、「思親操」	・詩歌。
夏	禹姒文命	前 2205 年	・「大夏」樂舞。 ・「夏籥九成」（用來歌頌大禹治水功績的樂曲）。 ・「襄陽操」、「塗山歌」	・詩歌。
商	湯子履	前 1766 年	・「大護」樂舞。（盛行巫風）	

朝　代	首創者	開創年代（西元）	戲劇相關表演藝術（音樂、舞蹈、故事）	備　註
周	武王姬發	前 1122 年	• 「大武」（合黃帝至武王之樂舞，稱為「六代」），含「雲門」、「大卷」、「大咸」、「大磬」、「大夏」、「大護」、「大武」。 • 「巫覡」（女稱巫，歌舞求神。男稱覡，祭四方大禮）。 • 「方相」，《周禮》中與巫覡合而為一，率百人扮神索室驅疫。 • 《舞雩》（女巫求天賜雨之舞，已有戲劇型態）。 • 《周禮》（周公作。分天、地、春、夏、秋、冬官等六篇。另，行「邦無廢士，國無廢人」，盲者習樂，殘者習藝，矮小侏儒做優人始有「禮樂之邦」美譽） • 〈周頌〉（《詩經》最古一部份，含音樂、歌辭、舞蹈）。 • 《列子》湯問篇，記載周穆王時有以木雕人形演歌演舞的傀儡子。	• 古代舞蹈因為生活上重要儀節，凡屬大典，莫不有舞。 • 〈周禮〉「夏官」：「方相氏，掌蒙熊皮、黃金四目、玄衣朱裳、執戈揚盾、率百隸而時儺，以索驅疫。」 • 以「雲門」、「大卷」、「大咸」、「大磬」、「大夏」、「大護」、「大武」等樂舞教國子，令十三歲習文舞；十五歲習武舞。 • 周頌用以禮樂教化。
春秋		前 721 年至 479 年	• 孔子刪定「詩三百篇」（〈頌〉，祭禮，有歌舞演故事。〈雅〉，儀式，管弦配唱之酬酢音樂。〈風〉，各地民間歌謠之清唱）。 • 晉獻公（前 660）時期，齊國有弄臣優施。 • 楚莊王（前 610）有弄臣優孟。	• 楚莊王時，俳優已具戲劇演員之實，且 1.非侏儒之身，2.非僅笑謔亦可諫言，3.有學識機智，4.有俳優才能。
戰國	七國	前 403 年	• 楚辭「九歌」（宮中表演之宗教舞曲，全篇計有：東皇太一、雲中君、湘君、湘夫人、大司命、少司命、東君、河伯、山鬼、國殤、禮魂等十一節目）。	• 有人與獸鬥或人與人鬥之角技娛樂。

朝　代	首創者	開創年代（西元）	戲劇相關表演藝術（音樂、舞蹈、故事）	備　　註
秦	始皇嬴政	前 221 年	・秦始皇有倡伎侏儒優旃。 ・「角抵」（角牴、角觝）。	・〈漢書〉「刑法志」載述秦更名戰國之角技娛樂為「角抵」。
漢	高祖劉邦	前 206 年	・角力、角技、舞獅舞龍（稱「跳形兒」人數僅三、四人）。 ・西漢發展周代文武二舞，作「五行四時」、「昭德」、「盛德」三舞。 ・《樂府雜錄》記有傀儡戲（或稱傀儡子）始於漢高祖，且因統一天下後社會安樂富有，百戲雜陳。	・劉邦統一天下，人民安養頓息之餘，最需怡情慣志，散落鄉野的種種技藝，應運而起。 ・漢人張衡〈西京賦〉及李龍〈平樂觀賦〉記載，百戲有蒼龍吹篪、白虎鼓瑟、魚龍、曼延、方相儺舞、連翻九仞、吞刀吐火、烏獲扛鼎、陵高履索、侏儒巨人、戲謔為偶等等節目。除雜技與幻術外亦有俳優的戲謔。
東漢	光武帝劉秀	西元 25 年	・武帝設「樂府」（掌音樂機關，任務在製造樂譜，蒐集歌辭，訓練樂員等，組織龐大。）分九品：祭祀、王禮、鼓吹、樂舞、琴曲、相和、清商、雜曲、新曲。傳承「詩三百篇」延伸之民歌舞曲。其中相和歌和清商曲因歌舞相兼，並採故事格局，值得注意。其名篇如：《王昭君》、《楚妃嘆》、《王子喬》、《秋胡行》，多半是後世戲曲之取材。 ・樂府詩有《孔雀東南飛》、《陌上桑》、《出東門》、《病婦行》等，可說是後代歌舞劇藝術的延伸。 ・「角抵戲」，含角力技藝射御，為雜技樂。有『蚩尤戲』、『東海黃公』以故事演出戲劇型態之角抵戲。	・相和歌中有「大曲」名目，因有艷（日後戲曲之引子）、趨、亂（二者皆為尾聲）最富戲曲色彩。 ・京劇即有《孔雀東南飛》一劇。另有《秋胡戲妻》劇情與《陌上桑》相似。 ・『東海黃公』，首創依循一個固定故事演出，因此有稱之為中國戲劇之起始一說。傳統戲曲的武技，強調韻律動作的寓武於舞，可說是始於漢代之角觝。

朝　代	首創者	開創年代 （西元）	戲劇相關表演藝術 （音樂、舞蹈、故事）	備　註
東漢	光武帝 **劉秀**	西元 25 年	• 漢武帝樂舞分三類： 「雅舞」，郊廟朝饗，如發展周代文武二舞，作「雲翹」、「育命」、「大武」，加西漢之「五行四時」、「昭德」、「盛德」共六舞。 「雜舞」，用於宴會，來自民俗，如「公莫」、「巴渝」、「槃舞」、「鞞舞」、「鐸舞」、「拂舞」、「白紵舞」。 「散樂」，充滿雜技意味之歌舞，內容複雜。又稱「百戲」或「雜技」或「角觝」。 • 漢昭帝始，王侯之倡優寄食富戶。 • 漢末《風俗通》載有當時賓婚嘉會時有「傀儡戲」演出。	• 「百戲」即表演特能幻術的雜技。 • 「傀儡戲」即「窟礧子」係演歌舞而非故事，乃本國產，作偶人以戲，善歌舞。本喪家樂，漢末用於嘉會。
三國 （魏、蜀、吳）	**曹操 劉備 孫權**	西元 220 年 至 229 年	• 百戲（紛爭變亂、天下分裂，戲劇未有新創，仍為兩漢之散樂百戲而已）。	
晉 （西晉）	武帝 **司馬炎**	西元 265 年 至	• 魏晉以後，北方胡人統治，娛樂尚俗，是散樂天下。南方華夏舊裔尚雅，從雅、雜二舞方向創新，南方重形容文辭，舞姿美妙，崑曲為其「玄孫」，題材如《白頭吟》（卓文君）、《陌上桑》（羅敷）尚未做戲劇化安排，入唐繼續充實，至元編成完整戲曲。	
晉 （東晉）	元帝 **司馬睿**	西元 317 年	• 戲劇無創新，仍為前朝角觝戲之魔術、武術。聲曲上有胡笳傳入西京。李延年因胡曲造新聲 28 解，後僅存「黃鵠」、「隴頭」、「出關」、「入關」、「出塞」、「折楊柳」、「黃覃子」、「赤之楊」、「望入行」等十曲。	

朝　代	首創者	開創年代 （西元）	戲劇相關表演藝術 （音樂、舞蹈、故事）	備　註
南北朝 （宋、齊、梁、陳、北魏、西魏、北周、東魏、北齊）	宋武帝 齊高祖 梁武帝 陳武帝等	西元 420 年 至 557 年	• 自魏晉南北朝，歌舞分途「歌者不舞，舞者不歌」。 • 《宋書》〈樂志〉，言盛行前朝《白紵舞》。 • 梁、陳仍用漢高、漢武時代之禮樂。 • 民間小調流傳，南朝「子夜歌」，北朝「折楊柳」。 • 後周武帝作「安樂樂」，行列方正如城郭，周世謂之「城舞」。 • 北齊有《蘭陵王入陣曲》（又名代面、大面）、《踏搖娘》（或名蘇中郎、蘇郎中）、《撥頭》（或缽頭）等雛形戲曲的舞劇，三劇皆出於北朝，故曰南朝樂發達，北朝戲發達。 • 《北齊書》列傳，寫神武帝時有俳優演出。	• 《蘭陵王入陣曲》，一般言戲曲之臉譜即自此劇起。
隋	文帝 **楊堅**	西元 581 年	• 開皇初年(約 581 年)令置「七部樂」（「國伎」、「清商伎」、「高麗伎」、「天竺伎」、「安國伎」、「龜茲伎」、「文康伎」，另有「疎勒」、「扶南」、「康國」、「百濟」、「突厥」、「新羅」、「倭國」計 14 種舞曲）。 • 文帝設官專理南朝音樂，稱「清樂」（始自清商三調），另加當時流行音樂「西涼」、「龜茲」、「天竺」、「康國」、「疎勒」、「安國」、「高麗」、「禮畢」合稱「九部樂」（除「清樂」、「安國」、「禮畢」外，皆異族音樂）。 • 舞劇，仍是前朝百戲。	• 「龜茲」（音ㄑㄧㄡ·ㄘˊ）又名丘茲、屈支或歸茲。漢時西域國名，今新疆之庫車縣，主要牧農及畜牧，有文字且擅長音樂。

朝　代	首創者	開創年代 （西元）	戲劇相關表演藝術 （音樂、舞蹈、故事）	備　　註
唐	高祖 **李淵**	西元 618 年	・唐高祖重禮樂，設「教坊」（相當於戲劇學校）演習雅樂以外之歌舞、雜技、倡優、百戲。 ・唐太宗奏「十部樂」（於隋之「九部樂」中加「讌樂」並去「禮畢」加「高昌」，另以「扶南」代「天竺」）。 ・唐明皇（玄宗）設「梨園」分二部伎： 　1. 喜慶宴客之「坐部伎」（樂者坐彈絲竹二音，即管絃樂。有：「讌樂」、「長壽」、「天授」、「鳥歌」、「萬壽」、「龍池」等 6 部）。 　2. 歌功頌德之「立部伎」（樂者站奏金革二音，即鑼鼓樂。有「安樂」、「太平」、「破陣」、「慶善」、「大定、「上元」、「聖壽」、「光壽」等 8 部）。 ・唐大曆（代宗），有人作尉遲恭木偶與突厥作戰之傀儡戲。 ・唐代將南北朝音樂分兩大系統： 　南朝－清樂（雅樂），用於廟堂祭祀。 　北朝－燕樂（俗樂），用於日常宴饗，亦稱讌樂、宴樂，內含散樂百戲。 ・《舊唐書》載：前朝《代面》、《踏搖娘》、《撥頭》（或作《缽頭》、《拔頭》、《髮頭》）及「弄參軍」等舞劇（源於漢，趙因之，唐始定其名。唐朝演出已有說有作，為後代奠定唱唸作表之戲劇型態）極享盛名。 ・唐昭宗新排《樊噲排君難》（或名《樊噲排闥劇》）歌舞劇。	

朝　代	首創者	開創年代（西元）	戲劇相關表演藝術（音樂、舞蹈、故事）	備　註
唐	高祖 **李淵**	西元 618 年	• 「滑稽戲」，科白戲之一種，以言語為主，諷時事，滑稽即興之作，並無劇本。 • 《蘭陵王破陣曲》原為「龜茲樂」（燕樂），唐朝修剪後入雅樂。 • 《新唐書》載：郊廟宴饗、節時嘉慶、納后選妃、朝貢典儀，皆有禮樂。 • 樂有「八音樂譜」（六律、六同、五聲合樂），舞有舞圖，記載方位動旋、合乎情序舞譜。 • 「新樂府」故事詩（李白、杜甫、白居易作有「長干行」、「石壕吏」、「琵琶行」等，但似已不是為戲曲而寫）。 • 後唐莊宗李存勗愛戲如癡，終因戲而身死國滅。 • 唐代，文人著有傳奇（小說體，非戲劇）。 • 唐代「變文」，簡稱「變」，即變佛經為俗講之意。發掘於敦煌石室，是一種由散文與韻文交織成的敘事詩，因敘述時有講有唱，又稱「講唱文學」。	• 日人稱蘭陵王樂舞為雅樂，乃從唐制。 • 李存勗，為演員天子，藝名李天下。 • 「變文」講的部分影響宋代之「說話」（白話小說之始祖），唱的部分影響宋以後戲劇的豐富內容，如：宋的「陶真」、「涯詞」、「鼓子詞」、「諸宮調」、「覆賺」；元代的「詞話」、「馭說」、「貨郎兒」；明清的「彈詞」、「鼓詞」、「寶卷」等，皆為「變文」嫡系苗裔。 • 唐代舞台有磚石砌之「砌台」，亦有延自漢時的「露台」，但仍為迎神祭天用。
宋	太祖 **趙匡胤**	西元 960 年	• 北宋各地市肆表演戲劇、歌舞、雜技之處「瓦子」（又名「瓦舍」，指易聚易拆之意。或「勾欄」，為「教坊」俳優表演場地。	• 宋代舞台有方型實體「露台」，築於廟之正殿前面，已為演歌舞所用。亦有「舞亭」、「舞樓」，及為觀眾準備遮風雨之棚的「看棚」。

朝　代	首創者	開創年代（西元）	戲劇相關表演藝術（音樂、舞蹈、故事）	備　註
宋	太祖 趙匡胤	西元 960 年	• 「鼓子詞」徒歌不舞，以曲牌連續歌之以詠故事，分橫排式（並列同質性故事，以同一詞調歌詠，如：「采桑」子）、直敘式（直陳一事首尾，以一調反覆歌詠，如：「蝶戀花」）。 • 「傳踏」（或名「纏達」）隨歌隨舞的歌舞相間敘事歌曲。連續以同一詞調若干首組成。有分詠體（一曲詠一事）及專詠體（若干首詞詠一事，：如洪適之「漁家傲引」）。 • 「賺詞」或「唱賺」，（唱的文學）用途廣泛之新興敘事歌曲，只有韻文無散文，純唱樂曲。在同一宮調裡，選若干曲組成一套數以演述一故事，「覆賺」更是長篇敘事歌曲，源於北宋，極盛於南宋。 　　宋雜劇有「艷段」一段，「正雜劇」兩段，「雜扮」一段。分折，多為四折，每折一宮調，一韻到底，唱者只一人。名色有末泥、引戲、副淨、副末、裝孤、把色（亦有未列把色之說法）。動作曰科，歌曲多詞調及北曲。宋金之雜劇、院本，今無一存，僅剩散段。 • 宋「南戲」（南曲戲文，針對北曲雜劇而稱之）溫州一帶民間小戲，謂「溫州雜劇」、「永嘉雜劇」，出於宣和（約西元 1119）之後，至南宋光宗而盛行。	• 「艷段」為迎客戲（演尋常熟事），「正雜劇」為主戲，「雜扮」為送客戲（以滑稽笑謔為主）。末泥為編排者，引戲為督導命令者，主要角色為副淨（源自參軍，負責喬作愚謬之態）及副末（次末，即蒼鶻，負責打諢），裝孤為裝扮假官。 • 宋「南戲」為元傳奇之源，明崑曲之祖。因宋室南渡，故宮歌舞樂佚失殆盡，予南戲發展良機。

朝　代	首創者	開創年代（西元）	戲劇相關表演藝術（音樂、舞蹈、故事）	備　　註
宋	太祖趙匡胤	西元 960 年	宋「南戲」題目在前，有家門、賓白。不分齣、多南曲（偶用北曲），動作曰介，角色有生、旦、外、貼、丑、淨，角色皆可唱，或輪唱、合唱。如：《小孫屠》、《張協狀元》、《宦門子弟錯立身》。 • 宋朝傀儡戲在內容與技藝上達於極端，計有：懸絲傀儡、杖頭傀儡、藥發傀儡、水傀儡、肉傀儡。 • 王國維《宋元戲曲考》：謂影戲自宋始有之。 • 「莆仙戲」（亦稱「興化戲」、「興化雜劇」，為莆田、仙游兩縣地方戲），始於宋，受宋雜劇影響而成，角色有生、旦、貼生、貼旦、靚妝（淨）、末、丑七個行當，故亦稱「興化七子班」。宋元明之間，又吸收海鹽、餘姚、弋陽、崑山等腔，亦從「木偶戲」吸收各行當之身段、動作，形成獨特動作與程式，具鮮明表演風格，明中葉，是閩南最盛行劇種之一。	• 宋朝傀儡戲或受唐「變文」之影響，其四六、三七唱詞與「變文」組織相同。 • 藥發傀儡為用煙火發動者。水傀儡為舞台裝置於船上以木偶演出釣魚划船等事。 • 「莆仙戲」流行於閩中、閩南及興化，故稱「興化戲」、「興化雜劇」。
明	世祖奇渥溫忽必烈	西元 1279 年	• 元雜劇（北曲）四折一楔子（可置前或中），各折相連貫，每折一宮調，一韻到底，唱者僅主角一人（正末唱末本，正旦唱旦本）每本僅敘一事，角色分末、旦、淨、丑等（計有 22 種）。名劇如：元曲五大家之關漢卿《竇娥冤》、《救風塵》，王實甫《西廂記》，馬致遠《漢宮秋》，白樸《梧桐雨》，鄭光祖《倩女離魂》。	• 曲，元代文學之代表。元曲與唐詩宋詞並列，為我國文學瑰寶。元曲分兩大類：散曲為當時新詩；劇曲為當時嶄新歌劇。劇曲又分南北：北曲稱雜劇；南曲稱傳奇。

朝　代	首創者	開創年代（西元）	戲劇相關表演藝術（音樂、舞蹈、故事）	備　註
明	世祖奇渥溫忽必烈	西元 1279 年	・元傳奇（南曲）承宋南戲革新而成，分齣，每齣宮調不拘，可換韻，登場人物皆可唱，或互唱共唱，比元雜劇更自由完整。篇幅漫長，非一天可演完。角色分生、旦、淨、丑、雜等（有 12 種）。元末五大傳奇：《琵琶記》（高則誠作）和「荊、劉、拜、殺」，即是《荊釵記》、《白兔記》、《拜月亭》（施君美作）、《殺狗記》之合稱。	・元雜劇之四折體制乃受宋雜劇四段結構之影響。而演出內容則源自傀儡戲及影戲之說法。元雜劇以成套北曲為主，集一流文人和出色藝人之才學及技藝，組織成故事縝密之大型歌舞劇，使元雜劇成為我國戲曲發展史上第一次達成合歌舞以演故事之完整戲劇形式標準。因以有我國元代才有真正之戲劇一說（我國戲劇於元代才發展至完整成熟）。
明	太祖朱元璋	西元 1368 年	・明雜劇（北曲，短劇）一至多折，楔子置前如開場，一夜可演完，但不可分折演，每本敘多事。初明雜劇盛於傳奇，周憲王更打破元制（南北合套、可合唱、輪唱、各唱……）。明中葉，徐渭《四聲猿》更篇幅不限、音樂不拘（一至五折，含南北曲……）。晚明，名劇如：王衡（當時北曲第一名手）《鬱輪袍》、沈自徵《霸亭秋》(僅一折之劇)，後因寫作者以炫耀文才為目的，終使明雜劇束之高閣。 ・明傳奇（南曲，長劇）多齣，有時多至五、六十齣，可分齣演，分日連演，因此盛行。成化年間，文人寫傳奇者多，因此南曲略佔優勢。晚明，名劇如：湯顯祖（文辭派）之《牡丹亭》、阮大鋮之《燕子箋》、王驥德（格律派）之《還魂記》等。	・我國戲曲，元代已大成，然更加美善及壯闊，則為明代。故有人稱元是「雜劇」時代，明為「傳奇」時代。 ・明傳奇以燦爛姿態出現於元末明初。自始我國劇壇為南北曲平分。 　晚明，戲曲作家逐漸往格律與辭采兩路發展，格律重視音樂（稱格律派或吳江派，宗師沈璟）；辭采重視文學（稱文辭派或臨川派或玉茗堂派，宗師湯顯祖）。 　而後，阮大鋮、吳炳、李玉等「以臨川之筆合吳江之律」調和其出色作品。

朝　代	首創者	開創年代（西元）	戲劇相關表演藝術（音樂、舞蹈、故事）	備　註
明	太祖**朱元璋**	西元 1368 年	• 「崑曲」融南曲優點，吸收北曲特點，極為動聽，「崑曲」之興為我國戲曲史上劃時代之事。嘉靖年間，經崑山魏良輔以崑山腔為基礎，融合其他聲腔（破「北曲用絃、南曲用管」之限而絃管合用）創「水磨調」。梁辰魚寫《浣紗記》後，崑山腔廣被天下，傳統戲曲皆以崑山腔歌唱，自此超越北曲獨霸劇壇三百年（約明嘉靖初自清乾隆末，1522-1779）。 • 「梨園戲」，孕育於閩南泉州，於明嘉靖四十五年（西元 1566）流行於晉江、龍溪，以及廈門、台灣等地。 • 「福州戲」（閩劇，或稱「江湖調」）始於明末清初之農民業餘之民間小戲。流行於閩中、閩東及閩北。 • 「錦歌」始於明末清初之福建南部當地歌謠，繼承明代南詞小調的曲牌，吸收當地民間小戲、民歌，用方言演唱，極其通俗。流傳於漳州、廈門、晉江、龍溪等地和台灣、東南亞華僑居地。	• 「崑曲」創興於明中葉。 　「崑曲」興起後，因其融合南北曲，自此稱短劇為雜劇、長劇為傳奇。 • 「福州戲」，因在地坪上圍著草索演出，人稱「地下坪」、「牽草索」。後結合外來戲班以江西弋陽腔合當地民歌俗曲形成「江湖調」。 • 「錦歌」後傳至台灣宜蘭，稱之「歌仔」，後經發展為「歌仔戲」。
清	世祖**愛新覺羅福臨**	西元 1644 年	• 「雅部」（崑山腔），承前代之「崑曲」。雜劇傳奇皆有人作，名劇如：清初之李漁《風箏誤》、《鳳求凰》（傳奇）；吳偉業《通天台》（雜劇），康熙時之洪昇《長生殿》（傳奇），孔尚任《桃花扇》（傳奇）（兩人有「南洪北孔」之盛名），乾隆時唐英《雙釘記》、《梅龍鎮》（崑曲），嘉道年間有《蝴蝶夢》、《紅樓夢》（傳奇）等。因曲高和寡及「亂彈」入京，崑曲日益衰微。	• 弋陽為花部代表腔調。出於江西，及於兩京、湖南、閩廣，約半個中國。 • 高腔為弋陽腔別支，唱法高亢激昂。 • 京腔為弋陽腔入京後，受地方色彩改變而成，與京劇之皮黃腔非同類也。 • 皮簧乃西皮、二黃兩腔調，二黃有源於黃陂、黃岡，宜廣，陝南，安徽等四種說法。西皮源於甘肅，由甘肅發展至陝西稱西秦腔，配器以胡琴為主、月琴為輔。

朝　代	首創者	開創年代 （西元）	戲劇相關表演藝術 （音樂、舞蹈、故事）	備　　註
清	世祖 愛新覺羅 福臨	西元 1644 年	• 「花部」，（含弋陽、高、京、秦、吹、梆子、羅羅等腔及皮簧調，亦稱「亂彈」）民間俗劇。於乾隆 44 年，魏長生（秦腔名花旦）做表極佳，改旦角扮飾：踩蹻、梳水頭（貼片子）等革新，轟動京師近十年。55 年安徽優人高朗亭與四大徽班進京，以徽（徽調二黃）、漢兩腔吸收崑、弋、京、秦的特長，亂彈競奏。後西皮調（秦腔變襄陽調）與二黃合奏（稱楚調）謂「皮黃戲」（以二黃、西皮為主，崑曲、花部諸腔為輔的劇種），集中國各種戲劇、地方聲腔、小曲於大成，自此稱霸劇壇，有「京劇」、「平劇」甚至「國劇」之稱。 • 「高甲戲」（又稱「宋江劇」）源於宋元明「雜劇」、「傳奇」。清末與「竹馬戲」藝人結合，吸收崑、弋、徽、皮黃等戲優點，風格獨特，清朝以後獲「高甲戲」之名。 • 「南管」（又稱「南曲」、「弦管」）發源於泉州之閩南方言戲，從唐宋「大曲」、元「散曲」、明「崑」、「弋」等腔演變而來，其音優美、典雅、柔婉，宜唱宜彈，古色古香的民間音樂。流行於台灣、港澳及東南亞，華僑因其為故鄉音樂，又以「鄉音」稱之。 • 「偶戲」出現於戲劇成形之前，是福建戲之大宗，目前泉州仍是「偶戲」之王國。	• 梆子腔來自甘肅，由流行於西北民間之民歌所衍成，以棗木梆子為節拍，故稱梆子。梆子腔是秦腔之俗稱，雅稱即為梆子腔。 • 吹腔配樂為管樂，或源自崑弋兩系統。 • 羅羅腔又稱南羅腔，亦可能為弋陽腔別支。 • 「高甲戲」因多演水滸宋江等故事，因此又稱之「宋江劇」。 • 最早之紀錄為周穆王時有以木雕人形演歌舞之傀儡子。

朝 代	首創者	開創年代（西元）	戲劇相關表演藝術（音樂、舞蹈、故事）	備 註
清	世祖愛新覺羅福臨	西元1644年	• 「歌仔戲」，約於三百餘年前隨漳州移民將閩南漳州、薌江一帶的「錦歌」傳至台灣。約於一百年前，來自大陸歌謠說唱家（如貓仔源、陳高犁）開班授徒（歌仔助、陳三如、流氓師等）並於宜蘭生根，形成說唱之「本地歌仔」。後經「車鼓戲」舞蹈身段之融入，發展為「歌仔陣」（落地掃），後又將演出場所由平地轉至舞臺，劇情亦由散齣增至全本戲，產生「老歌仔戲」。後於地方大戲（四平、亂彈等）擷取精華，成為「野台歌仔戲」。再向平劇學習台步身段與鑼鼓點子（1023年）、向福州班學習佈景與連本戲等，終於發展成熟進入內台演出（1025年）。 • 「薌劇」，源頭始於宋元，為閩南語系主要地方戲之一。其前身是台灣「歌仔戲」，而「歌仔戲」卻承襲閩南「錦歌」脈絡。後吸收高甲、梨園、竹馬、漢劇等曲調，揉合「車鼓」、「南詞」等小調，創為「改良調」。由於流行於龍溪、薌江一帶，故改稱為「薌劇」。	• 「歌仔戲」由「本地歌仔」，經「歌仔陣」（落地掃，歌仔戲雛型）、「老歌仔戲」（尚屬醜扮踏謠，約民國初年，1911年左右）、「野台歌仔戲」至「內台歌仔戲」（約1925年）終於發展成熟，至1956年可謂其巔峰期，並進入轉型期：「大型歌仔戲」、「廣播歌仔戲」（約1954年）、「電影歌仔戲」、「電視歌仔戲」四種類型。 • 「薌劇」源頭始於宋元之閩南地方戲。其前身是由台灣承襲閩南「錦歌」所發展之「歌仔戲」，而「歌仔戲」於台灣發展成熟後再回傳（1925年）至大陸，經其吸收其他地方戲曲曲調並改良而成。

資料來源：

摘引自： 王沛綸（1975）之《戲曲辭典》

孟 瑤（1979）之《中國戲曲史》（第一、二、三冊）

魏子雲（1994）之《中國戲劇史》（全二冊）

張庚、郭漢城（1998）之《中國戲劇通史》（上、下冊）

陳 芳（2000）之《乾隆時期北京劇壇研究》

王芷章（2003）之《中國京劇編年史》（上、下冊）

曾永義（1988）之《台灣歌仔戲的發展與變遷》

曾永義（2004）之《戲曲與歌劇》

三、傳統戲曲發展與觀眾之關係

以下分述各朝代社會環境與觀眾觀賞戲曲概況：

（一）黃帝至周朝

遠古時代初民由畏天而敬拜鬼神，由敬拜儀式至人神溝通的日常所需之理由（祭祀、祈福、治病、趨吉避凶）而產生之樂舞表演之參與及觀賞，此時期的初民（觀眾）乃宗教情操為主導。至虞舜則有以音樂、舞蹈教育子姪。乃至夏商周之俳優祭祀歌舞，民眾觀賞目的主要是社會宗教禮法（社教）的參與，雖有俳優侏儒則為君王行樂所有。其後春秋戰國逐漸變為在媚神中娛人以及射御技藝演習，乃至秦朝之角抵競技才成為娛樂之風俗。

（二）漢魏六朝

劉邦一統天下之後，人民安養頓息，許多鄉野技藝，即「百戲」，如：角力《烏獲扛鼎》、角技、幻術《劉根傳》（靈媒）及《左慈傳》（隔空取物）、假面《白虎鼓瑟》、《蒼龍吹箎》、扮古《東海黃公》（據稱其為戲劇之始）、戲謔（侏儒巨人，戲謔為偶）等，應運而生。而延春秋時期「詩三百篇」到漢武帝之「樂府」（如：《王昭君》、《楚妃嘆》、《秋胡行》多為後世戲曲所取材）乃至晉魏以後，其由民歌形式舞曲演變的「樂府詩」，（如：《孔雀東南飛》、《陌上桑》可說是我國後代歌舞劇藝術型態的延伸）更是全民習唱社教推廣之需，此時觀眾之目的可說是怡情憤志（魏子雲，1994，p49-68）。

（三）南北朝

前兩漢四百年歷史，不但向南開闢荊蠻之域，且向西、北兩方開展戎狄之邦，為文化展現新局面。至三國鼎立而後到魏晉南北朝，三百年間，呈現天下分裂紛爭變亂時代。此時人民處於戰亂中，只求苟安未求禮樂，文化活動並無新創，仍是兩漢之「百戲」，至多是從異域傳來之新歌舞而已。變亂中的民間歌舞娛樂採取該頌的頌《蘭陵王》，該諷的諷《踏搖娘》，替觀眾抒發所感，觀眾於觀賞之餘亦獲情緒舒緩（魏子雲，1994，p69-80）。

（四）隋唐

隋之天下，不到四十載，延前朝樂舞置「七部樂」並雜有域外之七部，僅十四部舞曲，其他仍前朝「百戲」（魏子雲，1994，p83）。

唐代政經繁榮，藝術燦爛，為當時世界上先進文明國家之列，對外貿易與文化交流事業異常發達（孟瑤，1979，第一冊　p33-34）。李唐立國，設「教坊」、「梨園」，使樂舞有豐碩成果，皇子王孫亦學歌習舞，以禮樂加強文德教化百姓外，亦促使樂舞走向唯美自由的浪漫風格。此時有富刺激性又精彩炫目的前朝遺風「百戲」娛樂，又有詼諧戲謔的「參軍」、「科白戲」，甚至勸善的佛教「變文」，繁茂的戲劇風貌培養更豐富之觀賞品味的觀眾。

至於戲劇研究部分，唐代有崔令欽所撰之《教坊記》，記載演員之特色、裝扮、擅長部分清楚記述。安史之亂前的戲曲藝術尚未成為商品，而被帝王、達官顯貴所壟斷，藝術的審美輿論仍操縱在其手中（蘇國榮，1987，p69）。安史之亂後，市民文藝逐漸抬頭，藝人已非全靠宮廷貴族謀生，而開始在廟中向普通觀眾賣藝，除經文俗講的「變文」之外，也有百戲雜技，甚至南街保唐寺女尼講經，吸引眾多婦女前往聽經。因商品經濟日益發達，市民階級日益興起，市民文藝也隨之興盛（張庚、郭漢城 1998，上冊 p0033-0037）。

（五）宋金

宋代在統一天下後，在武功上雖無表現，但對久困戰亂的人民卻有休養生息措施，提倡農業、廢除苛捐，工商業亦日益壯大，成為富而不強的王朝。因富，直接刺激民間娛樂的發達，而娛樂的發達與否，又直接影響戲劇的榮枯，宋代民間富足因而戲文、歌舞、娛樂多采多姿（孟瑤，1979，第一冊　p55-56）。宋金雖因南北兩朝之政治軍事影響了南北曲盛衰起伏，但南宋當局為繁榮商業，將一些官署後園改作商場及娛樂場所，從此，宮廷藝術轉為市場商品的招攬依附，如果娛樂表演不投合廣大庶民口味，商場就無人遊逛，商品就失去顧客，是故，官員、富者不再是審美對象的唯一裁決者，庶人也擁有審美的輿論權力（蘇國榮，1987，p69）。

此時觀眾在戲曲娛樂選擇自由與多樣化，且其審美趣味還可制約演出的美感型態則無可置疑，藝術的審美輿論由權貴逐漸分散轉移至百姓手中。

（六）元代

　　元，為蒙古族在中國建立之王朝，元太宗窩闊台滅北金女真族，元世祖忽必烈滅南宋，將南北分裂的中國復歸於統一。由於民族複雜，政經文化方面亦顯特殊，為了統治反抗的漢民，將各民族分貴賤四等，即蒙古人、色目人（西域及歐洲各族）、漢人（北中國漢人、契丹、女真、高麗等）、南人（南中國漢人），造成民族間之矛盾與歧視。加上對喇嘛教的崇拜，允許其享受特權、橫行不法，以致社會秩序大混亂，自然引起受不平待遇的漢民知識份子強烈反應，其徬徨與苦悶直接影響元代文學（孟瑤，1979，第一冊 p157-158）。

　　元滅金以後，只舉行科舉一次，之後廢除舉試達八十年之久，文人驟失進身之階或在朝廷不得伸志的平民漢人、文學才子皆隱身於劇作之中，藉新興之雜劇以抒胸中幽憤（孟瑤，1979，第一冊 p160）。元雜劇為元朝文學成就最大者，促成元雜劇繁榮的原因除當時敏感知識份子的投入外，前朝的歌舞、詞曲皆為其養分；孟瑤在其《中國戲曲史》指出：

　　「宋代歌舞極為完備優美，等到賺詞、諸宮調興起以後，直接予戲劇的發展有利的刺激。再加以金元都是年青民族，生命力充沛，生性驍勇活潑，都十分喜好歌舞，這種生活方式，也同時對戲曲的成熟有助力……唐代文學除詩外，還有傳奇和變文，傳奇是最優美的文言小說，變文又影響了宋代的『說話』，而為白話小說之祖。這些引人入勝的故事，直接豐富了戲曲的內容，等到宋以後優美的歌舞與之結合後，再加上許多其他客觀有利條件，使元雜劇在中國文學上大放異彩……」（引自孟瑤，1979，第一冊 p159-160）。

　　許多研究戲曲者皆承認我國戲曲發展至元代才真正趨於完整，因元雜劇在中國戲曲發展史上第一次達成「合歌舞以演故事」之傳統戲曲特色的標準。

　　元雜劇吸收前代講唱文學以及歌舞百戲的優點和長處，故能燦爛而不朽。其表現形式又不同於前代任何文體，在文學上是口語與韻文的高度結合，在音樂上有嚴謹曲體的豐富變化。因此，元雜劇的嶄新體制是中國文學發展史上劃時代的結晶（孟瑤，1979，第一冊 p167-168），此即敘明元雜劇之價值。

　　元雜劇作家大多出身平民，懂得平民生活與喜怒哀樂，甚至與藝人同組書會，合作編寫劇本，尚有親自登場演出者，從實踐中吸取經驗，因此他們所寫劇本都能活躍於舞臺上。其完全根據現實而寫作，親切寫出平民生活情調、願望和思想，使作品不僅含真正的藝術衝動及發自內心的創作欲望，且是非常適合搬演的劇作，以致觀眾獲得前所未有的高度陶醉與滿足（孟瑤，1979，第一冊 p160-169）。

元朝因手工業及商業發達，造成大都市的興起，自然有利於雜劇的發展。尤其當時於京師、外邑皆有勾欄以納廣泛的觀眾，更有許多觀眾，既是觀眾又是演員，也是作者，這些忙時務農，閑時賣藝，被稱為「路岐人」的民間藝人表演雖不如專業劇團嚴格的按本演出，但一直是我國村鎮中的主要演出團體（蘇國榮，1987，p67、70-71）。

基於以上所述，元代給予元雜劇非常有利之發展條件與空間：

一、音樂的盛興，結合歷代之精彩歌舞形式。

二、文學的繁盛，唐詩宋詞、傳奇變文等豐富元雜劇之文學內容。

三、統治者的喜好，刺激與鼓勵元雜劇的興起。

四、都市與經濟的繁榮，促使演出的需求與觀眾群的擴增。

五、口語文學的運用，為適應廣大觀眾群中的元人及市井小民之漢學根基有限的狀況，以致俗字俗句皆可入戲的口語文學的發展，便利文學創作。

六、文人的參與，身為平民的知識份子對於元朝的整個生活面貌能深刻了解與無限同情，完全根據現實而寫作，親切道出平民願望和思想，「寫作向現實中植根」為前朝文學所未見的特殊風格。

由於天才輩出，如：元曲五大家之關漢卿、王實甫、馬致遠、白樸、鄭光祖等（亦有去王實甫而稱元曲四大家，或加喬吉稱元曲六大家之說），促使元雜劇的成就燦爛不朽，至今劇作仍在舞臺上演出，且於國內外仍不乏研究者；據聞國外有特別研究關漢卿雜劇的團體，而謂之「關學」，足見關漢卿名列元曲五大家之首的魅力，亦顯現元雜劇於元代文學之特殊地位。

而元代除有豐富的劇作外，亦發展出戲劇學的研究論著，如：鍾嗣成的《錄鬼簿》，記載當時北雜劇著名作家。以及夏庭芝的《青樓集》，記錄雜劇名演員等等論述（丘慧瑩，2000，p65），提供後世劇學研究與考證資料。

（七）明代

孟瑤指出：「我國戲曲，元代雖已大成，然使之更加美善更加壯闊，則有待於明代」（孟瑤，1979，第二冊 p251）。明，為朱元璋滅元重建的漢民王朝。明初，以平民而為天子的明太祖深知民間疾苦而多有建設，使社會繁榮安定並廣儲文學人才。成祖廣集文士編纂永樂大典卻同時文網森嚴，常有文士因字句之誤而招忌被殺，因此當時文人避談政治，少有反映現實作品，戲曲多繼承元人遺範。明初的王公貴人仍愛元代所盛行之北曲，其原因與王室朱權（寧獻王）、朱有燉（周憲王）之喜好，在下者效尤之故，因此雜劇勝於傳奇（孟瑤，1979，第二冊 p249-251）。

　　明中葉，政治日趨腐敗但社經繁榮，前後七子（弘治、正德年間，前七子李夢陽、何景明、徐禎卿、邊貢、康海、王九思，以李、何為首。嘉靖、隆慶年間，後七子李攀龍、王世貞、謝榛、宋臣、梁有譽、徐中行、吳國倫，以李、王為首。）不滿當時文風，企圖以「復古」振衰救弊，而鼓吹復古風氣，致使小說戲劇大有發展，成就極高。尤以崑曲的創新，使我國戲劇更加燦爛（孟瑤，1979，第二冊 p250）。提及崑山腔，最有成就也被稱之為創始者魏良輔，依孟瑤在其《中國戲曲史》記錄沈寵綏《度曲須知》所言：「嘉隆間有豫章魏良輔……生而審音，憤南曲而訛陋也。盡洗乖聲，別開堂奧。調用水磨，拍捱冷板，聲則平上去入之婉協，字則頭腹尾音之畢勻。功深鎔琢，氣無煙火，啟口輕圓，收音純細……」另外，魏良輔每有心得必向精於音律的戶侯過雲適諮詢，反覆不厭，又以管弦樂合之（孟瑤，1979，第二冊 p287-273）。這些是度曲家魏良輔改良崑山腔之唱法研究，也是後世演員對戲曲揣度應有之態度。

　　戲曲家梁伯龍（辰魚）承魏良輔之傳統，以崑山腔用於戲曲，自翻新調，作《浣紗記》至傳海外，使崑山腔更發揚光大。後又有徐渭《四聲猿》擺脫傳統束縛，自創新意，不為南北曲所限、亦不為四折所限，寫法新穎至極，皆讚為天才。湯顯祖以劇情安排巧妙，遣辭用語新麗脫俗的《牡丹亭》，更得世人稱之「技出天縱、匪人所造」（孟瑤，1979，第二冊 p287、292-293）。

　　崑曲因魏良輔以崑山腔為基礎，融合其他聲腔（破「北曲用絃、南曲用管」之限而絃管合用）創「水磨調」，且梁辰魚寫《浣紗記》助陣，北曲日感威脅。「崑曲」融南曲優點，吸收北曲特點，極為動聽，由蘇州蔓延而廣被天下，後傳統戲曲皆以崑山腔歌唱。「崑曲」經過無數文學家、音樂家、名伶的心血灌溉，當然日益壯大，至萬曆年間，已呈征服者姿態，獨霸劇壇，為我國戲曲史上劃時代之事，自此超越北曲獨霸劇壇三百年（約明嘉靖初自清乾隆末，1522-1779）。

　　晚明，經濟一片繁榮，尤其長江下游及江南沿海一帶，因封建經濟動搖，資本主義萌芽，顯現特別的繁華景象，無論農業、手工業皆進步、規模擴大，因而人口集中，市場和商品更流通，促使這些地當水路要衝的城鎮成為大城市，因此工商業發達，熱鬧非凡。經濟繁榮促成大都會的興起，繼而享樂主義的社會風氣，對於戲曲而言，無疑提供了利於發展的大市場，尤其江南新興市鎮中，最閃耀的地區即是崑山腔的發祥地──蘇州，由於崑曲的創興，使我國戲曲發展開啟燦爛的一頁（林鶴宜，1994，p58-60）。同時，民間觀劇之風日熾，雜劇、南戲，幾乎人皆能唱，村鎮廟會演戲，往往戲臺比鄰，觀者數萬人（蘇國榮，1987，p67）。

　　由於「崑曲」廣被天下，獨霸劇壇，因此明代出現許多曲學家對崑山腔的審音、協律、填詞、度曲、演習等規律進行系統性整理與研究，寫成具一定規範與指導作用的專著，如**演唱理論**：魏良輔《曲律》、沈寵綏《絃索辨訛》、《度曲須知》。**戲曲表演評**

論：潘之恆《亘史》、《鸞嘯小品》李開先《詞謔》、張岱《陶庵夢憶》。**曲評、劇評類**：徐渭《南詞敘錄》、何良俊《曲論》、《四友齋曲說》、王世貞《曲藻》、徐復祚《曲論》、胡應麟《少室山房曲考》、張元良《梅花草堂曲談》、沈德符《顧曲雜言》、騷隱居士《衡曲塵談》、呂天成《曲品》、祁彪佳《遠山堂曲品》、《遠山堂劇品》等。**創作理論**：王驥德《曲律》等。**評點類**：王思任《批點玉茗堂牡丹亭序》、馮夢龍《太霞新奏》、《墨憨齋定本傳奇》、《李卓吾批評琵琶記》、沈泰《盛明雜劇》、孟稱舜《古今名劇合選》批語等。**曲譜類**：朱權《太合正因譜》、沈璟《南九宮譜》、沈自晉《南詞新譜》。論劇作品繁盛，百家爭鳴，如同另一角度上推動崑山腔劇種之發展（魏子雲，1994，下冊 p78；張庚、郭漢城，1998，下冊 p0765-0772；沈惠如，2006，p25-26）。

　　由此可見，經濟與社會風氣影響著觀眾的參與意願，明朝經濟繁榮，民間觀眾觀劇、評戲參與度極高，甚至對劇種喜愛熟捻而通曉哼唱。加上明代劇作家求新求變的創作動機和劇學家深度與廣度的研究探討，延續戲曲生命的旺盛動力。太平盛世，人才輩出，名劇佳作繁多，觀眾大飽眼耳之福。明代的觀眾賞戲、評戲的觀賞行為，與劇作家相互提升戲曲的水平。

（八）清代

　　明末，吳三桂開關納降，東北女真長驅山海關，建立清王朝。為防重蹈元帝覆轍，對漢民以武力及懷柔雙行政策，終造成乾嘉盛世，耳目聲色之娛亦隨之興起。我國戲曲的發展，自明代以後，逐漸脫離舞台而變成案頭劇，成為只提供文人雅士的低吟淺唱，脫離俗眾的結果，其藝術生命則自然日益萎縮（孟瑤，1979，第二冊 p343-344）。

　　清初，清廷對戲劇大力推行，亦比前朝熱烈，但仍僅繼承前朝傳統「崑曲」（稱為「雅部」），大內戲班供演雅部，民間則百戲雜陳（稱為「花部」）。清代文學風格為擬古，蓋因前賢已將各文體發揮淋漓盡緻，唯康熙時南洪（洪昇）北孔（孔尚任）具盛名，但因大部頭劇作，搬演不易，《長生殿》被舞台淘汰大半，《桃花扇》則作文學品讀。因戲曲逐漸脫離舞台成為案頭劇，崑曲藝術價值漸高，卻離俗眾距離越遠，造成崑曲與文學關係愈密，與舞台關係日疏，就劇作及保存數量而言皆不如前朝豐富，因而吳梅於其論著《中國戲曲概論》卷下〈清人傳奇〉中有言：「乾隆以上，有戲有曲；嘉道之際，有曲無戲；咸同以後，實無戲無曲矣」之說法（丘慧瑩，2000，p1）。即使演出也多為士大夫的家伶，且演出非當時文人所作，而以明傳奇居多，此時的伶人們更在搬演技巧上下功夫。於此，戲曲遺棄了俗眾，變成少數藝術品味極高的文人雅事。而俗眾之感情、遭遇、動心的悲歡離合，仍須宣洩、共鳴，因此，來自民間、代表俗眾思想的俗劇花部諸腔便五花八門的蔓延開來，始而威脅雄霸劇壇的崑曲，終而「皮黃」取代「崑

曲」，問鼎劇壇寶座（孟瑤，1979，第二冊 p343-345、395-397、丘慧瑩，2000，p1-3、魏子雲，1994，下冊 p84-85）。

於乾隆四十四年，因次年為高宗七旬萬壽，各戲班群雄競勝的第一炮由此響起，四川演員魏長生（秦腔名花旦）做表並重、演技創新，又改旦角扮飾；踩蹻、梳水頭（貼片子）等革新，以《滾樓》一劇名動京城，自此轟動京師近十年，崑曲、京腔（弋陽腔別支）皆逐漸被觀眾冷落（孟瑤，1979，第二冊 p428-432）。

乾隆五十五年（1790 年），適逢高宗八旬大喜，舉行萬壽，眾戲班入京祝釐，予花部再度發展機會。安徽優人高朗亭跟隨四大徽班（四喜，以崑曲著名、三慶，以軸子見長、和春，以把子出名、春台，以童伶聞名）進京，以徽（徽調二黃）、漢兩腔吸收崑、弋、京、秦的特長，亂彈競奏。後西皮調（秦腔變襄陽調）與二黃合奏（稱楚調）謂「皮黃戲」（以二黃、西皮為主，另以崑曲、花部諸腔為輔的劇種），集中國各種戲劇、地方聲腔等精華，得勢壯大，小曲於大成，盛行於京師，自此取代「崑曲」稱霸劇壇，因發煌於北京，故稱「京劇」、「京戲」、「平劇」，甚至「國劇」之稱（孟瑤，1979，第二冊 p434-435、447、魏子雲，1994，下冊 p96-101）。

值得一提的是，乾隆四十四年，是我國戲曲史劃時代之年代；而秦腔名旦魏長生因其對戲劇的重要改革與貢獻，成為我國戲曲史劃時代人物。我國戲曲特色以歌舞為主，以優美的歌舞動作協助劇中人發展劇情，但顯然單靠「歌舞動作」似乎過於單薄，因而魏長生強調「做表」合一（做即是舞，韻律的動作；表即是面部表情，情感細緻的表達）；著重演技（演員表演技巧的探索），是其對戲曲貢獻之一。旦角扮飾的興革（造型設計的追求與巧思）：如踩蹻以增加男扮女裝後的婀娜多姿；改包頭為梳水頭（即今之「貼片子」）造成美化旦角化妝技術的影響極大，是其對戲曲貢獻之二。因此兩項貢獻，不但使他以一個優秀演員改變了觀眾原來的趣味（由對崑曲的喜好轉向秦腔），更使他以秦腔名旦轟動京師十年並成為劃時代人物（孟瑤，1979，第二冊 p428-432）。相信因魏長生對腳色人物的講究和要求，揣摩與研究，引發觀眾（劇評人）後來在批評演技與呈現方式上的分析與紀錄多所建樹，此貢獻之三應是歸屬於他的。

而前述提及之安徽優人高朗亭，是繼魏長生之後，最得觀眾喜愛之名伶。高朗亭不但是三慶徽班藝冠群倫的名伶也是其掌班，高朗亭不獨徽腔、二黃，還善南北曲兼工小調，使徽班在京師不僅得到宮廷的寵愛並受到民間歡迎，因此眾多徽班乘勝接踵進京，因融合各地聲腔、戲曲，逐漸在京師擁有最大觀眾群（魯青等，1990，p2）。魏長生雖在演出上頗多興革，高朗亭則是對整個戲曲史的影響較魏長生更大。究其因者，魏長生全恃個人才藝，而高朗亭則用心於演出深獲觀眾喜愛外，還費心經營三慶徽班（其影響已擴及劇團經營與演出內容編創及行銷策略等綜合效能），不但使三慶班名震京師，並使徽班入京蔚為風氣，而且將京、秦、崑曲併入徽班演唱，使徽班演劇之曲調、內容更

為豐富，更接近俗眾，廣開花部戲曲生命力，自然使徽班在整個戲曲史上產生劃時代的影響（孟瑤，1979，第二冊 p434-436）。

另外，依據丘慧瑩於《乾隆時期戲曲活動研究》所述，在乾隆盛世，雖劇作和劇學論述無法與前朝相比，但透過繁茂戲曲舞台演出的實踐與研究，在戲曲創作學、舞台表演學及戲曲史料學方面出現大量著作與論述，為當時與後世劇學家對戲曲創作或表演理論，提供詳細、精闢的戲曲體系與脈絡等資料，尤以舞台表演學遠超過晚明甚多，使劇曲研究有豐富參考依據（丘慧瑩，2000，p120；張庚、郭漢城，1998，下冊 p0765）。

以下特別摘錄：

1.戲曲創作學

莊親王主編《九宮大成南北詞宮譜》：

此書囊括唐宋詞、宋元諸宮調、元明散曲、南戲北劇、明清傳奇等所見各不同時代、不同來源、不同格律之多韻文曲詞。主要觀點為「聲」與「氣」相通的思想，而貢獻為：明確定出「板眼」標示方法、注明工尺，使曲除依律填詞外，音符高低、節奏快慢、皆可流傳並影響後世曲譜標記方式。莊親王另編有《太古傳宗》（丘慧瑩，2000，p69-70；張庚、郭漢城，下冊 1998，p0768）。

其他有關戲曲創作著作另有：黃圖珌《看山閣集閒筆》強調戲曲創作應循古法卻不為古法所拘。凌廷堪《論曲絕句》三十二首、《與程時齋論曲書》、《一斛珠傳奇序》，舒位《論曲絕句》等（丘慧瑩，2000，p69-70）。

2.舞台表演學

徐大椿的《樂府傳聲》：

強調戲曲詞藻因人而施、感發人心的運用、明確指出對演員唱曲的要求：先辨字音、了解曲情、唱腔講究等原則，是我國劇學研究中，對唱曲藝術最深入、最具系統與明確的著作（丘慧瑩，2000，p70-71）。

黃旛綽的《梨園原》（原名《明心鑑》）：

提出史無前例的「藝病十種」、「曲白六要」、「身段八要」、「寶山集八則」等演員表演技法的重要訓練，提供演員之曲白藝術、身段藝術及在做表上的表演依據，促進舞台表演的創新與發展（丘慧瑩，2000，p72；沈惠如，2006，p11；張庚、郭漢城，1998，下冊 p0767）。

錢德蒼增補《綴白裘》：

蘇、揚等地舞台經常演出之劇本收錄，除崑曲外，兼容文人忽略的花部。其精於賓白刪改和加工，是舞台表演指南，在劇本改編方面力求符合劇場需求，亦能引領潮流，提供後人研究之珍貴資料亦有劇本改編的示範作用（丘慧瑩，2000，p73-74）。

葉堂《納書楹曲譜》、《納書楹重訂西廂記譜》、《納書楹四夢全譜》：

葉氏曲譜之貢獻為點定曲譜，不點小眼，是要唱曲之人心神領會，而非活腔死唱，影響崑曲劇壇及後世記譜方法良深（丘慧瑩，2000，p75-77）。

《審音鑑古錄》：

南戲、明清傳奇之精華劇本選集，記錄崑曲舞台之表演方法、技巧之演出說明，亦是精闢實際的導演教戲、導戲的腳本，除加工流傳的劇本以因應當時的舞台搬演，並加強演員技藝、情感、唱曲等要求，兼具導演、表演和閱讀美學等特質，在劇曲導演方面的啟發與運用為其成就，是舞台表演學的重要貢獻（丘慧瑩，2000，p79-80；沈惠如，2006，p11-12；張庚、郭漢城，1998，下冊 p0769）。

另有：馮起鳳所編《吟香堂曲譜》、吳長元《燕蘭小譜》、鐵橋山人等評著的《消寒新詠》等（丘慧瑩，2000，p75-79）。

3.戲曲史料學

李斗《揚州畫舫錄》：

記載揚州花雅兩部戲曲演出情況、揚州曲局整理後的劇曲目錄、梨園角色體制、場面、行頭、戲班狀況、師承關係，並評論當時花、雅部藝人，記錄演員傳神表演及個人特色，及揚州之花部聲腔劇種的流變，對戲曲表演全面性的重視，是乾隆朝以前所不曾有的（丘慧瑩，2000，p81-82）。

以及：黃文暘《曲海目》、笠閣漁翁《笠閣批評舊劇目》、黃丕烈所編《也是園藏書古今雜劇目錄》、李調元《曲話》、《劇話》，焦循《劇說》、《花部農譚》等（丘慧瑩，2000，p80-84）。

其他尚有：李漁《閑情偶寄》（曲論），高奕《傳奇品》（曲評），以及王芷章《昇平署記略》，楊靜夢《都門記略》，吳長元《燕蘭小譜》，劉廷璣《在園曲志》，劉獻廷《廣陽雜記》，小鐵笛道人《日下看花記》，余懷《寄暢園聞歌記》，王應奎《柳南隨筆》及談秦腔之《秦雲擷英小譜》等諸多紀錄劇藝、劇評之論著（魏子雲，1994，下冊 p93-94；張庚、郭漢城，1998，下冊 p0767、p0919-0920）。

繁多的戲曲史料論述，詳記有關表演技巧、表演訓練、舞台指示、演出執行等相關之舞台表演與導演的理論與範例，提供後世研究者豐富寶貴資料。

至於觀眾方面，雖然有禁止外官蓄養家班、查禁抽撤劇本、禁唱特定聲腔、禁演戲曲等政治目的之禁令，但隨北京內廷戲臺興建、江南行宮戲臺亦大量建構，城市中也出

現固定、專以營業為目的之劇場，有戲莊提供上層社會宴會與演劇結合使用，有戲園為一般化劇場，觀眾層面廣又帶有茶館性質，且連座位分區皆完備，以此看來，觀劇即為當時重要享樂。清代花部的繁榮，與有多方嗜好的乾隆六度南巡（乾隆十六年至紹興，二十二年至杭州，二十七年至海寧，三十年又至杭州，在於四十三、四十九年，在兩次到海寧）有重要關係。江南官史、鹽商極盡討好君上之能事，淮南北兩岸劇場綿亙數里，戲曲之風更加興盛。加上幾次萬壽慶典，江南藝人得以進京表演與京城劇壇激盪互動（孟瑤，1979，第二冊 p407-408）。而隨著花部諸腔的盛行，眾多地方戲曲的繁衍，京城市民或各地方農民看戲之風更在全國蔓延，甚至被封建戒律所束縛的婦女亦不顧禁令，前往觀劇，猶如徐珂、仲可於《清稗類鈔》第三十七冊《戲劇‧河南婦女觀劇》中所記：「每演劇，婦女輒空巷往觀」看戲的民眾樂在其中，幾近沉醉地步（蘇國榮，1987，p67）。

　　清代為我國舊文學之最後一階段，也在此次的落幕獲得真正光榮的結束（孟瑤，1979，第二冊 p344）。清代的康熙至乾嘉盛世，令各種戲曲得以百花齊放、百鳥爭鳴，提供表演者與觀賞者相互滿足的最大空間。此時，民間對戲劇的支持與狂熱，自然給予戲曲繁榮的最佳機會。徽班入京後，「皮黃戲」集中國各種戲曲、地方聲腔等精華，盛勢壯大，盛行於京師，取代「崑曲」稱霸劇壇而稱為「京劇」，因為民眾的喜好與鼓勵，開放出空前未有繁盛花朵，在我國戲曲史上創造出燦爛的一頁。

四、戲曲民族風格與觀眾之關係

　　我國戲曲從前朝百戲、歌舞到唐傳奇、變文，宋詞、諸宮調、南戲，以至元雜劇、明傳奇、崑曲，乃至清秦腔、皮黃，各朝代不同風格與內容的演出，帶給民眾各種不同享樂與抒發情感的通衢，而隨著戲曲的傳播，使生民教化其中並將之視為最重要之精神食糧。

　　戲曲史學家張庚、郭漢城於《中國戲曲通史》論及：宋金元時期的戲曲表演，其藝術特色僅南北之分。元末明初，南戲傳奇雖繁衍多種聲腔，但大部分聲腔之表演藝術差別甚小，在藝術上真正各有特色者，只有崑山腔及弋陽諸腔兩大類。而清代之地方戲曲表演藝術則創造兩個歷史特點，其一乃是它的**藝術創造的群眾性規模**，以及由此而形成之豐富多樣的藝術特色，此即我國戲曲形成以來從未有過的。其二乃是其**生動活潑的民間特色**，因此在藝術形式與風格上，具有最大的靈活性（張庚、郭漢城，1998，下冊 p1182-1184）。

　　清代之地方戲曲之群眾性創造規模，開闢戲曲表演藝術多樣化的發展：有古老劇種在民間進一步發展而形成的藝術特色（如崑曲表演的地方化）；有新興劇種形成的各種

藝術特色（如梆子、亂彈）；有以民間小戲為基礎而發展形成其藝術特色；有古老劇種結合當地民間藝術演變形成其藝術特色。在表演藝術上所形成之劇種特色，有以曲牌聯套或板式變化為其基本結構形式，打破原有以戲劇演出結構服從音樂結構的傳奇體制。因板式戲曲音樂的加入，而在劇目的藝術分野，有以唱、念、做、打各種不同演出內容為主之劇目的靈活性。在表演藝術方面，則大量吸收各種民間藝術與技藝並加以消化改造，以適合於戲曲舞台演出，開闢一個前所未有的、全面吸收發展和全面的群眾創造的歷史新時期，其規模和歷史成就是空前的，且為後來的戲曲表演藝術進一步提高發展，提供廣泛且深厚的藝術和技術之傳統基礎，集戲曲之大成的京劇表演藝術，正是在這種藝術和技術寶庫中發展而成（張庚、郭漢城，1998，下冊 p1182-1184）。

　　因我國戲曲觀眾是屬於全民性的，因此我國戲曲的民間性深刻影響我國戲曲民族風格（戲曲美學與戲曲藝術風格）。上述張庚、郭漢城所言之「藝術創造的大規模群眾性」及「生動活潑的民間特色」，主要在呈現清代各劇種百花齊放之繁榮盛況，給予京劇表演藝術技巧的全面發展和養分。而戲劇學者蘇國榮所作《中國劇詩美學風格》中〈民間觀眾對戲曲民族風格的影響〉論點則著重於戲曲觀眾的思想、個性等對戲曲風格影響之原因，其論述中提及戲曲觀眾的民間性之「特色」與觀眾結構有關，將於下一節京劇演出觀賞行為之「觀眾結構今昔對照」中敘明。在此先以戲曲民族風格之相關文獻做討論。

　　蘇國榮提出五個論點，說明「戲曲觀眾的民間性對戲曲風格形成之影響」：

（一）思想傾向的直接性

　　因我國一般觀眾（人民）的思想較直接明顯，且情感強烈，因此看戲時的鮮明愛憎，影響著戲曲必須態度鮮明，是非清楚，因此戲曲風格鮮明直接。愛憎感情滲透至劇本文學及角色人物之扮相造型、表演方式、唱腔、鑼鼓經等舞台藝術之各方面，甚至一些地方戲曲的幫腔，更是毫不掩飾地對劇中人物進行褒貶和評價。觀眾的干預，直接影響戲曲創作，戲劇情節明顯表露劇作家和觀眾相同看法（因觀眾掌握演出成果），尤其表現在一般的戲曲定律「善惡有報」的結尾處理上。這種強烈情感、鮮明的愛憎，融貫於戲曲文學中。我國自古以來的傳統思想薰陶造成我國戲曲觀眾如此的審美心理，因古代文論重視文藝的社會功利，如：「文以載道」、「美即善」等，這種文藝思想自然影響了戲曲的發展（蘇國榮，1987，p73-75）。

（二）戲曲體系的即離性

中國戲曲在處理觀眾演出與觀眾關係時，是讓其受到強烈情感共鳴時，卻能保持清醒的頭腦，採取「不即不離」或說「又即又離」的即離性體系。而為防止觀眾完全沉醉而產生干預演出之舉動，則採取一些間離措施，此措施完整而系統化的形式融於整個戲曲體系中，如：舞台呈現之人物環境，不是對生活的直接摹仿，而是演員用身段虛擬之。化妝亦不採用生活中直接型態，尤其臉譜的運用，顏色之善惡分明（紅色代表忠義、黑色代表剛正、白色代表奸險……），臉譜兼具性格與圖案之美，既不是生活中的人，卻又像生活中的人。行當的劃分（生旦淨丑各種腳色皆有其應有之唱腔、動作程式），人物動作的程式化，以唱、念、做、打之優美程式與生活拉開距離（蘇國榮，1987，p75-79）。

（三）舞台處理的假定性

假定性即劇場性，中國戲曲的舞台處理有四種手法：
1. 以虛代實，透過演員虛擬表演，運用觀眾想像構造人物所處之環境。
2. 以少總多，如以龍套代替三軍。
3. 化特殊為一般，如以桌椅化為山、橋、床、牆等。
4. 變部分為全體，如以槳代船、以馬鞭代騎馬等。

以上之共同特徵──假而簡，所表現出舞台形象或意象，已不同於真實生活面貌。皆透過觀眾想像以獲得豐富之舞台形象，體現藝術之真和美。因戲曲是以演員為中心的藝術，演員的表演風格和表演藝術程式與結構，是我國戲曲表演藝術長期的歷史凝聚，戲曲演員在表演中能化境於身，是出於能集百戲於一身的高超工架，是千百年來一代代藝人集體創造的精華。我國觀眾能從這集百戲的演員肢體之超高工架中想像出各種不同的環境或氛圍，也是在民族藝術的文化土壤中薰陶出來，是民族審美習慣的凝聚。戲曲因龐大而廣泛之觀眾層，遍佈於城鄉角落，劇團流動性演出，決定了劇場之臨時性及簡易性，亦產生舞台藝術之假定性則愈強（蘇國榮，1987，p80-85）。

（四）歷史題材的隨意性

由於民間觀眾長期處於被統治地位，文化較低，歷史知識較缺乏，看戲不會在乎劇中情節人物是否符合歷史，只求人物的行動合情合理，他們感興趣者，乃長期流傳於週邊之歷史故事。許多劇種由山歌、民間小戲轉變而來，同時有許多作者亦為鄉下百姓有

關。因此傳統劇目多歷史題材，藝術家在處理情節人物方面，不拘泥歷史的真人真事，而是著意歷史的內在真實意義。因而產生歷史題材的隨意性（蘇國榮，1987，p86-88）。

歷史題材的隨意性，除表現於情節人物外，亦表徵於服裝形式的處理上。傳統戲曲演出任何一個朝代的故事，皆穿著類似明朝服裝，其形成應與演出對象多為民間觀眾，且與劇團流動性和有限的經濟條件有關。服裝之時代性雖是極隨意的，但服飾之顏色、圖案、長短等方面則鮮明體現傳統社會等級差異（蘇國榮，1987，p89-90）。

（五）悲劇結構的雙重性

我國戲曲無論是喜怒或哀樂，觀眾皆能隨意而遷，因民間觀眾具有如此審美心理，因此我國的悲劇鮮有像希臘悲劇那種一悲到底，而是悲喜交集、苦樂相錯者，在悲苦至極時，往往因淨、丑插科打諢，使觀眾破涕為笑；鬆弛緊張情緒，且未削弱悲劇效果，反而因此種對比，加強悲劇深度。我國悲劇的雙重性結構，並表現於悲劇結尾多以順境（團圓）告終，與我國民間觀眾審美心理、民情風俗（團圓即家庭幸福）有密切關係，另外，則因民間觀眾富有樂觀主義的民族精神有關，悲劇作者為迎合民間觀眾心理，使之看戲後「哀而不傷」，情感得到中和，因而悲劇結尾多追求團圓之趣（蘇國榮，1987，p91-93）。

因為我國戲曲體系的即離性，致使戲劇與真實人生的分界明顯。因此，上述蘇國榮說明我國戲曲觀眾的民間性對戲曲民族風格形成的重要原因的五項論點，仍可適用於現今的大部分觀眾，尤其是傳統老戲的演出。如再加上現代劇場藝術之技術運用，更不會造成與現代觀眾之觀賞模式的隔閡。

在新編戲曲部份，由於受到西方戲劇表現形式的影響，現今觀眾對於悲劇結構的雙重性已不似從前那麼的堅持，故事結局的手法不一定非得是「團圓」喜劇收場，而能夠接受順應故事情節或戲劇主旨的傳達而有所表現。歷史題材的運用比以往嚴謹，在人物造型、舞台布景上會考究歷史時空因素，但非絕對寫實的仿古，仍保留傳統戲曲舞台的優點——舞台藝術之假定性；創造一個適合表現該時空及故事的舞臺空間。演出內容亦非以轉述歷史傳說、軼事為主要目的；即便有時以歷史人物做為討論對象，或以故事主人翁之作為與所處時代的關係，對照今日的思想觀念和心理學等面向，而重新賦予該人物評價，演出題旨在藉故事及人物詮釋生命的價值或人生的意義。

第三節　京劇的發展與京劇的觀賞行為

一、京劇的發展

上節所述，崑曲衰微後，自乾隆四十四年至五十四年間，是秦腔（魏長生）獨霸約十年。乾隆五十五（1790）年徽班進京，二黃始盛，道光十年間楚調於徽班與二黃結合成皮黃，自始獨霸劇壇，君臨天下。孟瑤指出花部諸腔的發展至皮黃稱王，雖然皮黃無論在文學的成就、音樂的考究、及舞蹈（舞台肢體動作）的優美等方面，皆不及崑曲來得優雅與細緻，但因崑曲曲高和寡，而皮黃吸收各劇種精華、加入雜技武術且懂得關目排場，以致皮黃能深獲俗眾歡心（孟瑤，1979，第二冊 p452）。

在北京形成與發展的京劇，於悠久的傳統戲曲歷史中遠非最古老的劇種。從它的形成算起，至今不過二百一十五年，但由其形成並逐漸佔領京師舞台之後，融化吸取其他聲腔與地方戲曲精華，繼承了我國戲曲的歷史傳統，並於短短幾十年間流傳各地，終而成為我國最主要、影響最廣泛的劇種。京劇藝術之所以能夠日臻完美，很重要的因素是在發展過程中湧現許多傑出的表演藝術家，其創造性的藝術實踐完成了京劇藝術的更高境界。

京劇發展可大致分為以下幾個階段（1949 年國民政府遷台後則以在臺灣的京劇發展狀況為主述對照）：

1. 1790-1850 年，孕育形成期。
2. 1850-1917 年，成熟期。
3. 1917-1937 年，鼎盛高峰期。
4. 1937-1949 年，抗日空窗期。
5. 1949-1964 年，臺灣京劇草創期。
6. 1964-1976 年，臺灣京劇成熟期。
7. 1976-1998 年，臺灣京劇創新合併期。

茲將各期分別細述如下。

（一）1790-1850 年，孕育形成期

　　徽班在京師得到宮廷的寵愛並受到民間歡迎之際，於乾隆五十六（1791）年四慶徽班、五慶徽班乘勝接踵進京。嘉慶年間，北京又有四喜、啟秀、霓翠、和春、春台、三合、嵩祝、金鈺等眾多徽班演出。其中以三慶、四喜、和春、春台最為著名，合稱「四大徽班」。此時徽班以演唱徽二黃、秦西皮為主，兼唱崑腔與花部諸腔（四平調、高撥子、吹腔、京腔、羅羅腔）及民間小調，觀眾層面愈來愈廣，在京師各戲班顯占優勢。嘉慶、道光年間，又有余三勝、王洪貴、李六、譚志道、童德善等漢調藝人進京搭徽班演戲，終促成徽、漢、秦合流局面，徽班亦逐漸以皮黃腔為主，奠定京劇藝術基礎。京劇經過約五十年的孕育，至 1850 年，在唱念的語音上北京化，使用北京語音唱皮黃亦成為京劇的標誌（魯青等，1990，p3）。

（二）1850-1917 年，成熟期

　　各徽班陣容出現顯著變化，從以往旦角為主改以生角為主，增多演義、歷史等劇目使題材更豐富。當時六大徽班皆以老生為台柱，如：「三慶班」程長庚、「春台班」余三勝、「四喜班」張二奎、「和春班」王洪貴、「嵩祝班」張如林、「金鈺班」薛印軒，其中以程長庚、余三勝、張二奎最負盛名，影響最大，其三人各自形成藝術流派，有「老三杰」之稱，為京劇第一代演員。之外，當時著名演員尚有盧勝奎、王九齡、楊月樓（老生）；徐小香（小生）；俞菊笙、黃月山、楊隆壽（武生）；胡喜祿、梅巧玲、時小福（旦角）；慶春圃、何桂山（淨）；楊三雄、楊鳴玉、劉趕三（丑）等。余三勝對老生唱腔藝術貢獻很大，影響後代演員深遠。

　　十九世紀末，「老三杰」等相繼逝世，繼之而起的是以譚鑫培為首與孫菊仙、汪桂芬合稱之老生「新三杰」。此時期著名演員有：汪笑儂、賈洪林、劉鴻聲、許蔭棠（老生）；王楞仙、德珺如、朱素雲（小生）；楊月樓、俞菊笙、黃月山（武生）；余紫雲、陳德霖、田桂鳳、余玉琴、王瑤卿（旦角）；龔雲甫、謝寶雲（老旦）；朱文英（武旦）；黃潤甫、金秀山、裘桂仙（淨）；羅壽山、德子杰、王長林、蕭長華（丑）。此時，京劇藝術臻於成熟，角色行當趨於完備，表演藝術朝精緻發展，舞台演出亦趨於規範化。譚鑫培改革老生唱法，創新板式和悠揚細膩之新腔，做工注重表現人物，善於掌握人物性格，對老生的表演藝術貢獻良多。第三代演員之旦角王瑤卿亦勇於創造，在表演、唱腔、服裝、化妝等方面革新，使更貼切人物身份、個性及情感之需要，另創編新戲、新腔及培養戲曲演員，後來的「四大名旦」皆受其教誨，其改革與發展的貢獻，豐富了旦角的表演藝術，「四大名旦」的崛起也就此改變京劇藝術以老生為主的局面。譚鑫培與

王瑤卿在繼承傳統之時亦不斷探索、改革,為京劇舞台的繁榮鼎盛期提供卓越的貢獻(魯青等,1990,p8-9)。

(三) 19170-1937 年,鼎盛高峰期

二十年代初期,京劇舞台呈現群芳爭艷、流派紛呈局面。當時有「四大鬚生」的余叔岩、言菊朋、高慶奎、馬連良。三十年代後期,已於前「四大鬚生」出名的馬連良,加上譚富英、楊寶森、奚嘯伯則被稱為「後四大鬚生」。旦角有梅蘭芳創造「梅派」,享名最早,隨後有尚小雲(尚派)、程硯秋(程派)、荀慧生(荀派),譽為「四大名旦」。武生楊小樓文武全才,創造「楊派」藝術,享有「武生宗師」盛譽。他們的演藝成就將京劇藝術推向空前高峰(魯青等,1990,p24)。

楊小樓繼承家學,師法俞(菊生)、楊(隆壽)卻更勝一籌,注重人物塑造,加強唱、念、做、打的性格化,著重表現人物內心思想與情感,打下武生表演技藝全面基礎,提升武生表演藝術水平。特別是與梅蘭芳合演的《霸王別姬》,一時稱為絕藝,至今仍為後學者宗法(魯青等,1990,p24)。

「四大名旦」的崛起,其精湛的演技與藝術風格,更為京劇藝術增添異彩。梅蘭芳在藝術形式上有許多改革,早年排演時裝戲《一縷麻》、《鄧霞姑》,為舊社會婦女申訴悲慘命運。首演古裝歌舞劇《天女散花》、《洛神》等,為新戲改變旦角化妝及創作舞蹈。整理演出傳統劇目《宇宙鋒》、《貴妃醉酒》、《打漁殺家》、《二堂捨子》等,並為許多劇目編創新腔、增加二胡伴奏以豐富劇樂伴奏,提升京劇旦角表演藝術,其獨特藝術風格世稱「梅派」(魯青等,1990,p24)。

梅蘭芳更為京劇藝術推廣使命貢獻心力,於 1919 年應邀率團赴日訪問演出,開創京劇藝術登上國際舞台先例,後又於 1924 年再度受邀赴日巡演,轟動日本各地。1929 年應邀率團赴美演出 72 天,結識卓別林(Charles S. Chaplin),並獲南加大及波摩納學院授予榮譽博士學位,獲得美國戲劇界高度評價。1935 年應蘇聯對外文化協會邀請赴蘇聯演出,受到蘇聯觀眾與文藝界熱烈歡迎。梅蘭芳在多次國際舞台上,認識世界聞名作家與藝術家,如:俄國梅耶荷德(Vsevolod Meyerhold)、史丹尼斯拉夫斯基(Stanislavsky)高爾基(Gao'er Ji)、托爾斯泰(Tuo'ersitai);英國作家蕭伯納(George Bernard Shaw);德國布萊克特(Bertolt Brecht);法國亞陶(Antonin Artaud)等,其對梅蘭芳的表演藝術讚譽推崇,認為京劇表演程式和簡約的舞台變化等戲劇魅力,足以借鑑與啟示,甚至因此影響他們日後的藝術創作(魯青等,1990,p24-25;鍾幸玲,2005,p15)。

正工青衣的尚小雲功底深厚,能兼演刀馬旦劇目。嗓音宏亮、行腔剛勁,表演上文武兼長、崑亂不擋,形成歌舞並重、文武不拘的「尚派」藝術,尚派名劇有《福壽鏡》、

《漢明妃》等。他潛心繼承又致力於革新，排演大量新戲，如：《林四娘》、《五龍祚》、《珍珠扇》、《摩登伽女》、《龍女牧羊》、《花蕊夫人》、《青城十九俠》等，另有《北國佳人》等，大膽加入少數民族舞蹈外，唱腔、表演、服裝、扮相亦有許多創新。尚小雲還致力於戲曲人才培育，1937 年開辦榮春社科班，培養學生二百多人（魯青等，1990，p24）。

程硯秋不但擅長青衣亦能演花旦、刀馬旦，文武、崑亂不擋戲路極廣，於長期舞台實踐中編創十種水袖技法，豐富旦角水袖表演藝術。編演戲曲中多為悲劇，最著名代表劇目《荒山淚》、《春閨夢》，其哀婉、剛勁、悲傷、憤恨的唱腔，令觀眾激情共鳴，其唱腔世稱「程派」。後期代表作有《梅妃》、《鎖麟囊》（魯青等，1990，p25）。

荀慧生嗓音嬌甜、柔媚好聽，擅演花旦戲。早在二十年代即致力於京劇藝術的革新，由於出身於梆子班，取梆子旦角之長融於京劇旦角表演中，兼取其他行當之技藝結合劇中人物性格進行改革創造，逐漸形成「荀派」藝術。其唱腔在板式、腔調、節奏較傳統唱法有很大變化；念白以京、韻合用；表演則專注於造型美、接近真實生活，使其舞台形象性格真實獨特，代表劇目《紅娘》、《紅樓二尤》等（魯青等，1990，p25）。

余叔岩為余三勝之孫，清末以「小小余三勝」之名紅極一時。後因倒嗓而輟演。1915 年正式拜譚鑫培為師，雖只學《太平橋》的史敬思及《失街亭》的王平兩齣戲的次角，卻透過觀摩譚鑫培演出並向「譚派」藝術前輩、研究家及合作者請益學習，而學會《探母回令》、《戰太平》、《定軍山》、《南陽關》、《法場換子》、《搜孤救孤》、《打漁殺家》、《打棍出箱》、《珠簾寨》等名劇。後再於「譚派」基礎上發揮，另成風格，創立「余派」藝術（魯青等，1990，p25）。

1920 年前後已獲盛名的楊小樓、梅蘭芳、余叔岩對後學者產生深遠的影響（魯青等，1990，p25）。

原是票友的言菊朋於 1923 年正式「下海」成為專業演員，早年是「譚派」正宗，演出「譚派」劇目，因其文學修養較深，精通音韻、研究四聲運用，結合其嗓音條件形成獨特風格，世稱「言派」。言菊朋經過苦練，雖未作科戲路仍寬，靠把武戲能演《鎮壇州》、《戰太平》，代表劇目為《讓徐州》、《臥龍吊孝》（魯青等，1990，p25）。

高慶奎嗓音清亮、調門高，表演細膩、渾身是戲，除本工老生外，能演紅生、武生、老旦、花臉，戲路廣泛。他初學「譚派」，因嗓子好改宗劉（鴻聲）派，成名後自成風格，世稱「高派」。整理演出劇目有《鼎盛春秋》、《潯陽樓》、《掘地見母》、《哭秦庭》、《贈綈袍》等（魯青等，1990，p25）。

馬連良藝宗譚鑫培、余叔岩。他不僅唱腔動聽，念白、表演各有專長，《坐樓殺惜》表演細緻，《四進士》情理並茂，之外，能演武老生戲碼，如：《定軍山》、《戰宛城》。其扮相俊逸、台風瀟灑，對唱腔、念白、做工、扮相、服飾到演員陣容及舞台氣氛皆十

分考究、獨樹一格有所創新，形成「馬派」藝術。馬連良整理及新編劇目很多，仍流傳的有《夜審潘洪》、《青風亭》、《蘇武牧羊》、《一捧雪》、《胭脂寶褶》、《春秋筆》、《十老安劉》、《借東風》、《龍鳳呈祥》、《四進士》等（魯青等，1990，p25）。

　　流派紛呈豐富與促進京劇藝術的發展，各行當皆有不少出色演員，老生有王鳳卿、王又宸、時慧寶、王少樓、孟小冬、譚小培、貫大元、雷喜福、李洪春、譚富英、楊寶森、奚嘯伯、李少春、郭仲衡等；武生有尚和玉、俞振庭、馬德成、瑞德寶、李吉瑞、李萬春、周瑞安、高盛麟等；小生有程繼仙、金仲仁、姜妙香、茹富蘭、葉盛蘭等；旦行有徐碧雲、筱翠花、朱琴心、李香匀、陳麗芳、雪艷琴、新艷秋、章遏雲、王玉蓉、梁小鸞等；老旦有臥雲居士、文亮臣、孫甫亭、李多奎等；淨行有金少山、郝壽臣、侯喜瑞、裘盛戎、袁世海、范寶亭、許德義、劉奎官等；丑行有郭春山、慈瑞泉、張文斌、劉斌昆、傅小山、馬富祿、葉盛章等。人才輩出，戲曲藝術上的競爭促使劇目與表演技藝的繁榮豐茂，在京劇發展史上，確實是鼎盛繁榮時期（魯青等，1990，p25）。

（四）1937-1949 年，抗日空窗期

　　三十年代末，北京「富連成」科班「世」字輩學生及「中華戲曲學校」第一屆學生相繼出科畢業，開始搭班演出，旦行演員嶄露頭角。1940 年北京「立言報」主持協助推選「四小名旦」活動，決選出張君秋、李世芳、毛世來、宋德珠為「四小名旦」，並在長安戲院分折合演《白蛇傳》，另在新新戲院演出《四五花洞》（魯青等，1990，p101）。

　　七七事變（1937）後，日本侵佔華北，展開八年抗日戰爭（1937-1945 年），百業凋零，戲院營業困難，有班社改演彩頭班劇目招攬觀眾，有《乾坤鬥法》、《歐陽德》、《火燒紅蓮寺》、《濟公傳》、《三劍客》、《廣寒宮》、《崑崙劍俠傳》、《十三太保》、《八仙過海、《唐王遊月宮》、《唐王遊地獄》、《猴王遊月宮》、《化外奇緣》、《七擒孟獲》、《荒山怪俠》、《奇俠谷雲飛》、《青城十九俠》等。梅蘭芳蓄鬚明志，拒絕為日軍演出，長年隱居作畫。程硯秋毅然離開舞台，在北京西郊務農，表現愛國情操（魯青等，1990，p25）。

　　1945 年抗戰勝利，梅蘭芳、程硯秋參加慶祝演出，但北京京劇舞台仍然蕭條。當時，較有積蓄的演員告別舞台，許多中層演員轉業改行，大量的下層演員窮困潦倒，甚至有的餓死街頭。另一些演員為了生計，演出內容荒誕、渲染色情迷信的劇目《滑油山》、《殺子報》、《大劈棺》、《紡棉花》等（魯青等，1990，p25）。

　　「中華戲曲學校」已於 1941 年停辦，北京三大科班「富連成」、「榮春社」、「鳴春社」於 1948 年亦相繼解散，京劇藝術陷入非常困境（魯青等，1990，p25）。

（五）1949-1964 年，臺灣京劇草創期

在提及京劇在台落地生根之前，先回顧台灣早年的傳統戲曲演出狀況，以連結較完整之戲曲源流與樣貌，以便探索京劇在台之環境及發展。

依文化研究者林勃仲及劉還月所著之《變遷中的台閩戲曲與文化》所述：「台灣的地方戲曲，三百年前從中國傳到這個海島後，由於主觀環境的需要，一直發展相當良好……清中葉以前，戲曲主要功能在於酬神，與宗教結合相當密切。中、晚期之後，娛樂的成分逐漸提昇，至晚近百年來，戲曲的功能除了成為廣大台灣人民最主要娛樂，更是人民情感交流、力量凝聚的觸媒。」（林勃仲、劉還月，1990，p26）。

隨漢人渡海來台的劇曲種類，完全以移民原鄉盛行的劇種為主。荷據時期，通事何斌於家中造戲臺兩座，又使人入內地（大陸）買二班官音戲童及戲箱戲服以備酒食時觀玩。可謂中國戲曲第一次東渡，但因其於私人官邸展演未知其對台灣戲曲影響程度（林勃仲、劉還月，1990，p27-28。蘇桂枝，2003，p59-60）。大體而言，最早傳入台灣的戲曲，當屬明末隨漢人來台的南管。曲調悠長清雅、溫婉柔慢的南管，易予人冗長沉悶之感，最後終不敵以喧鬧音樂及激烈武戲為主的北管，乃因清中葉以後移民漸多、社會腳步愈快，熱鬧喧噪且強烈刺激特色的北管逐步搶走南管觀眾，並帶動民間因戲而結社的組織，且由普通良家子弟演出的「子弟班」，使得台灣的北管戲風光了一百年（林勃仲、劉還月，1990，p30-41）。於此之間，活躍於台灣而與南、北管關係密切的劇種尚有：正音（即京劇或稱外江戲）、亂彈（為北管戲之一種），藝妲戲（藝妲陪席所演或唱的南北管曲目），查媒戲（少女歌劇團所演的北管伴奏的戲），司公戲（道士科儀之虛所演的戲），九甲（九家，源自南管）與四平（潮州戲，由北管所繁衍的劇種），及皮影戲、布袋戲、加禮（傀儡）戲等。而源自其他地方或者發生自台灣的劇種還有：分別流行於閩南與客家社會中的歌舞小戲：車鼓戲、採茶戲，源自中國錦歌或說誕生自台灣的歌仔戲，另有由孩童組成的七腳仔戲（七子班）（林勃仲、劉還月，1990，p43-46）。

同時在清中葉之後，台灣戲曲明顯朝向娛樂取向，逐漸轉化成以酬神為名，娛樂為用的實用價值（林勃仲、劉還月，1990，p30）。於北京大放光芒之花部亂彈亦延燒至江南沿海一帶，亂彈的興盛活絡，加上社會對外交通愈多，刺激各種地方戲曲再次活躍於野台上。同時因閩粵移民而移植了其民俗與戲曲到台灣，依連雅堂《台灣通史》所載：「台灣之劇，一曰亂彈，傳自江南，故曰正音，其所唱者，大都二簧西皮，間有崑腔……二曰四平，來自潮州，語多粵調……三曰七子班，則古梨園之制，唱詞道白，皆用泉音……又有傀儡班、掌中班……」。印證兩地戲曲同出一源。晚清，台灣巡撫劉銘傳於壽誕之際，由北京延攬京班來台演出（呂訴上，1954，p407。蘇桂枝，2003，p62），可見京劇於大陸及台灣之戲曲地位同等顯要。且當時除酬神廟會外，民眾鮮少娛樂，戲曲自然

成為民間主要娛樂活動，演出時台下擠滿觀眾，促使地方戲曲興榮發達，亦使不同劇種的戲曲為吸引觀眾而使用相仿之表演模式以利其競爭性，雖然清廷曾數次頒佈禁戲法令或歧視伶人，但劇團數量及演出仍相當蓬勃，觀眾的熱烈支持與參與是最主要因素（林勃仲、劉還月，1990，p95-100）。來台灣發展數十年甚至近百年後的戲曲，因地理環境相異及各地居民交雜，不得不在本質上或演出形式上做修正，表演型態大多融入許多台灣地方色彩而偏離原來樣貌，如：車鼓戲、採茶戲、公背婆、跳鼓陣、乞丐戲等小型戲曲，即是衍生在台灣的新劇種，另有融合說唱、亂彈與京劇等精華而在台灣大受歡迎的歌仔戲。且自清道光年間後，台灣戲曲興盛持續到日領時代，後因日本的政治壓力，地方戲曲才逐漸走下坡（林勃仲、劉還月，1990，p30-43）。

日領之後傳入台灣的劇種，則是現代劇種，如：改良戲、文士劇、新劇、青年劇等，由於本文主旨在於探討傳統戲曲京劇之觀賞行為研究，其他有關現代劇則從略。

從日本以武力征服台灣至西元 1939 年之間，日人雖採取高壓及拉攏政策，但對原有民俗戲曲影響並不大。但從 1940 年起，太平洋戰爭爆發，日人強行皇民化運動，以皇風生活（包括食衣住行及語言、習俗、姓氏等的日本化）期望徹底改造台灣人，以成為「皇國」子民，為其賣命。年節廟會活動被禁止，傳統戲曲亦被禁演，此時僅殘存個位數且改演皇民劇的劇團，與戰前各種地方戲職業劇團多達三、四百團（尚未包括難以數計的業餘子弟班）的景況差之千里（林勃仲、劉還月，1990，p64-67）。

臺灣光復以前，民間演出京戲以來自上海劇團居多，通常僅作短期演出；最早來臺演出的是「京都鴻福班」（1911 年，台北淡水戲館）。辜顯榮買下淡水戲館改名「新舞臺」（1016 年）後，又從京都及上海重金禮聘許多京戲戲班來臺演出，京劇逐漸為一般民眾接納（曾永義，1988，p55）。於 1916 年起，陸續由大陸來台演出之京劇班眾多，尤以 1919 年起至 1927 接連不斷（每年約有二至三個京劇班來台），1931 年有上海「義和陞京班」，1935 年有上海「鳳儀京班」及「天蟾大京班」，此兩班亦最為著名。此時期之京班演出與盛行，造成歌仔戲向京劇學習之影響。後因中日關係惡化，來台京班因之斷絕。

日據時期仍不乏京劇演出，在民間受到歡迎。直至光復以後，平劇清唱仍為酒家之類場合的普遍歌聲，鮮有當紅酒女不會唱京調者（貢敏，1995，p42）。

1924 年，臺北大稻埕設立永樂座（永樂戲院），與新舞臺分庭抗禮；大陸「樂勝京班」及廣東「宜人園」與臺灣第一個京戲班——臺南科班正音「金寶興」，均在永樂戲院演出。1925 年，中日關係惡化，上海京班無法來臺，部分滯留臺灣之京戲藝人轉為歌仔戲團指導老師，旋因日人禁演歌仔戲與開始抗戰，京班便在臺灣銷聲匿跡。

　　1948 年，一群為避國難的菊壇精英，遠走江南京滬一帶，適逢亂世，搭班路窄，幸有熱愛京劇人士號召並網羅各路要角，組成了「中國國劇團」，首任團長即為號召者王振祖先生（前私立復興劇校第一任校長）（臺灣戲專網站，2005）。

　　同年底，顧正秋應永樂戲院之邀率團來台公演一個月，因受觀眾熱烈歡迎續約再演，未料因政府遷台她也就此根留臺灣。顧劇團高品質且密集的在永樂戲院演出五年，對日後京劇在臺灣的發展引起重大效用，除臺灣原有的愛好者，永樂時期亦培養許多本省籍戲迷，而對隨政府由大陸遷台的大部分觀眾而言，顧劇團除給予藝術上的滿足，亦抒解慰藉了鄉愁。顧劇團於永樂演出五年後因顧正秋隱退而解散，團內中堅如胡少安、劉玉麟、張正芬、王克圖等分別進入軍中劇團為主力（王安祈，1995a，p5；貢敏，1995，p42-43）。

　　1949 年五月，上海郊區烽煙四起，「中國國劇團」在情急之下，舉行義演，並變賣家私，湊足船票錢，搭輪來臺。劇團來臺稍作整排後，首演於臺北美都麗戲院（即今國賓電影院），並邀請了先期來臺的周安福、張鴻福、張世春、張慧鳴、張慧川等加盟。受當時客觀環境影響及與顧劇團打對臺下，票房入不敷出，僅演月餘即宣佈解散。劇團解散後，部分人員回歸大陸，有的被軍中收納作勞軍演出，有的成為後來復興劇校的師資。

　　此期間，亦有民間劇團相繼做職業性演出，如早期的金素琴、戴綺霞、李薔華、陳美麟；稍後的劉貞模、趙培鑫、梅硯生、譚硯華及更晚的李湘芳等，但因演出較短暫，未造成重大影響（貢敏，1995，p42），反倒是軍中劇團因軍方大力的支持，使京劇在臺灣得到發展的最佳機會。

　　上述之軍中劇團是此一時期最主要之表演團體，分屬於陸、海、空、勤等軍種，如：1950 年空軍成立「大鵬劇隊」（合傘兵「飛虎」及空四軍「霄漢」）演員陣容有：哈元章、孫元坡、馬元亮等。1954 年海軍成立「海光劇隊」，主要演員胡少安、劉玉麟等。1958 年成立陸軍所屬之「陸光劇隊」則有周正榮、孫元彬等名演員。聯勤總部所屬之「明駝」則於 1961 年成立，有李桐春、于金驊、王鳴詠等演員。其他軍中劇隊尚有一軍團的「大宛」、二軍團的「龍吟」、預訓部的「干城」、陸戰隊的「先鋒」、馬防部的「虎嘯」、金防部的「百韜」（原名粵華）及一些較小單位或業餘組織，不勝枚舉（貢敏，1995，p43）。

　　1956 年，王振祖為培養京劇接棒的第二代，傳承發揚傳統戲曲文化的使命，經當時軍中將領王叔銘奔走遊說，於北投創立「私立復興戲劇學校」，次年正式辦學，為當時唯一民辦劇校。新秀演員有葉復潤、曹復永、曲復敏、趙復芬、齊復強等。（1968年改隸教育部，為「國立復興戲劇實驗學校」又有唐興琪、孫興珠、吳興國等陸續出科）。此外，三軍亦陸續成立京劇訓練班再轉為學校。於 1952 年即成立的「大鵬訓練班」是「大鵬劇校」前身，1964 年正名為「空軍大鵬戲劇實驗學校」，當時已有四期優秀畢業生，如徐露（一期）；紐方雨、顧安玲、楊丹俐、嚴利華、張富椿（二期）；嚴蘭靜、

夏元增、陳玉俠、高蕙蘭（三期）；邵佩瑜、杜匡稷（四期）及該年應屆畢業之郭小莊、廖菀芬、張安平、楊蓮英等（靳其佩等，1983，p15）。1955 年，國立藝專創設國劇科，京戲教育首次納入正規體系，但至 1960 年便因故停辦，迄 1980 年代，才辦理夜間部國劇科（靳其佩等，1983，p4）。

軍屬廣播電台於 1957 年起開闢京劇節目，提供京劇欣賞另一頻道（劉嗣，1983，p146）。1962 年台灣電視台開播京劇節目。於 1963 年成立的「陸光訓練班」亦為「陸光戲劇實驗學校」的前身（於 1979 年正名），培養新秀有朱陸豪、胡陸蕙、李陸齡、李光玉等。同年，文化學院戲劇系成立，自第二年分設中國戲劇及影劇兩組，徐露即為中國戲劇組學生，未久卻因中國戲劇組學分未能獲教育部承認等問題悄然結束，迄 1972 年，始恢復招生（靳其佩等，1983，p4）。此一時期，臺灣京劇舞台以三軍劇隊為主力，除勞軍外，還定期公演和社會大眾做直接接觸，戲迷人數有相當的累積。軍屬劇校及復興劇校的「小班」演員亦為社會大眾及戲迷所喜愛，造成臺灣京劇可喜的發展（貢敏，1995，p42-43）。

（六）1964-1976 年，臺灣京劇成熟期

1965 年國防部收回「國光劇院」，改為「國軍文藝活動中心」，成為京劇演出的重鎮，並推動〈國軍新文藝運動〉（內容包括小說、散文、新聞、詩歌、美術、音樂、文藝理論等多項），設置「國軍文藝獎」，京劇為其一，演出「競賽戲」（沈惠如，2006，p41；網路劇院網站，2008）。當年十月「第一屆國軍文藝金像獎」開鑼（歷時三十年），將臺灣京劇舞台炒的熱鬧滾滾的京劇競賽，除陸、海、空、勤四個軍中成人劇團外，還有軍屬劇校的「小班」亦參加競賽，每年十月，成為台上、台下熱烈期盼的京劇演藝大拜拜，演出期間盛況空前，一票難求。劇目題材方面以激勵人心、復國建國為綱領，因此各隊多以傳統劇目中相關者為主，如梅蘭芳為抗日所推出之《梁紅玉抗金兵》、《木蘭從軍》、《生死恨》、《西施》等。另外有些則更換劇名以凸顯主題來參加競賽，如《珠簾寨》改稱《興唐滅曹》；《大、探、二》改作《同心保國》；《斬經堂》、《黃金台》添為全本作《滅莽興漢》和《勿忘在莒》；《古城會》等數齣關公戲以《忠義千秋》為名。早期競賽戲以政治為本質，但政治並沒有完全遮掩其藝術呈現，表演藝術仍為核心（王安祈，1995b，p44-46）。

1966 年起，實施「中華文化復興運動」，軍中劇隊成為文化建設的積極角色，除例行勞軍、公演、競賽三大任務外，亦經常被徵召至海外演出慰勞僑胞。受到軍政的支持與鼓勵，軍中京劇團曾多達十多團，京劇開始被尊為「國劇」。而兼具傳播與娛樂的「電視國劇」由七〇年代開始走紅（1969 年中視電視國劇開播時，台視早於 1962 年起

開播電視國劇節目，華視則有「戲曲精華」），三台（台視、中視、華視）除週末播放京劇節目，平日下午偶而也安排播映，到十月競賽、國慶等相關節慶或各劇團年末封箱戲之演出，三台更有轉播服務，提供台北以外地區之戲迷觀眾觀賞京劇之便，卻也繫住不少觀眾人口。

　　文化學院五專部在 1966 年設立中國戲劇專修科，京劇進入五專教育，後因改制學院，該科又於 1979 年結束（靳其佩等，1983，p5）。1968 年，復興劇校改制「國立復興戲劇實驗學校」。1969 年，「海光」也以訓練班為名而成立，培育新秀有魏海敏、沈海蓉、王海波等（於 1979 年正名「海光戲劇實驗學校」）。同年，臺北市峨嵋街有一模仿昔日上海遊樂場的今日世界，由周麟領導的「麒麟劇團」於今日世界麒麟廳演出京戲，大鵬畢業的姜竹華、復興畢業的葉復潤等亦參加麒麟廳的商業演出，每天日夜兩場，日演老戲，夜演連臺本戲；但該團於維持近五年左右，便因故輟演解散，從此，臺灣已無一專門演出京戲的民間劇團與演出場地，臺灣劇壇也由軍中掌控。而政府改精進政策，軍中維持四團（大鵬、陸光、海光、明駝）、三校（大鵬、陸光、海光）。此時期，演出最頻繁、觀眾最熟知的劇場是位於中華路的「國軍文藝中心」，也是戲迷最常流連忘返之地。

　　1972 年，文化學院戲劇系的中國戲劇組再度招生，將京劇正式納入大學教育（靳其佩等，1983，p5），提供劇校畢業學生可進修管道，培養其藝術、理論等學養的累積。1975 年華岡藝術學校亦成立國劇科，京劇藝術訓練往下延伸至高中，成為文大的先修班（靳其佩等，1983，p21）。

（七）1976-2005 年，臺灣京劇合併創新期

　　八〇年代起，由於臺灣的國際關係改變（1971 年臺灣退出聯合國、1972 年又發生釣魚台事件），國人深切反思之後，重新尋找傳統文化的精髓，各種傳統文化與戲曲音樂再度受到重視，京戲因而成為許多藝術團體或藝文人士汲取傳統養分的源頭及尋根熱潮同時展開（雲門舞集編創《白蛇傳》、《奇冤報》，蘭陵劇坊搬演《荷珠新配》等），經過當時現代觀點詮釋後，成為當時熱門節目（王安祈，1995a，p7）。經戲劇學者俞大綱呼籲大家重視京戲，且對本地其它傳統劇種與音樂，亦相當重視，此一期間，由於俞大綱之影響，「雅音小集」於焉誕生（網路劇院網站，2007）。

　　民間劇團「雅音小集」由郭小莊於 1978 年成立，其結合現代劇場元素的精緻製作與深入校園開拓青年觀眾群的宣傳策略，整體作風使京劇發展進入轉型期，使京劇的性格由「前一時代通俗文化在現今的殘存」轉化為「現代新興的精緻文化藝術」。從海報、舞台、服裝、燈光等設計，加入國樂伴奏以及電視戲曲拍攝等由不同角度參與製作，京

劇與當代各類藝術之間的關係日益密切，觀眾也開始要求「戲」的整體性，雅音以「傳統國劇的現代化」為標幟，凝聚年輕人溯源尋根的熱情，當時觀賞雅音、品評京劇，成為現代青年最能提升氣質的「時髦」活動（王安祈，1995a，p7）。

雅音於 1980 年起陸續新編製作的戲有：《感天動地竇娥冤》、《王魁負桂英》、《梁山伯與祝英台》、《韓夫人》、《劉蘭芝與焦仲卿》、《再生緣》、《孔雀膽》、《紅綾恨》、《問天》、《瀟湘秋夜雨》、《歸越情》等，雅音是吸引年輕族群進入京劇劇場的重要角色。對於郭小莊，觀眾有兩種評價：純粹以傳統京劇演員來看，她的藝術水平仍有進步空間；若以她身兼製作、導演、公關多項任務的主導與決策者而言，大家都能肯定她在京劇轉型上所做的付出與努力（王安祈，1995a，p7）。1994 年再演 1986 年製作的《再生緣》之後，郭小莊甚少演出，淡出劇壇赴美定居。1998 年除籌備雅音之《紅綾恨》、《問天》、《瀟湘秋夜雨》、《歸越情》四部戲的錄影帶製作與出版外，未再現身京劇舞台上（網路劇院網站，2007）。

另一民間劇團「當代傳奇劇場」由吳興國於 1986 年成立，該團除追求現代與傳統的融合外，更積極於國際化之文化出路的開發（王安祈，1995a，p7-8）。成軍十九年內，改編自莎翁名劇的《慾望城國》、《王子復仇記》、《李爾在此》，改編自希臘悲劇的《樓蘭女》、《奧瑞斯提亞》，傳統老戲《陰陽河》、新編作品《無限江山》、《金烏藏嬌》，以及今年（2005）邀請香港電影導演徐克以電影技巧融合舞台技術的《暴風雨》，記載著當代傳奇劇場進行新舊劇場藝術交流的成長痕跡，展現出融合東方與西方劇場藝術的開放態度與決心。而借重西方經典以補強傳統戲曲向來深度較弱的思想性，再以中國傳統戲曲的元素加以改編，結合多元劇場藝術，以刺激轉換現有的表演體系，已成為「當代」的精神與特色（當代傳奇劇團網站，2005）。

「當代」以京劇表演形式結合西方經典的創作，讓傳統和現代劇場的老觀眾與新觀眾一起走進劇場，其創新形式的表現方式，曾引起相當的討論與迴響，起初雖有正反兩造不同聲音，但國際文化單位數度邀約，以致「當代」數次進軍國外重要藝術節，獲得中外藝術家一致讚賞。至此，臺灣整體的文化思潮確實有些不同的思考。

九〇年代（1981）起，由「中華文化復興運動推行委員會」舉辦全台各級學校學生京劇比賽，形成一般學校對京劇的學習與表現的風潮（劉嗣，1983，p146）。另外，隨著臺灣政治解嚴（1987），兩岸文化開始初步交流，有臺灣票友至大陸演出，也有軍中劇團演出大陸劇本，還有演員經香港至大陸拜師學藝。

但隨兩蔣時代的消逝，軍屬京劇團體的發展亦受到削弱，政府在宗於「文化資源共享」而非獨重京劇的前提下，首當其衝的是軍屬團隊的經費刪減。軍中先裁撤聯勤之「明駝劇隊」（1984），三軍劇校也合併至「國光劇藝實驗學校」（1985）。1995 年，更正式解散三軍劇團，同時透過徵選重新成立「國光劇團」。同年「國光劇校」改隸教育

部,更名「國立國光藝術戲劇學校」,此時,軍屬團體的時代正式告終。四年後,再併「國光藝校」與「復興劇校」升等為「國立臺灣戲曲專科學校」(1999),形成今日一校(臺灣戲專)、兩團(國光及臺灣戲專劇團)的局面。

二十世紀末,由於政治、社會環境遞變,因受演員凋零、演出形式與內容遭受質疑,以及兩岸開放文化交流等等的衝擊,京戲在臺灣的發展,正面臨一個快速的變化期,如軍中劇團在國軍文藝活動中心演出減少,於國立中正文化中心戲劇廳之檔期也越來越短,唯有制度的改變與演員的自求精進,才能突破京戲所面臨的困難。

在臺灣歷史最久的「國立臺灣戲專劇團」(創立於 1963 年的「復興劇團」為其前身),四十多年來培育諸多菊壇菁英與中堅份子。數十次代表國家赴海外公演,足跡遍及歐、亞、美、澳等四大洲三十餘國,致力於文化交流、敦睦邦交、宣慰僑胞的重任。為京劇藝術之推廣與教育,經常在國內各社區、校園巡迴演出、示範演講,培養戲曲欣賞人口,更支援輔導民間劇團,與民間攜手合作,為傳統戲曲發展求更長遠空間(臺灣戲專網站,2005)。

「臺灣戲專劇團」不僅專於傳統戲曲的呈現,更積極於傳統的基礎上展開創新,結合與運用現代劇場觀念及形式,企圖開闢傳統京劇的新路徑以反映當代精神。從 1992年起編創作品如:《徐九經升官》、《關漢卿》、《荊釵記》、《法門眾生相》、《潘金蓮》、《美女涅槃記》、《阿Q正傳》、《新嫦娥奔月》、《羅生門》、《森林七矮人》、《出埃及》、《少帝福臨》、《射天》等,獲得社會大眾與藝文界高度肯定,為京劇開創新的觀眾群,2002 年製作演出的「八月雪」這齣戲可說是近年來京劇界的盛事。揉合了傳統京劇與西方歌劇的創新手法,挾著華人諾貝爾文學獎得主高行健的劇作與導演光環,在沉寂已久的圈內重又掀起了群眾觀賞熱潮。此外,更樹立跳脫窠臼、精選題材的獨到眼光,為京劇轉型提供探索與啟發的可能性,顯現有前瞻性之意義(臺灣戲專網站,2005)。

「國光劇團」創團十年來,即不斷焠鍊許多精彩好戲,顯現其精緻經典與著眼時代的製作方向,如先後編作「台灣三部曲」中《媽祖》、《鄭成功與台灣》以及《廖添丁》,是由臺灣民間文學傳說汲取新的題材,予以重新改編,指向京劇性格的翻轉亦嘗試與民眾生活領域結合。後又推出新編戲《地久天長釵鈿情》、《牛郎織女天狼星》,開發以年輕觀眾為對象的演出主題,締造票房佳績;2002 至 2004 年陸續製作「思維京劇」《閻羅夢》、《王熙鳳》和《李世民與魏徵》,在國內得到票房肯定,《閻》、《王》兩劇並赴大陸演出,受到大陸菊壇的肯定與讚揚。「國光」在求新求變之餘,更跨界和舞蹈空間舞團合作《再現東風》系列作品,再次展現京劇與其他藝術結合的多元可能性(國光劇團網站,2005)。

　　有關兩岸京劇交流方面，與中國大陸「梅蘭芳劇團」及「中國京劇院」進行對等合作外，並與「天津京劇院」與「北京京劇院」等名角同台競演，2000 年中秋，赴北京連續演出三場，引起大陸梨園界的矚目，可謂一次破冰之旅，使兩岸京劇交流邁入實質境界（國光劇團網站，2005）。

　　此外，每週末舉辦「國光劇場」，提供民眾假日休閒活動的選擇，同時達到藝術社區化發展，兼具帶動劇團所在地區藝文風氣與推廣傳統戲曲的多重功能。為拓展親子劇場亦先後推出兒童京劇《風火小子紅孩兒》及《武大郎奇遇記》，可見其培養兒童京劇欣賞的企圖心。另外，「國光」積極參與如戲劇季、文藝季的盛大演出和國劇列車等各類型推廣活動，亦努力擴充展演場域，不論是堂皇如國家戲劇院，或者是僻壞如廟口野台，足跡遍佈臺灣各個角落。「國光」為開創戲曲藝術更廣闊的空間，適度熔鑄現代意識，並靈活運用劇場觀念與經營理念，推出「京劇小劇場」搬演《王有道休妻》或女性主義作品《三個人兒兩盞燈》等劇作，企圖在多元化開發傳統戲曲舞台風貌的努力上再顯生命力（國光劇團網站，2005）。

　　其他尚有一些民營京劇團體，具規模者如「台北新劇團」，係以辜公亮文教基金會衍生，由李寶春創立於 1997 年。以「新舞臺」為據點，定期公演精緻好戲和展演創作新劇，目的在宏揚傳統戲曲及戲劇人口的培養（台北新劇團網站，2005）。

　　團長李寶春，出身梨園世家，承父（李少春）志自幼獻身京劇，曾獲義大利北方戲劇學院榮譽博士，現任文化大學戲劇系教授。近七年來，與辜公亮文教基金會合作，先後在國內外、歐美地區巡迴演出《曹操與楊修》、《大破祝家莊》、《孫臏與龐涓》、《寶蓮神燈》、《十五貫》及《大鬧天宮》等傳統和新編的劇目共廿餘檔。以民營劇團而言，「台北新劇團」是少有的活力旺盛的團體，除一般公演、製作新戲、歐美巡演外，尚推出國劇音樂會「交響樂下唱皮黃」、「輕鬆熱鬧看京戲」中南部校園巡迴等活動，深獲社會肯定（台北新劇團網站，2005）。

二、京劇的觀賞行為

（一）觀眾結構今昔對照

　　期望京劇能得以存續並發揚，應先了解現今觀眾之結構及其觀賞行為，以針對其所喜好方式，加強各層面推廣，或能有助於其生存之道外，增強其藝術的生命能量。

　　我國戲曲觀眾的「主體」即是民間觀眾，其觀賞行為之模式自然影響每一劇種之興衰。本研究以「京劇演出觀賞行為」為重點，因此在蒐集相關文獻資料以提供調查研究

之相關因素與題項假設之前，必須先了解我國戲曲觀眾的結構，才能將調查因素與題項設計得宜。

　　前於上一節，提及戲劇學者蘇國榮之「戲曲觀眾的民間性與戲曲風格形成的影響」，說明了我國戲曲風格（戲曲藝術風格）形成與觀眾之關係。蘇國榮先生亦談到戲曲觀眾的民間性之「**特色**」，提供戲曲觀眾結構分析以及其觀賞行為模式的樣貌，有重要的參考價值。

　　我國戲曲的觀眾階層包含廣泛，從早期僅有帝王宮妃、達官顯貴觀賞到文士商紳、市井小民、甚至婦女亦熱烈參予其中。因此，「戲曲觀眾的民間性」亦為我國戲曲觀眾結構形式的一大特點，並具有「民間觀眾的全民性」、「民間輿論的權威性」、「民間演出的自娛性」等三大特色（蘇國榮，1987，p66-71）。

1.民間觀眾的全民性

　　中國戲曲在民間的盛行以及民眾對戲曲的酷愛呈現出民間觀眾的全民性。民眾將戲曲當成主要精神食糧；其歷史知識、民族意識、道德觀念皆透過戲曲獲得。民間觀眾對戲曲酷愛風尚在戲曲形成時已開其端，至南宋戲曲萌芽時期，於秋收後的農村即以「豢優人做戲」歡慶豐收，一如陸游之詩所述「太平處處是優場」。元代雜劇盛行，市民於京師、群邑遍佈之勾欄中隨戲曲情節悲歡。到明朝，觀劇之風更盛，雜劇、南戲，幾乎人人皆能唱。清朝以後，亂彈繁衍，看戲、品戲，連閒談中之故事亦是花部所演者（蘇國榮，1987，p66-67）。

　　民間觀眾酷愛戲者，不但對各戲中腳色人物如數家珍，甚至唱腔、唸白亦朗朗上口，是以後來在北京觀戲，不說「看戲」而說「聽戲」，觀劇之趣味以及對戲熟稔之程度已由「看」改為「聽」以表示具行家門道。京劇在台發展成熟時期，由於國民政府的支持與推行，京劇演出頻繁，當時許多民間觀眾不但皆能唱，更了解派別異同或品評表演者身段優劣，甚至能分辨演員演出時之唱段或作表在力量、氣口運用有無增減或是否精準，是為最廣泛且直接之劇評家。

2.民間輿論的權威性

　　由於戲曲觀眾的民間百姓在數量上、廣泛程度上皆勝過達官顯貴許多，因此輿論上亦居優勢。因優人多為民間藝人，其社會地位、思想情感、審美趣味與下層民眾相近，且戲曲多在民間演出，民間僱主的好惡自然影響演出多寡，實因民間輿論攸關優人營生之道。唐朝安史之亂以前，戲曲藝術尚未商品化，審美輿論取決於帝王及達官貴人之手。到南宋以後，為繁榮商業而將官署後園作為百貨商場及招攬民眾顧客的演出場所，使一

般民眾得與官員商紳共同評判、審美，戲曲藝術自此商品化，其美感型態與風格即被民間審美趣味所制約，形成民間輿論權威性之根本原因（蘇國榮，1987，p68-70）。

我們可由戲曲發展中看出，於前朝各類戲曲興衰至徽班進京，亂彈競奏，更顯現民間輿論之權威。各類劇種齊聚京師，民眾觀戲、評戲，操控著各種戲曲存廢命脈，獲觀眾喜愛者，高踞劇壇寶座；未獲青睞者，默默無名隨著時空而即起旋滅。京劇在台盛行時，民間觀眾除在劇場中隨演員精彩表現喝采外，遇演員表現不佳或出錯時亦嚴格喝倒彩；有愛戲者為文登報批評，更有自資開辦戲評、報刊者以滿足其論述之發表。戲曲劇團、演員們無不以所有評語之優劣或喜或憂並積極以其為修正準繩。

3.民間演出的自娛性

我國戲曲觀眾非但愛戲，且有為數不少的觀眾既是觀眾，也是演員，甚或作者，於市集路口或麥場作演出的「路歧人」即是其典型，他們忙時務農，閒時賣藝；平時是觀眾，演出即是演員。演出的業餘性及創作的即興性，是其重要表現形式。長期以來，這樣的民間劇團即為村鎮主要演出團體。至清朝，更於閒時賣藝發展出採茶戲、花鼓戲等地方小戲。這種平時是觀眾，閒時是演員和作者的身分，說明了民間演出的自娛性，亦為欣賞者與創作者之間，應時互換之特殊存在形式（蘇國榮，1987，p70-72）。

「民間演出的自娛性」的現象於元明清各朝代甚為明顯：元朝因漢人受到歧視又廢除科舉制度，平民文人皆隱身於劇作之中，以抒發胸中幽憤，一些文人作家甚至親自參與演出以實踐所寫劇作。晚明經濟繁榮，資本主義萌芽，大都市興起繼而掀起享樂主義之社會風氣，民間觀劇之風日熾，雜劇、南戲，幾乎人人能唱。以至清乾隆時期，花部諸腔盛行後，一些戲曲的業餘愛好者（票友）有非職業性的客串演出（票戲）。道光年間，票房（戲曲愛好者相聚、吊嗓練唱、相互切磋的場所）林立，不時有票友為滿足戲癮粉墨登台者，聘請專業演員襯托其主演者，亦有精於琴藝之客串琴師者，甚至有技藝高超而下海正式成為職業演員者。戲劇學者王安祈指出：「票友下海成為名伶」的例子在劇壇數見不鮮，例如：京劇丑角第一人劉趕三，原本是道光年間天津票友；老生「前三傑」之一的張二奎、「後三傑」的孫菊仙，都是先做業餘演員，後來才成為職業的。而後如汪笑儂、劉鴻聲、許蔭棠、張雨庭、德珺如、金秀山、黃潤甫、龔雲甫、傅小山都是票友出身（王安祈，2006，p254）。又如：京劇發展鼎盛高峰期，票友言菊朋於1923 年正式「下海」成為專業演員，早年是「譚派」（譚鑫培）正宗，演出「譚派」劇目，因其文學修養較深，精通音韻、研究四聲運用，結合其嗓音條件形成獨特風格，世稱「言派」，與「奚派」創始人奚嘯伯皆出自票房（王安祈，2006，p254）。另有馬派名票趙培鑫，後來拜坤生名伶孟小冬為師，且參與專業演出。乃至京劇來台成熟時期，

較知名票友，如：企業家辜振甫、戲劇學者張大夏，及乾旦票友夏華達等人。以上皆可說是民間演出的自娛性的另一表徵。

由上述之戲曲觀眾各種參與程度與方式，我國戲曲民間性之特色，在我國戲曲觀眾結構中之重要影響清晰可見。

現今的觀眾與以往觀眾結構中比較不同的是「民間觀眾的全民性」及「民間演出的自娛性」。台灣京劇式微後，雖曾於八○年代中期前後京劇界與社會接觸較活絡（1978年雅音小集成立），部分劇校生進入大專院校的這一代演員，參與京劇以外的劇場活動，企圖突破程式化表演範疇（王安祈，1995b，10 月，p47），但仍無法使京劇逃脫沒落之運途。「民間觀眾的全民性」及「民間演出的自娛性」完全無法與以往（或者前朝）相比擬，京劇觀眾流失狀況嚴重，究其因自然是時代、社會結構之改變所致，工業社會及都市化的結果而改造了民生娛樂的口味與習慣，欲重新振作京劇之命運，勢必應研析目前觀眾之觀賞模式，尋找利於京劇推廣之途，當「民間觀眾的全民性」達到一定目標，才有可能促使「民間演出的自娛性」的發展，至此，即是京劇之美的再生。

而觀眾結構中的「民間輿論的權威性」與現今觀眾有直接關係；各劇團在藝術行銷的執行中越來越重視每場演出的觀眾問卷調查表所顯示之數據，將觀眾對演出內容各項反應與建議作為未來製作新戲時參考，因此現今觀眾仍「間接」掌控輿論權威。近十多年來，台灣觀眾對京劇觀賞興趣缺缺而令其逐漸沒落，可以說是「直接」施展其輿論權威性。京劇目前正面對如崑曲當年（1780 年觀眾捨崑曲而喜秦腔，令秦腔風行京城；1790 年徽班進京，觀眾又棄崑曲而愛皮黃，終使京劇稱王）之嚴厲考驗。

（二）京劇觀賞行為模式之推衍

觀眾結構的了解，有助於觀眾之觀賞行為模式的歸納推衍。現今觀眾的民生娛樂的口味與習慣之選擇比以往更多元化，欲使京劇推廣達到最高效能，應針對社交需求廣泛與社會活動能力最強之青年族群，分析其京劇觀賞行為應是有效調查京劇觀賞行為模式的重點，亦為京劇推廣之指標。

由於京劇融合多種地方戲曲之優點而形成且繁盛於清代，不但坐上劇壇寶座，且將其優點開枝散葉給予其他戲曲，豐富了其他劇種的表演特色或內容。無論是以「和歌舞以演故事」談劇曲，或是以「有聲皆歌，無動不舞」論戲曲，皆已簡明扼要的勾勒出傳統戲曲京劇之「演出內容」。而觀眾在京劇演出時接觸的方式、除娛樂之外的其他目的、觀賞的興趣與否、劇碼和演出類型、內容的選擇，甚至如何賞析等面向，則是觀賞行為模式的重點。

　　吳幼華提及如何欣賞京劇時，認為從未接觸過京劇之觀眾，在觀賞之前，最好能瞭解一些京劇特色。諸如「歌舞」，是京劇的表演程式的精髓，舉凡人物角色心緒的轉換、景物的描述與變遷、甚至夫妻吵架的對白，往往用歌唱的方式表達，即使悲涼的長嘆、哭泣，煩憂的內心獨白，也都富有歌的韻律，聲音表達精準且富含韻味；至於各種虛擬的動作，開關門、上下樓、走路、行船、騎馬等等，或是心情、思想的表情姿態或敵我相對的武打動作意涵，也以誇大圓熟的動作，轉化為舞蹈來呈現，是以「歌舞」涵蓋京劇中的「四功」（唱、念、作、打），在劇情抒展時，一面聆賞演唱技巧、動作身段；還可同時注意演員的演技和表情，因此觀感豐富了，就不至於覺得劇情發展不明快，也不至於有劇情鬆散的感覺。此外，對於新觀眾來說，選擇戲碼也是重要的事，像《二進宮》、《三娘教子》之類旨在表現演員唱腔韻味的唱工戲，不太適於初次接近京劇的人。最好選擇一些場面熱鬧、情節豐富，或是表現京劇武功的武戲，如《探親家》、《金玉奴》、《荷珠配》、《安天會》、《三岔口》、《泗州城》等。到逐漸能領略唱腔的優美時，可以進一步欣賞唱腔較多，而情節場次也緊湊熱鬧的戲，如《三堂會審》、《白蛇傳》、《群英會》、《古城會》、《紅樓二尤》等。以此循序漸進，未來自然任何戲皆會有能力欣賞（吳幼華，1981，p124-125）。

　　以上所說，在演出內容而言，包括了「京劇表演」中演員所呈現的各種表演程式，含：聲音與肢體表達方式、表情姿態與動作意涵、情緒變化與角色特性掌握、武打翻滾及刀棍對打，甚至因此推衍演員訓練的火候。

　　另一方面，由於觀眾本身個性喜好所致，譬如電影欣賞之選擇，有的人喜歡文藝片，有人喜歡喜劇片、武打片、懸疑、鬼怪等等不同電影，接觸過京劇之觀眾也有些人對戲碼的性質有所偏好，如喜歡武功對打戲、滑稽逗笑戲、唱腔文戲、神仙戲或歷史人物戲，在觀賞行為來說則屬「觀賞性向」。

　　王祖授指出京劇的觀賞是「內行人看門道、外行人看熱鬧」。內行觀眾把重點放在唱念之上，是「聽戲」，外行觀眾可能欣賞武戲中的武打招式或特技動作，可能欣賞丑角逗笑，可能欣賞千變萬化的臉譜形象，也可能欣賞旦角的婀娜多姿，但鮮少聽說有人為專門看一齣戲的劇情而走進劇場。我國戲曲以演員為主，劇情自來就少被重視，但戲劇是以故事為中心的藝術，故事（劇本）的好壞，是影響一齣戲的成敗關鍵，要延續這具有兩百年歷史藝術的命脈，及必須一面保存其精華，如音樂、舞蹈（動作）的部分，另一方面加強改善其不足之處，令其有新的發展、新的成就。但是京劇若停留在以表現古人精神面貌階段的話，勢必很難引起現代觀眾的共鳴，及失去廣大觀眾基礎，當「老戲迷」逐漸凋零，下一代有他們自己喜愛的娛樂方式，他們肯犧牲時間及金錢來看一場他們不認為是娛樂享受的演出嗎？但是若加入現代的人情世故，創作表現現代精神風貌的劇本，則可能是重回觀眾懷抱的關鍵。屆時，台上的故事、劇中人的遭遇台下感同身

受，觀眾不用背負著偉大使命正襟危坐捧場，看戲像看電影一樣，成為生活中不可或缺的娛樂良伴，京劇自然生生不息（王祖授，1981，p132-134）。

　　以上談到有關京劇演出內容的「舞台呈現」、「京劇編導」及觀賞行為的「觀賞方式」、「觀賞意願」等問題。「外行人看熱鬧」；目標多半在舞台時空轉換、布景道具運用、男女角色服裝化妝的美醜、臉譜形象的表徵等等的整體呈現，皆為初接觸京劇者所關心的「舞台呈現」。

　　「內行人看門道」；重點放在文詞意境與意涵的高妙及唱腔旋律韻味的抒發之「唱念」上，當然也重視故事、場次、情節安排的順當與否、劇情高潮與衝突點設計的精確度及角色人物與塑造的貼切與否等等「京劇編導」相關問題。

　　而關於下一代、再下一代的青年觀眾對京劇演出的興趣是關係「觀賞意願」的觀賞行為，如：會不會自己花錢買票看演出？希望就近的文化中心有常態性京劇演出，樂意參加京劇的示範講座以瞭解京劇表演程式，或電視及網路上的京劇演出播映和相關資訊普及等，皆影響著青年觀眾觀賞意願。

　　至於如何將京劇觀賞變成生活中的娛樂良伴等問題，則屬觀賞行為中的「觀賞方式」之選擇，如：閒暇時，會選擇透過電視、網路、影音設施或廣播節目觀賞京劇演出，或從報章雜誌的閱讀來接觸京劇，或認為直接進劇場觀賞京劇最有收穫等等。

　　鍾傳幸研究「傳統京劇另闢蹊徑──邁向當代國際平台」，談到自梅蘭芳於 1935年赴莫斯科與列寧格勒演出，認識世界聞名作家與藝術家，他們對梅蘭芳的表演藝術讚譽推崇，認為足以借鑑與啟示，甚至因此影響他們日後的藝術創作。而後來鍾傳幸在許多國際會議的交流經驗中，體驗到京劇對外國人士所造成的魅力（鍾傳幸，2005，p14-15）。

　　在藝術無國界，全球國際村的今天，越是傳統、具民族性文化的特色，反倒是獲得外國藝文界敬重及吸引外國友人興趣的指標。無論來台的外國文化團體或觀光客常一致選擇觀賞京劇演出，以期對我國民族文化特色有所體會。在台灣邁向國際化之際，青年族群求新心理愈來愈「西式」的狀況下，無論是在學習外國語文，或從事商業貿易，有機會與外國友人交談或在各種社交場合的話題，皆可以京劇藝術來凸顯自我的藝術涵養，甚或是實施教改後的中小學教師因應教學需求而有觀賞京劇之經驗，這即是反映觀賞行為中的「觀賞目的」。

　　以上所述，已呈現出觀賞行為中的重要方向，包含：**京劇表演**（表演技巧）、**觀賞性向**（戲劇類型）、**舞台呈現**（舞台技術）、**京劇編導**（編導內容）、**觀賞意願**（意願構成條件）、**觀賞方式**（自願接觸京劇的形式）、**觀賞目的**（觀賞京劇的益處）等七個面向，以此做為調查分析觀賞行為模式之主題應是適當且有效的。再者，於其他有關京

劇演出之評論或研究資料中持續探尋有關京劇觀賞行為模式，以歸納值得探討與研究之問題，確立研究因素與相關調查之題項設計，呈現此調查研究之效度與信度的客觀資訊。

　　目前，京劇的老觀眾已消失殆盡，講究唱腔、做表、流派藝術的觀眾畢竟是少數了，在演出或推廣上，常面對的仍是未接觸過或很少接觸京劇的觀眾。因為京劇演出內容的程式性、虛擬性與疏離性等誇張的表現方式，常使初次觀賞京劇者一頭霧水、無所適從，為提供一般觀眾瞭解京劇演出的觀賞與評析方法，建議於觀賞京劇演出時值得注意的內容有下列十項：

京劇觀賞與評析注意事項：

（一）京劇之唱腔（唱功）

　　1. 是否了解／喜歡表演者所展現的音樂旋律？
　　2. 是否了解／喜歡表演者所展現的唱詞意境？
　　3. 是否了解／喜歡表演者所展現的節奏速度？
　　4. 是否了解／喜歡表演者所展現的情感抒發？
　　5. 是否了解／喜歡表演者所展現的嗓音韻味？

（二）京劇之道白（唸功）

　　1. 是否了解／喜歡表演者所展現的聲調旋律感？
　　2. 是否了解／喜歡表演者所展現的節奏速度？
　　3. 是否了解／喜歡表演者所展現的說話腔調？
　　4. 是否了解／喜歡表演者所展現的口齒技巧？
　　5. 是否了解／喜歡表演者所展現的說話內容？

（三）京劇之身段（做功）

　　1. 是否了解／喜歡表演者所展現的臉部表情？
　　2. 是否了解／喜歡表演者所展現的身體表情？
　　3. 是否了解／喜歡表演者所展現的身體節奏韻律感？
　　4. 是否了解／喜歡表演者所展現的道具使用技術？
　　5. 是否了解／喜歡表演者所展現的各肢體動作之意涵？

（四）京劇之武功（打功）

　　1. 是否了解／喜歡表演者所展現的徒手及兵器對打？
　　2. 是否了解／喜歡表演者所展現的舞耍刀棍之技術？
　　3. 是否了解／喜歡表演者所展現的騰空翻滾之技巧？
　　4. 是否了解／喜歡表演者所展現的群體戰爭之畫面？
　　5. 是否了解／喜歡表演者所展現的武打動作之意涵？

（五）京劇之劇本

　　1. 是否了解／喜歡劇本所展現的故事內容？
　　2. 是否了解／喜歡劇本所展現的情節安排？
　　3. 是否了解／喜歡劇本所展現的角色人物？
　　4. 是否了解／喜歡劇本所展現的唱詞和語言？
　　5. 是否了解／喜歡劇本所展現的意義與內涵？

（六）京劇之編導

　　1. 是否了解／喜歡所展現的場次安排？
　　2. 是否了解／喜歡所展現的人物塑造？
　　3. 是否了解／喜歡所展現的演員的動作與動線？
　　4. 是否了解／喜歡所展現的劇情高潮與衝突點？
　　5. 是否了解／喜歡所展現的演出內容與意涵？

（七）京劇之演員

　　1. 是否了解／喜歡表演者的聲音與表達方式？
　　2. 是否了解／喜歡表演者的表情姿態？
　　3. 是否了解／喜歡表演者的肢體動作？
　　4. 是否了解／喜歡表演者的情緒變化？
　　5. 是否了解／喜歡表演者的角色特性？

（八）京劇之舞台空間

　　1. 是否了解／喜歡舞台所展現的舞台氛圍？
　　2. 是否了解／喜歡舞台所展現的燈光設計與氛圍？
　　3. 是否了解／喜歡舞台所展現的佈景設計與運用？
　　4. 是否了解／喜歡舞台所展現的道具設計與運用？
　　5. 是否了解／喜歡舞台所展現的佈景道具代表之意涵？

（九）京劇之化妝

　　1. 是否了解／喜歡女性表演者（旦）化妝？
　　2. 是否了解／喜歡男性表演者（生）化妝？
　　3. 是否了解／喜歡粗獷男性（花臉）臉部化妝？
　　4. 是否了解／喜歡粗獷男性臉部線條所代表之意涵？
　　5. 是否了解／喜歡表演者化妝的顏色所代表之意涵？

（十）京劇之服裝造型

　　1. 是否了解／喜歡所展現的女性服飾？
　　2. 是否了解／喜歡所展現的男性服飾？
　　3. 是否了解／喜歡所展現的服裝顏色代表之意涵？
　　4. 是否了解／喜歡所展現的角色特殊服飾代表之意涵？
　　5. 是否了解／喜歡所展現的演員整體造型？

第四節　相關文獻探討

　　文化學者余秋雨在其《藝術創造工程》一書的引言中即表明，從古自今，人類最得以自豪之處，即是能夠不斷的體認自己在歷史和社會上的角色與立足點，從而賦予自己以深廣的時空意義，巍然挺立。人世間，沒有任何的東西比藝術更具跨越時空的聚散吐納能力，因此，是藝術強而有力的喚醒人類的創造精神並鞏固了人類的自豪感（余秋雨，1990，p2）。筆者十分贊同其論點，因為藝術的價值使人類生活的意義健全而永恆，人類若剔除了藝術的存在，人類的生活將如世界末日的大地，枯槁而毫無生趣，透過藝術的觀照，人類的生命才能釋放自己的底蘊，輝耀永久。

　　戲劇藝術因其包容文學、美術、音樂、舞蹈等等綜合性的內涵，而比任何其他藝術形式更能反映時代的心聲，更能記載與呈現每個社會的風貌，因此戲劇最貼近人類生活，是人類觀照生命最清晰、最能震撼人心的見證。

　　京劇，有人以為它是舊時代的產物，是過時的傳統而武斷、僵化它的空間與能量，事實上，正因為它來自傳統、體現傳統，統貫了生活藝術的歷史，而更具文化的累積與意義，它值得保存與繼承；更可以創新與發揚以呈現其本體生命的自我調整。正如余秋雨在論創造傳統時所說「傳統是一種時空的交織，是在一定的空間範疇內那種有能力向前流淌、而且正在流淌、將要繼續流淌的跨時間的文化流程」（引自余秋雨，1990，p307）。

　　由於京劇相關論著多為歷史沿革方面，而有關京劇演出、觀賞調查等學術理論著述較少，因此，相關觀賞比較之文獻部分較難有豐富的收錄與研究。為了呈現與比對近年來京劇演出的反應和討論狀況，以論述臺灣目前京劇演出環境與現今青年族群之關係，故文獻部分以近年來之戲劇專家、文學作者、藝文記者等之觀感記錄來分析及探討。

一、相關文獻探討

　　王安祈在〈文化變遷中臺灣的京劇發展〉一文中談到七〇年代起約十年的京劇轉化與轉型，當時因受到退出聯合國（1971 年）的刺激，在現代化與國際化的持續追求中，由傳統中汲取養分的尋根熱潮也同時展開，從臺灣一些重要藝文團體的創作中，明顯的可以看出文化人對於「傳統民族藝術在現代化社會中如何生存」等問題的思考；「雲門舞集」的《白蛇傳》、《奇冤報》及「蘭陵劇坊」的《荷珠新配》等傳統中國故事，在

經過現代觀點的詮釋之後，莫不成為當時的流行節目，在「古老／前衛」「傳統／現代」成為一體之兩面時，雅音以「傳統國劇的現代化」為標幟號召，自然凝聚年輕人溯源尋根的熱情。在當時觀賞雅音、品評京劇，成了現代青年最能提升氣質的「時髦」活動（王安祈，1995a，p7）。

于善祿於〈重讀金士傑《荷珠新配》〉文中，談到金士傑於創作《荷珠新配》時，存在於當時藝文愛好者與知識青年中的一種不自覺與再發現的心理狀態；對於歐美文化霸權的不自覺（知識分子的崇洋媚外），以及對中華文化的懷鄉情結、兩岸政治的現實、台灣本土意識與身分認同的糾結，在經過 1977 年至 1978 年間的「鄉土文學論戰」，自覺地檢討中國現代文學傳統、台灣當代文學精神，並對媚外意識提出文化批判之後，「鄉土」的範疇與疆界與「台灣」的面貌與形象漸次清晰（于善祿，2008，PChome 新聞台 Blog）。

台灣在源自美國的西方文化之強勢影響已久，於 1970 年代，又因一連串不利於台灣之國際情勢與當時面對主權受侵擾而凝聚反思與本土意識的情操，繼而尋根熱潮的湧起，尤以中美斷交開始，在當時藝文界的創作至為明顯，尤其具傳統題材之演出，一反常態的受到年輕觀眾的矚目，例如：1978 年 12 月 16 日，美國政府宣布承認中國大陸而與中華民國斷交，當天，即是雲門舞集《薪傳》於嘉義體育館的首演，由於內容敘述先民篳路藍縷渡海來台的經過，胼手胝足的打拼精神，本就令人動容，加上因斷交而產生濃烈的愛國情操的催化，當晚謝幕時，在場全體觀眾，熱淚盈框、起立鼓掌十餘分鐘且佇立許久未忍散場。以及 1978 年強調戲曲創新的雅音小集成立、1980 年蘭陵劇坊改編自京劇的《荷珠新配》，都同樣受到青年觀眾的喜愛。此即反映了時代及時局變遷與文化藝術風格之密切關係，亦呈現了時代變遷與觀眾觀賞意願與觀賞目的之關係。

劉南芳談〈京劇的現代化與本土化〉時以《夏王悲歌》和《阿 Q 正傳》為例指出，《夏王悲歌》以話劇界知名導演陳薪伊掌舵，呈現京劇程式化表演的抽象結合現代劇場中意念的抽象效果。而《阿 Q 正傳》的導演鍾傳幸雖有傳統京劇基礎，作品卻呈現濃厚西方歌舞劇風格。無論「中學西用」或「西學中用」只要能增添戲劇表現能力接值得嘗試。對於京劇的現代化與本土化議題，可以再次思考，對於京劇而言，什麼是可變或不可變的。同時，因兩戲之演出結合兩岸幕後專業者，有著不同的認知，各自對於京劇的保守程度和創新之處，也各有其鮮明主張。京劇的現代化，除了「本土化」之外，是否還要「口語化」？還是要「歌劇化」，或是「話劇化」？仍具討論空間（劉南芳，1996，8 月，p86-87）。

紀慧玲論及京劇〈本土化的迷思與難題〉以國光劇團的《廖添丁》為例，「本土化」並非臺灣京劇的唯一生路，「本土化」更是個弔詭名詞，其內涵實際上包括了定義的界定、歷史的想像、意識的區隔，把京劇自外於臺灣「本土」，是對歷史的謬誤理解。不

如將「本土化」的心胸擴大為「當代化」，讓本土涵容納更多可能（紀慧玲，1999，12月，p71-73）。

　　胡惠禎探討從 1987 至 1996 這十年間傳統戲曲現代導向時指出，大陸戲曲團體來台演出締造了市場效應，對於臺灣戲曲界所要經營的永續市場卻刺激不大，所幸多年來臺灣一直有表演團體在接力耕耘，吸引青年觀眾在戲曲劇場內紮根生繁，使傳統戲曲開展分枝及導向現代劇場藝術相與並進。從「雅音」郭小莊《感天動地竇娥冤》的努力開始，在當時青年一代中為戲曲投射出新的地位和形象。1987 年吳興國的「當代傳奇劇場」首作《慾望成國》，再度刷新青年觀劇的眼識，佈下好光景。復興劇團（現為國立戲曲學院劇團）鍾傳幸適時接力，在製作幾齣大陸移植的新編京劇之後，開始大膽挑旨時代議題的《潘金蓮》、《阿 Q 正傳》，受到專家學者、青年觀眾的鼓勵。之後，兒童戲曲《新嫦娥奔月》的演出，對兒童觀眾而言，都是一次別開生面的經驗（胡惠禎，1997，3 月，p66-68）。

　　蔡依雲於〈臺灣京劇新風情〉中論及臺灣新編京劇的實踐時提出，台灣針對現代觀眾編創的戲，幾乎都朝豐富的情節內容、戲劇節奏的加快等方向發展，不同以往的老戲迷們「看戲聽曲」、「講究流派身段」的習慣，如此的新美學乃為適應不以演員為中心的現今台灣觀眾，觀眾要求的是整體俱佳的好戲。然而隨著兩岸文化交流開放之後，大陸的《徐九經升官記》、《曹操與楊修》、《美女涅盤記》、《法門眾生相》、《潘金蓮》等戲，其以營造趣味與戲劇性、藝術技巧突出等優點，獲得觀眾喜愛而一一來台。從這些演出中，一方面看到大陸編劇的技巧與好底子，一方面加入自己的文化、歷史、美學觀點以適應台灣市場，甚而期望國內編劇亦能編創出「道地的台灣京劇」（蔡依雲，1998，4 月，p18）。

　　上述文獻中，以京劇編導之現代化或本土化為主要討論議題：有以大陸的《夏王悲歌》和台灣改編戲曲《阿 Q 正傳》對照的討論，繼而延伸思考京劇未來的編導走向；有討論自 1987 至 1996 這十年間台灣傳統戲曲現代化現象，繼台灣第一個走創新（或改革）路線的雅音小集起始，之後的當代傳奇劇場，亦或是後來的復興劇團（現為台灣戲曲學院京劇團）移植大陸劇本的演出，京劇現代導向的明顯趨勢，令年輕觀眾群印象深刻；甚至以大陸劇本移植至台灣製作演出的現象，呈現出京劇觀眾年齡層的下降趨勢與觀賞性向內容的口味變化，皆明顯看出京劇因應時代的變動、文化的趨勢，而專注於京劇編創以變化表演內容的革新，是必然的發展。

　　王安祈在談從芥川龍之介《竹藪中》小說改編京劇《羅生門》指出，以中國戲曲形式演出的《羅生門》，為「跨文化美學創造」提供了種種可能性。而就當時台灣的政壇或社會狀況而言，《羅生門》的推出更應有醍醐灌頂發人深省的作用，因此，無論從原著的「普遍人性之深度探索」或是「與當前社會脈動之結合」等角度來看，《羅生門》

已在第一步「題材的選擇」上展現其藝術品味與敏銳的社會觀察。《羅生門》令戲曲界欣慰的是傳統的表演藝術沒有被捨棄，然而，在為京劇演員盡情發揮其數十年技藝成果而喝采時，思考的反而是：鑼鼓配合下如此形象化、外化的表演程式到底適不適合《羅生門》？如此熱烈熱鬧的氣氛是否直接影響此戲的風格？（王安祈，1998，7月，p73-77）

　　陳柏年在論及〈京劇藝術在台灣〉指出《八月雪》是京劇的創新，但是演出至今的爭議性仍然很大，呈現正反兩極的評價。除了「亦中亦西」的疑惑外，多半的人持有「藝術性」太強的問題，使人無法領略。文學家與大眾的距離、傳統與現代的隔閡，再加上年輕觀眾的日漸疏離，這其實都是京劇人士長久以來憂心與潛存的問題（陳柏年，臺灣大世紀時報電子報，第108期，2003）。

　　游庭婷於〈「新編京劇」的回顧與省思〉中探討，在新編戲曲中導演竭力突破傳統劇場藩籬，無論在劇本、角色人物、表演程式以及劇場技術等等層面，無不力圖以新的理念與手法來詮釋與呈現，這是創作的價值與精神所在。但在目前兩團（國光劇團及戲專京劇團—目前更名為戲曲學院京劇團）的作品中，皆傾向以西方劇場理論與表現方式改革傳統京戲，以致戲中話劇成分濃厚，傳統的發聲方式、身段、唱腔、鑼鼓點等基礎元素逐漸被抽離取代，甚至使得京戲「話劇化」。如果導演能夠在中西劇場的轉化與銜接處理合理、深入而細膩，這種改編方式與路線可視為成功作品，但卻不禁令人思考，在這樣的新編京劇中，京劇的本質還剩下多少？（游庭婷，2000，3月，p33）。

　　李湘琳於〈從民族戲曲學論臺灣傳統戲曲的實驗——以《八月雪》為例〉研究中述及，傳統與現代化不是對立，且經過創造性的轉化後，傳統還可參與現代化創建，現代化的創建必須以傳統為基礎。臺灣傳統戲曲越是「本土的」就越是「民族性的」，而文藝發展越「民族性的」，則越能是「世界性的」。因此，臺灣傳統戲曲的民族性「本土化」的發揮越充分，其對世界戲劇的貢獻就越大。基本原則仍在於保持特色，重在創造。當然，不能只是面對世界戲劇而忘記自己既有的傳統戲曲美學；它不能隔斷與世界戲劇藝術的聯繫，也不能離開內容只著眼於外在形式，而應繼續借鑑中外戲劇發展精湛和豐富的藝術經驗，才能創造出具台灣民族性「本土化」的民族戲曲藝術（李湘琳，2005，p142-143）。

　　羅懷臻在談及〈傳統戲曲的現代回歸〉指出，近一、二十年，西方人文理念、哲學思潮衝擊著我國傳統戲曲的舞台；無論從傳統戲曲的精神理念到戲曲舞台的表演形式，都越來越與真正意義上的傳統戲曲拉開距離。客觀地說，是傳統戲曲的「解構」階段，是一種不甘於在傳統面前無所作為的表現。解構傳統目的在尋覓生路、探求新途，雖有些矯枉過正，但唯有大刀闊斧的改革才能擺脫傳統，卻也因此導致今日覺悟之後重新尋找回歸。但此時的回歸，並不是消極的放棄，而是充分吸納後的積極超越，是一種使自己更像自己的努力。如果把前五十年的戲曲稱之為「傳統戲曲」的話，那麼後五十年來

的所有努力目的是要在「傳統戲曲」的母體中衍生出「現代戲曲」的新形態。從大陸近十年的一些新創作來看,新戲曲的形態似乎已顯示出它獨立存在的端倪(陳素英紀錄,1998,1月,p89)。

黃麗如在論及戲劇與政治之關係以國光劇團《大將春秋》的演出為例,說明近年來老戲重唱或重寫已成了傳統戲曲的一種新趨勢,一方面有回顧歷史的意味,一方面從中透露著時代的脈動。並延伸另一種解讀:「在二十世紀末,台灣政情詭譎的時空裡,國光製作的《大將春秋》是啟示錄還是政壇眾生相?政治的漩渦讓人迷惘,但是藝術的表現手法卻因為題材的複雜性而更顯其層次。當以戲劇手法來處理政治事件,沉澱的往往是人心的多面性……」(黃麗如,1999,5月,p31-33)。

以上文章,主要在論述新編京劇題材的選擇,以及尋求京劇演出風格的走向:無論從日本著名小說芥川龍之介《竹藪中》改編之京劇《羅生門》;或以諾貝爾文學獎得主高行健之小說改編成歌劇形式演出京劇的《八月雪》;甚或是以政治議題作為題材的《大將春秋》,旨在探討京劇演出從題材選擇到舞台呈現的形式與風格,如何的改變才會是眾望所歸的適切與穩當?有人擔心京劇在過多的西化包裝下,剩餘的京劇本質將不復存在;有人則鼓勵在時代潮流的轉換下,傳統京劇必須大刀闊斧的修整,才能顯現其現代意義,成為「現代戲曲」。

筆者以為,中和以上兩種修整方式的中庸之道或許可行。不過度西化,以免流失傳統京劇的精華,如強調精緻的老戲;適度修編及切合時代的創新,以使京劇去蕪存菁,呈現當代文化精神,如反映時代的新編戲曲。回顧戲曲歷史發展即是最佳例證;崑曲之所以受民眾喜愛,乃因它不所偏好而包容當時盛行於全國的南、北曲;秦腔名旦魏長生在造型、扮飾及表演風格上創新(但仍保留其餘秦腔表演形式)而獲觀眾青睞;京劇融合多種聲腔之美、多種劇種表演程式之優,才能稱霸劇壇。京劇至今近兩百二十年,已聚集整修或創新能量,且時代與文化的轉變使得所有傳統戲曲皆需面對轉化之必要性,非僅京劇而已。能令一個劇種得以存續、流行並得到觀眾熱情支持者,必須能呈現戲曲演出的戲劇層次之豐富性,亦要貼近生活寫照反映出當代文化的精神與意義。

游源鏗論及傳統戲曲表演程式的取捨探討,京劇的現代化與本土化,勢必將瓦解傳統表演程式的形貌,捨棄舊有舞台程式的軀殼,而作一番新氣象改變。但若保留傳統戲曲「以程式運作歌、舞、樂、語言」的觀念主軸,而重新創造可以意會的動作符號,形成另一種導引程式,這種新的創造將擺脫向「話劇」肢體語言靠攏之疑慮,是值得「戲曲現代化」工作者借鏡。如果因程式動作的束縛而難以伸展手腳,是否儘管創造出適合每個不同作品的程式符號,不要只做拋棄的選擇,而無創造的企圖,因為那終會將傳統戲曲從骨架到血肉,一起拋空(游源鏗,1997,4月,p60-61)。

　　聶光炎於〈舞台設計的新思考、新經驗〉研究，對設計的基本理念及實驗過的方法有詳實的討論，尤其在傳統戲曲期待改進之處的建議更為明確。包含：（一）劇作家新創劇本時，要瞭解技術劇場並掌握劇場因素。（二）完整導演制度建立，用現代劇場方法規劃、執行排演及演出。（三）建立「整體劇場」的演出體系，要求各視覺因素與整體的協調統一。（四）提高現代技術劇場的認知與技術水準，用現代劇場管理及工作方法（聶光炎，1996，4月，p90-91）。

　　李國修談「從京劇到現代劇場」提出，傳統戲曲是寫意的，但現代劇場是寫實的，傳統戲是演員中心，現代劇場則是導演中心，有志將傳統戲曲現代化的戲曲導演工作者應該學習現代劇場的語言，現代劇場雖比傳統劇場多了一層華麗的包裝，但包裝之下的底子才是重點；目前可見的新編戲還是脫不掉固有的表演程式，可以肯定的是表演程式下的一齣戲的骨子才是吸引觀眾的重點（李元皓、林幸慧紀錄整理，2000，3月，p37）。

　　紀慧玲談到〈期待京劇跨世紀接班人〉指出，傳統戲曲的未來決定於環境、觀眾與演員。觀眾得捧場，演員要表現精湛，如演員不入戲，觀眾則感索然無味，下次就不會進劇場了。如容忍、漠視演出的缺點，造成演員不精進，戲不會更好，看戲的人也不會更多（紀慧玲，1998，9月，p86）。

　　楊雲玉於〈傳統戲曲演員的心性訓練〉談到，如何凸顯演員個人特色？如何創造各角色豐富性？答案即在「內化」（inside out），氣度寬宏、廣博能容的心性訓練。中華文化源遠流長，在諸子百家思想與哲理的濡染與沈澱後，每一角色亦不似西方人物的單純與直接，這是不同文化之深層結構的影響。詮釋我國歷史人物更須博引我國文化各家思想精華，以呈現豐沛文化影響下的精神特質，加上對各角色時代、文化背景及其內、外在的影響因素之探討，才能活化角色、賦予角色寬厚的生命。其重點即如易經所述之「惟變所適」，需「變」、「轉」而非固守一成不變的基本表演模式，「求變」是面對時代文化的必然性轉變，提升表演藝術層次的必要性需求（楊雲玉，2005，p123-124）。

　　陳世雄對〈論戲曲的程式化身體語言〉研究提出，一個好演員應時刻記住，身體語言是人物內心的外化，程式的運用必須因人、因情境而異（即演員、人物、場景、劇情等而有所不同），若把身體語言的運用當作單純的技術表演，則走進藝術末路。演員要嫻熟掌握並活用程式化身體語言，當掌握程式愈熟練，其外化就越自然，甚至達到下意識的自然境界（陳世雄，2005，p90-91）。

　　以上論述則以演員之京劇表演程式、技巧及強調導演掌控演出風格為討論重點，亦為京劇表演的省思與推動京劇進步之觀點。因現今觀眾到劇場觀劇是以全劇表現為依歸，導演則是戲劇風格的掌舵者，因此導演的地位在京劇的製作已顯現其重要性，在京劇現代化的今日，掌舵者自然須了解西方劇場的語彙與運作模式，才能於現代化戲曲舞台揮灑自如。而舞台呈現除劇場技術部份，直接的傳達媒介則仰賴演員，因此演員表演

技巧應為全面性的，不再只是遵循以往僅注重外在的肢體語言表現，而需考慮劇本及角色人物內在的精神，演員必須不斷地在表演技巧上精進求變，尤其角色人物的揣摩與拿捏，提升表演藝術的層次。大陸國寶級演員裴艷玲，是最佳演員例證。裴艷玲文武兼備、崑亂不擋，雖為河北梆子演員卻又能唱崑曲、京劇，因而有「三下鍋」稱譽。流派難不倒她，角色也寬廣；老生、武生，甚至花臉皆能唱，還有「活林沖」、「活鍾馗」之美譽。坤生（女性飾演男性角色之演員）裴艷玲，演起戲來毫無脂粉氣，比男人還陽剛，卻又富涵細緻的一面，詮釋任何角色皆令人感受如真實人物再世、重現一般，無論是落難豪傑林沖（林沖夜奔——武生）、打虎英雄武松（血濺鴛鴦樓——武生）、精明調皮的孫悟空（鬧天宮——武生或武丑）、武藝超群的沉香（劈山救母——武生）、亦或是正義陽剛的鍾馗（鍾馗嫁妹——花臉）、還是足智多謀的孔明（借東風——老生）、豪邁粗獷的張飛（蘆花盪——花臉）等等（于臻，1994，p183-184；王安祈等編，2007，p19），總是讓人百看不厭，每一次皆讓人感動莫名。記得約於 1992 年，裴艷玲赴香港公演，筆者因工作未能赴港一飽眼福。據聞裴艷玲因操功（親手扶持學生毯子功訓練）被學生踩傷，腫的像粽子的左腳大拇指，疼痛不已，令她不得不跛腳而行，但她並未取消香港的演出，且一站上台，就完全變成劇中人，沒有任何人發現她的動作或肢體有任何異樣，一直到有劇迷到後台看她才披露其受傷消息，敬業態度令人動容。於 1993 及 1994 年裴艷玲兩度來台演出，筆者又因在美進修未能如願看到久仰盛名的裴艷玲，於歸國後，想盡辦法借到《鍾馗嫁妹》影帶，彌補錯失觀賞裴艷玲大師演出之遺憾。在鍾馗金殿質詢楊國松的當場揮毫，裴艷玲的筆鋒捷勁有力，「一樹梅花一樹詩……」邊唱邊寫，草書寫得猶如瀟灑飄逸的一幅畫，唱的蒼涼亮節令人直打寒顫。而最後送妹合婚之分別時，最經典的三笑；悲涼、淒美、滄桑……笑中有淚、淚中有笑……讓人看了有點心痛，當場掉下淚來。裴艷玲的表演技巧與人物詮釋的藝術，竟然可以透過電視機而仍保有其不可思議的震撼人心的力量，天下難得。2006 年終於得見裴大師，《鍾馗》是少不了的，親自感受到她巨大無形的涵養與魅力。五天的演出，觀眾人數達 6,398 人（王安祈等編，2007，p19），這充分說明了，當角色人物的特色、性格具豐富性，表演風格明顯與表演節奏明快而具可看性，觀眾才會期待、持續進入劇場觀劇。

蘇國榮對民間觀眾對戲曲民族風格的影響研究中指明，觀眾不但決定戲劇的興衰，也影響戲劇的民族特色。民間觀眾的審美趣味和審美理想，影響著戲曲民族特色的形成，稱為反饋。研究觀眾的結構及其反饋，有利於探索戲曲發展和沒落、民族風格的形成、以及以往戲曲如何適應廣大觀眾需要，縮小觀眾與戲曲的距離，使戲曲更好、更為廣大的觀眾接受。戲曲觀眾學是當前急需研究的課題（蘇國榮，1987，p65-66）。

魏怡談觀眾的鑑賞心理指出，二十世紀以來，在美學研究的重要進展即是對審美鑑賞心理的重視，為解析審美主體與客體之間神奇關係而做出種種有意義的探索。對戲劇

創作或觀賞而言，提供劇作家、導演、演員得以瞭解觀眾並與之親近的可能，也促使觀眾從審美的困惑中變得更加自覺、活躍和精明（魏怡，1994，p102）。

姚一葦談及京劇的創新指出，要創作新的戲劇，勢必要擺脫一些陳舊的觀念，而向那些超時代、超地域的人類天性中去發掘。但所謂的超時代、超地域並非自虛空中建造出來，而仍是出自我們的文化土壤，具有我國的民族文化特色，且在這特殊的文化背景事件中蘊含一般性或恆常性，使觀眾感悟的非陳舊觀念，而是我國民族的精神特質（姚一葦，1989，p73）。

聶光炎談到〈當傳統戲曲走入現代劇場〉時分析，傳統戲曲與現代劇場結合發展已有一段時間，發展過程顯示出傳統戲曲在台灣的傳承、創新以及走向文化藝術多元的可能。正因為如此，傳統戲曲與現代劇場各領域的工作者的相互認知與學習更形重要。瞭解現代劇場才能運用現代劇場，認知傳統戲曲才能為傳統戲曲「服務」。而在創作演出方面，大可以破除框架的約束作各種可能的實驗。傳統戲曲的既定程式不是束縛，要深思這些程式語言，掌握基本精髓，從而去追求各種可能。就劇場設計而言，任何設計風格與方法都值得一試。劇場藝術的生命力就來自她的演變，停滯會導致僵化而走入末路，未來傳統戲曲的發展，一定要將美好優越精華部分保留傳承，而為適應當今觀眾的審美觀以及文化環境的各種變遷，必須不斷求新求變，付出更多心血，創作演出，演出創作，不斷淘汰、吸收，才能探索到正確方向，走到璀璨的境地（聶光炎，1999，9月，p96-98）。

曾永義於其著作《說民藝》中〈民族藝術的保存與推展〉論及薪火相傳，以迄於今；生活在斯土之民，空間可以不變，時間卻不得不往前推移，而既成傳統的文化，不隨時注入鮮活泉源，則文化之流將停滯僵固，甚而衰微枯竭，反之，若注入活泉，則可牽引傳統文化脈動，且壯大傳統文化之勢。此股活泉，對「傳統」而言，即是「創新」，實為一體之兩面；有任何偏執，即將食古不化，或架空虛渺，必須根植於傳統的創新，才能巍然而立，必須富含創新之傳統，才能源源不斷、生生不息（曾永義，1987，p67-68）。

曾永義並指出保存傳統美質，涵蘊當代精神為傳統藝術推展之道，其一是以傳統為基礎，加入可以使之豐富、煥發而揉合一體的新因素，保存傳統美質亦涵蘊當代精神和情趣，必能使廣大群眾接受而進入日常生活中。其二是保留傳統的某些特質，而在形式、內容、技巧上極盡創新之能事，多方採擷當代的其他藝術或科技，但求迎合觀眾為指歸。因為藝術將隨著時代推移，但蛻變往往是一種新生藝術的前身，就整個藝術文化體系而言，其實更富意義（曾永義，1987，p70-71）。

曾永義研究民族藝術的保存與推展，對於瀕臨滅絕或轉變的民族藝術，致力於調查、搜集、整理、研究為當務之急，然後作完整性保存，使之繫一線於不墜。最佳保存

方法，即是設置「民族藝術展示與表演中心」。提供國內外人士認識與瞭解我國民族藝術的最完善之文化中心，也是活生生的傳統民族藝術文化的殿堂（曾永義，1987，p69）。

以上談論戲曲觀眾學、觀眾鑑賞心理、京劇創新的方向與運作方式，甚至討論民族藝術的保存與推展。

戲曲的命脈既然繫之於觀眾，觀眾結構、觀眾鑑賞心理的分析與了解，自然是推廣戲曲的不二法門。

在京劇內容的創新方面，姚一葦老師認為：「勢必要擺脫一些陳舊的觀念，而向那些超時代、超地域的人類天性中去發掘⋯⋯」與聶光炎老師所述：「創作演出方面，大可以破除框架的約束作各種可能的實驗。傳統戲曲的既定程式不是束縛，要深思這些程式語言，掌握基本精髓，從而去追求各種可能⋯⋯」兩者在創新方向的思考是相同的。一個偉大的作品，必須具有其超時代、超地域的涵蓋性，並足以表現人類共同天性的說明與詮釋，而不斷嘗試各種可能及探索是必要過程。當作品超脫時空及文化界限，也創造出作品的恆久價值。

於京劇保存與推廣方面，曾永義老師對民族藝術的保存與推展的看法，亦可適用於京劇目前之景況。吸引觀眾回流劇場觀賞傳統戲曲，必須以觀眾為指歸，並且：「保存傳統美質亦涵蘊當代精神和情趣，必能使廣大群眾接受而進入日常生活中。」一切根植於傳統而創新，才能巍然而立、生生不息。

魏怡論戲劇與觀眾之研究，談到戲劇鑑賞，無論如何皆不能迴避的問題：我們為何買票上劇場看戲？有人可能為了消除疲勞，有人為消磨時間，有人為尋求刺激，有人為了社交，還有可能為欣賞藝術、接受教育等等。不論上劇場看戲的直接原因為何，總不外乎是：一、消遣娛樂的「娛樂說」強調娛樂對生活的意義；二、審美享受的「審美說」強調戲劇必須對觀眾施加影響，陶冶其性情，培養其審美情趣；三、兩者皆有的「審美娛樂說」審美與娛樂並行不悖，兩者稍有偏廢即不可能產生偉大劇作（魏怡，1994，p87-89）。

魏怡提及觀賞戲劇目的調查研究，於 1984 年，針對大陸北京大學、清華大學等八所大學生就看戲、看電影之目的作調查，其結果：為欣賞藝術、陶冶性情者佔百分之六十；為消除疲勞、換換腦子者佔百分之二十五；為消磨時光、消遣者佔百分之四；為接受教育、提高覺悟者佔百分之八；為尋求刺激、逃避現實者佔百分之三；從此統計來看，觀眾為審美欣賞者仍佔多數，但此數字仍只說明屬於大學生之文化水準的層次，至於一般工人、農民而言，應屬消遣娛樂為多，因此，折衷的審美娛樂兼具，應是較公允的論斷（魏怡，1994，p91）。

　　以上則是有關京劇觀賞目的之論點，魏怡在觀賞戲劇目的調查研究中明白指出，戲劇應提供觀眾消遣娛樂或審美享受之目的性，而折衷的審美娛樂兩者兼具者，則更能迎合大眾並適可產生偉大劇作之原因。

　　戲劇是屬於所有民眾的，欲使民眾接近戲劇、熱愛戲劇，自然須以其所想望為依歸，此觀點與前述之曾永義老師想法：「迎合觀眾為指歸」不謀而合。為能挽救京劇之逐漸沒落之勢，觀眾心理學的調查研究是重要且必要的。試以上述魏怡所作之大陸大學生調查分析，轉化成適宜目前台灣觀眾京劇演出觀賞行為之調查分析題項，應是了解台灣京劇觀眾群之觀賞目的之較佳方法。

　　二、相關理論與研究之年代發展

　　京劇根留臺灣六十年（1948 年末顧正秋劇團在永樂戲院演出開始），由於時代變遷，臺灣傳統京劇的欣賞人口漸稀，直至近二十多年來吸引青年觀眾的改編、創新京劇（由「雅音」開始）趁勢而起且蔚為風潮，因此，收錄文獻大多以改編、創新京劇之理論探討為主，實為京劇現代化已成為新趨勢所致，請參閱表 2-2。

表 2-2　相關理論與研究之年代發展

作者與年代	研究理論	結　　　果
曾永義 （1987）	民族藝術的保存與推展	對於瀕臨滅絕或轉變的民族藝術，致力於調查、搜集、整理、研究為當務之急，然後作完整性保存，使之繫一線於不墜。最佳保存方法，即是設置「民族藝術展示與表演中心」。
曾永義 （1987）	保存傳統美質，涵蘊當代精神為傳統藝術推展之道	保存傳統美質，涵蘊當代精神為傳統藝術推展之道，其一是以傳統為基礎，加入使之豐富的新因素，保存傳統美質意涵當代精神和情趣，使廣大群眾接受而進入日常生活中。其二是保留傳統的某些特質，而在形式內容技巧上極盡創新之能事，因為蛻變往往種新生藝術的前身，就整個藝術文化體系而言，其實更富意義。
曾永義 （1987）	薪火相傳，以迄於今	既成傳統的文化，不隨時注入鮮活泉源，則文化之流將停滯僵固，甚而衰微枯竭，反之，若注入活泉，則可牽引傳統文化脈動，且壯大傳統文化之勢。此股活泉，對「傳統」而言，即是「創新」，實為一體之兩面；有任何偏執，即將食古不化，或架空虛渺，必須根植於傳統的創新，才能巍然而立，必須富含創新之傳統，才能源源不斷、生生不息。
蘇國榮 （1987）	民間觀眾對戲曲民族風格的影響	觀眾不但決定戲劇的興衰，也影響戲劇的民族特色。研究觀眾的結構及其反饋，有利於探索戲曲發展和沒落、民族風格的形成、以及以往戲曲如何適應廣大觀眾需要，縮小觀眾與戲曲的距離，使戲曲更好、更為廣大的觀眾接受。戲曲觀眾學是當前急需研究的課題。

姚一葦 （1989）	京劇的創新	創作新的戲劇，勢必要向超時代、超地域的人類天性中去發掘，且在這特殊的文化背景事件中蘊含一般性或恆性，使觀眾感悟的非陳舊觀念，而是我國民族的精神特質。
魏怡 （1994）	戲劇與觀眾	談到戲劇鑑賞，無論如何皆不能迴避的問題：我們為何買票上劇場看戲？不論上劇場看戲的直接原因為何，總不外乎是：一、消遣娛樂的「娛樂說」強調娛樂對生活的意義；二、審美享受的「審美說」強調戲劇必須對觀眾施加影響，陶冶其性情，培養其審美情趣；三、兩者皆有的「審美娛樂說」審美與娛樂並行不悖，兩者稍有偏廢即不可能產生偉大劇作。
魏怡 （1994）	觀賞戲劇目的調查	一八九四年，針對大陸北京大學、清華大學等八所大學生就看戲、看電影之目的調查，其結果：為欣賞藝術、陶冶性情者佔百分之六十；為消除疲勞、換換腦子者佔百分之二十五；為消磨時光、消遣者佔百分之四；為接受教育、提高覺悟者佔百分之八；為尋求刺激、逃避現實者佔百分之三；從此統計來看，觀眾為審美欣賞者仍佔多數，但此數字仍只說明屬於大學生之文化水準的層次，至於一般工人、農民而言，應屬消遣娛樂為多，因此，折衷的審美娛樂兼具，應是較公允的論斷。
魏怡 （1994）	觀眾的鑑賞心理	二十世紀以來，在美學研究的重要進展即是對審美鑑賞心理的重視，為解析審美主體與客體之間神奇關係而做出種種有意義的探索。對戲劇創作或觀賞而言，提供劇作家、導演、演員得以瞭解觀眾並與之親近的可能，也促使觀眾從審美的困惑中變得更加自覺、活躍和精明。
王安祈 （1995）	文化變遷中臺灣的京劇發展	傳統故事，在經過現代觀點的詮釋之後，莫不成為當時的流行節目，在當時觀賞雅音、品評京劇，成了現代青年最能提升氣質的「時髦」活動。
聶光炎 （1996）	舞台設計的新思考、新經驗談傳統戲曲之改進	探討傳統戲曲改進之處：（一）劇作家新創劇本要瞭解技術劇場並掌握劇場因素。（二）完整導演制度建立。（三）建立「整體劇場」的演出體系，要求各視覺因素與整體的協調統一。（四）提高現代技術劇場的認知與技術水準，用現代劇場管理及工作方法協助製作。
劉南芳 （1996）	京劇的現代化與本土化	我們可以再一次思想，對於京劇而言，什麼是可變的，什麼是不可變的。京劇的現代化，除了「本土化」之外，是否還要「口語化」、「歌劇化」、「話劇化」？仍具討論空間。
游源鏗 （1997）	傳統戲曲表演程式的取捨	創造可以意會的動作符號，形成另一種導引程式。如果因程式動作的束縛而難以伸展手腳，儘管創造出適合每個不同作品的程式符號，不要只做拋棄的選擇，而無創造的企圖，因為那終會將傳統戲曲從骨架到血肉，一起拋空。

胡惠禎 （1997）	傳統戲曲現代導向	多年來臺灣一直有表演團體在接力耕耘，吸引青年觀眾在戲曲劇場內紮根生繁，傳統戲曲導向現代劇場藝術相與並進。
王安祈 （1998）	題材揀擇立足於高點	《羅生門》為「跨文化美學創造」提供了種種可能性。「題材的選擇」上展現其藝術品味與敏銳的社會觀察。令戲曲界欣慰的是傳統的表演藝術沒有被捨棄，但仍應思考：形象化、外化的表演程式適不適合《羅生門》？熱烈熱鬧的氣氛是否直接影響此戲的風格？
蔡依雲 （1998）	臺灣新編京劇的實踐	針對現代觀眾編創的戲，都朝豐富情節內容、加快戲劇節奏的方向發展。隨著兩岸文化交流開放大陸的戲登陸台灣，我們也冀望國內編劇能獨立編創出「道地的台灣京劇」。
羅懷臻 （1998）	傳統戲曲的現代回歸	解構傳統意在尋覓路、探求新途，雖矯枉過正，但唯有大刀闊斧的改革才能脫離傳統，卻也因而導致今日覺悟之後重新尋找回歸。
紀慧玲 （1998）	期待跨世紀接班人	傳統戲曲的未來決定於環境、觀眾與演員。如容忍、漠視演出的缺點、演員不精進、戲不會更好，看戲的人也不會更多。
紀慧玲 （1999）	本土化的迷思與難題	「本土化」並非臺灣京劇唯一生路，不應把京劇自外於臺灣「本土」，而應將「本土化」的心胸擴大為「當代化」，讓本土涵納更多可能。
黃麗如 （1999）	傳統戲曲的新趨勢	老戲重唱、重寫已成了傳統戲曲的新趨勢，一方面回顧歷史，一方面從中透露時代的脈動。在世紀末政情詭譎的時空裡，國光製作的《大將春秋》是啓示錄還是政壇眾生相？政治的漩渦讓人迷惘，但是藝術的表現手法卻因為題材的複雜性而更顯其層次。當以戲劇手法來處理政治事件，沉澱的往往是人心的多面性。
聶光炎 （1999）	當傳統戲曲走入現代劇場	瞭解現代劇場才能運用現代劇場，認知傳統戲曲才能為傳統戲曲「服務」。傳統戲曲的既定程式不是束縛，要深思這些程式語言，掌握基本精髓，從而去追求各種可能。
游庭婷 （2000）	「新編京劇」的回顧與省思	在新編戲曲中導演竭力突破傳統劇場藩籬，無論在劇本、角色人物、表演程式以及劇場技術等等層面，無不力圖以新的理念與手法來詮釋與呈現，這是創作的價值與精神所在。但在目前兩團的作品中，皆傾向以西方劇場理論與表現方式改革傳統京戲，以致戲中話劇成分濃厚，傳統的發聲方式、身段、唱腔、鑼鼓點等基礎元素被抽離取代，使得京劇「話劇化」。在這樣的新編京劇中，京劇的本質還剩下多少？
李國修 （2000）	從京劇到現代劇場	有志將傳統戲曲現代化的戲曲導演工作者應該學習現代劇場的語言，現代劇場雖比傳統劇場多了一層華麗的包裝，但包裝之下的底子才是重點。
陳柏年 （2003）	京劇藝術在台灣	《八月雪》是京劇的創新，但是演出至今的爭議性仍然很大，呈現正反兩極的評價。文學家與大眾的距離、傳統與現代的隔閡，再加上年輕觀眾的日漸疏離，這其實都是京劇人士長久以來憂心與潛存的問題。

楊雲玉 （2005）	傳統戲曲演員的心性訓練	如何凸顯演員個人特色、創造各角色豐富性？答案即在「内化」，氣度寬宏、廣博能容的心性訓練。詮釋我國歷史人物更須博引中華文化各家思想精華，呈現我國豐沛文化的精神特質，對各角色時代、文化背景及其内、外在的影響因素之探討，才能賦予角色寬厚的生命。其重點即如易經所述之「惟變所適」，需「變」、「轉」而非一成不變的基本表演模式，「求變」是面對時代文化的必然性轉變，提升表演藝術層次的必要性需求。
陳世雄 （2005）	論戲曲的程式化身體語言	好演員應時刻記住，身體語言是人物内心的外化，程式的運用必須因人物、角色而異，若把身體語言的運用當作單純的技術表演，則走進藝術末路。演員要嫻熟掌握並活用程式化身體語言，當掌握程式愈熟練，其外化就越自然，甚至達到下意識的自然境界。
李湘琳 （2005）	從民族戲曲學論 臺灣傳統戲曲的實驗 ——以《八月雪》為例	傳統與現代化不是對立，經過創造性的轉化後，傳統可參與現代化創建，現代化的創建必須以傳統為基礎。臺灣傳統戲曲越是「本土的」就越是「民族性的」，而文藝發展越「民族性的」，則越能是「世界性的」。因此，臺灣傳統戲曲的民族性「本土化」的發揮越充分，其對世界戲劇的貢獻就越大。基本原則仍在於保持特色，重在創造。
于善祿 （2008）	1970 年代的台灣，存在於當時藝文愛好者與知識青年中的一種不自覺與再發現的心理狀態	1970 年代的台灣，存在於當時藝文愛好者與知識青年中的一種不自覺與再發現的心理狀態；對於歐美文化霸權的不自覺，以及對中華文化的懷鄉情結、兩岸政治的現實、台灣本土意識與身分認同的糾結，在經過 1977 年至 1978 年間的「鄉土文學論戰」，自覺地檢討中國現代文學傳統、台灣當代文學精神，並對媚外意識提出文化批判之後，「鄉土」的範疇與疆界與「台灣」的面貌與形象漸次清晰。

第五節　本章總結

　　根據本章相關文獻探討與第三節末「京劇觀賞行為模式之推衍」所建議之「京劇觀賞與評析注意事項」研究分析，延伸七項值得探討與研究之問題直接指向青年族群之觀賞行為與模式。再對照此七項問題，推論出相關之研究因素與相關調查題項之假設。

一、值得探討與研究之問題

（一）他們習慣用何種方式接觸或觀賞京劇？

（二）他們觀賞京劇演出之主要目標或目的為何？

（三）他們願意如何接近京劇演出？

（四）他們偏好何種類型的京劇演出？

（五）他們注重何種京劇演出內容？

（六）他們對演員表演技巧的哪些部分較有興趣？

（七）他們喜歡京劇舞台呈現的哪個部分？

二、相關之研究因素與相關調查題項之假設

（一）觀賞方式

　　1. 觀賞京劇表演節目之電視轉播或影帶。

　　2. 收聽京劇節目之廣播或錄音帶、CD。

　　3. 閱讀京劇表演相關報章雜誌。

　　4. 上網搜尋有關京劇表演之相關訊息。

　　5. 前往劇場（或野外舞台）觀賞京劇表演。

（二）觀賞目的

　　6. 觀賞京劇可增加對我國傳統戲劇藝術的了解。

　　7. 觀賞京劇可增加與友人分享與討論傳統表演藝術的心得與看法的機會。

　　8. 觀賞京劇可增加我向外國友人介紹我國傳統戲劇藝術的機會。

　　9. 觀賞京劇可學習京劇劇場禮儀。

　　10. 觀賞京劇是為了因應學校人文藝術科目的指定觀摩。

（三）觀賞意願

　　11. 自己花錢購買票卷觀賞京劇表演。

　　12. 希望常常在文化中心舉辦京劇表演節目。

　　13. 認為每次京劇演出後應舉辦精簡的京劇示範講座。

　　14. 認為在電視上應安排京劇的相關節目。

　　15. 認為在網路上有關京劇的資訊不多。

（四）觀賞性向

　　16. 喜歡看京劇的武功對打戲（如：白水灘、挑滑車）。

17. 喜歡看京劇的滑稽逗笑戲（如：荷珠配、小放牛）。

18. 喜歡看京劇的唱腔文戲（如：四郎探母、貴妃醉酒）。

19. 喜歡看京劇的神仙戲（如：孫悟空鬧天宮）。

20. 喜歡看京劇的歷史人物戲（如：空城計、捉放曹）。

（五）京劇編導

21. 注重京劇的故事、場次、情節安排。

22. 注重京劇的文詞意境與意涵。

23. 注重京劇的角色人物與塑造。

24. 注重京劇的劇情高潮與衝突點設計。

25. 注重京劇的唱腔的旋律韻味。

（六）京劇表演

26. 著重表演者的聲音與肢體表達方式。

27. 著重表演者的表情姿態與動作意涵。

28. 著重表演者的對打武術、騰空翻滾與舞耍刀棍之技術。

29. 著重表演者的情緒變化與角色特性。

30. 著重表演者的訓練方法。

（七）舞台呈現

31. 希望了解京劇舞台所展現的時空與氛圍。

32. 希望了解京劇舞台所展現的佈景道具設計與運用。

33. 希望了解女性角色（旦）化妝與服裝。

34. 希望了解男性角色（生）化妝與服裝。

35. 希望了解粗獷男性（淨）化妝之線條與顏色的意涵。

　　將以上之問題進行調查研究，或可探析臺灣青年族群對京劇演出觀賞行為之喜惡、模式與因素，在未來京劇製作與演出方面，能提供加強與改進方向之參考，更期待此研究分析能有利於京劇的延續與普及推廣之些許可能，並對未來「塑造現代文化藝術的民族風格」有提供一絲一毫值得轉化運用的空間。

　　與歷史久遠的傳統戲曲相較之下，才兩百一十九年歷史的京劇，應未至老化的地步，就階段性而言，正是創新以延續和再造繁茂的生命榮景。因為京劇的美是恆常的，經過京劇藝術工作者足夠的努力定然可使它重獲觀眾的目光及焦點，恢復如鼎盛時期的旺盛生命力，但須先致力使它具有「一般性」（普及性），持續創造「京劇傳統」（以沈澱著傳統文化精神的現代藝術家充滿生命力的創造），使京劇再次綻開蘊含著民族文化特色的燦爛花朵。

第參章　研究方法

第一節　研究架構

一、本研究架構係參考以上相關文獻而來，其中自變數包括「台灣青年族群」
等各不同變項，另外還包括依變項「傳統戲曲京劇演出觀賞」等，總共二
個部份。

二、在傳統戲曲京劇演出觀賞之相關研究中分類、歸納出青年族群的觀賞行為與
模式，如：他們習慣用何種方式接觸或觀賞京劇？他們觀賞京劇演出之主要
目標或目的為何？他們願意如何接近京劇演出？他們偏好何種類型的京劇演
出？他們注重何種京劇演出內容？他們對演員表演技巧的哪些部分較有興
趣？他們喜歡京劇舞台呈現的哪個部分？藉其觀賞行為以探討京劇演出可加
強與改進的方向，以利京劇未來的延續與普及推廣。

　　因此假設因素有：舞台等相關設計與技術方面的「舞台呈現」、視聽觀
賞方面的「觀賞方式」、演員舞台上表現的「京劇表演」、觀眾消費行為的
「觀賞意願」、觀眾學習與人際關係的「觀賞目的」、觀眾感官偏好的「觀
賞性向」與掌控整體劇場呈現的「京劇編導」等七個因素，並由此七個因素
研擬相關研究問題共 35 個題項，透過項目分析、因素分析與相關分析等統計
分析確立效度，以期對京劇發展構成研究分析價值。

三、採用最常運用之「性別」、「年齡」、「教育程度」、「職業」、「個人月
收入（含打工或每月零用金）」與居住地區等 6 個社經特性，以及本研究主
題相關之「京劇觀賞行為」，做為本研究之自變項。並以「t 檢定」和「多變
量分析」等統計分析的結果，檢定並釐清研究變項之間的關係。

四、本研究之研究架構如圖 3-1 所示。

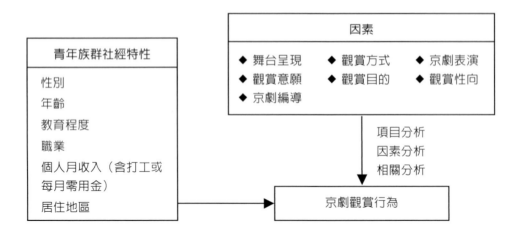

圖 3-1　研究架構

第二節　量表發展過程

一、量表發展過程

　　本研究根據研究目的，設計「台灣青年族群對傳統戲曲京劇演出觀賞行為問卷」，以測出青年族群在觀賞京劇之行為特質或潛在構念，採用一般社會科學領域中最常使用之量表「李克特尺度」（Likert Type Scale）五點量表法，「極同意」以數字「5」表示，「同意」以數字「4」表示，「無意見」以數字「3」表示，「不同意」以數字「2」表示，「極不同意」以數字「1」表示。

二、量表題項

　　「台灣青年族群對傳統戲曲京劇演出觀賞行為問卷」包括 35 個答案勾選題，內容涵括傳統戲曲京劇演出觀賞行為問卷之題項，以及 6 題之台灣青年族群基本資料，總共41 題，有關京劇演出觀賞行為之題項內容請參閱表 3-1 傳統戲曲京劇演出觀賞行為因素與題項摘要表。

表 3-1　傳統戲曲京劇演出觀賞行為因素與題項摘要表

	因　素	研　究　問　題
一	觀賞方式	閒暇時，會觀賞京劇表演節目之電視轉播或影帶 閒暇時，會收聽京劇節目之廣播或錄音帶、CD 閒暇時，會閱讀京劇表演相關報章雜誌 閒暇時，會上網搜尋有關京劇表演之相關訊息 閒暇時，會前往劇場（或野外舞台）觀賞京劇表演
二	觀賞目的	我認為觀賞京劇可增加對我國傳統戲劇藝術的了解 我認為觀賞京劇可增加與友人分享與討論傳統表演藝術的心得與看法的機會 我認為觀賞京劇可增加我向外國友人介紹我國傳統戲劇藝術的機會 我認為觀賞京劇可學習京劇劇場禮儀 我觀賞京劇是為了因應學校人文藝術科目的指定觀摩
三	觀賞意願	我願意自己花錢購買票卷觀賞京劇表演 我希望常常在文化中心舉辦京劇表演節目 我希望在每次京劇演出後舉辦精簡的京劇示範講座 我認為在電視上應安排京劇的相關節目 我認為在網路上有關京劇的資訊不多
四	觀賞性向	我喜歡看京劇的武功對打戲（如：白水灘、挑滑車） 我喜歡看京劇的滑稽逗笑戲（如：荷珠配、小放牛） 我喜歡看京劇的唱腔文戲（如：四郎探母、貴妃醉酒） 我喜歡看京劇的神仙戲（如：孫悟空鬧天宮） 我喜歡看京劇的歷史人物戲（如：空城計、捉放曹）
五	京劇編導	我喜歡或有興趣了解京劇的故事情節安排 我喜歡或有興趣了解京劇的文詞意境 我喜歡或有興趣了解京劇的角色人物塑造 我喜歡或有興趣了解京劇的劇情高潮與衝突點設計 我喜歡或有興趣了解京劇的唱腔的旋律韻味
六	京劇表演	我喜歡或有興趣了解表演者的聲音與肢體表達方式 我喜歡或有興趣了解表演者的表情姿態與動作意涵 我喜歡或有興趣了解表演者的對打武術（騰空翻滾與舞耍刀棍之技術） 我喜歡或有興趣了解表演者的情緒變化與角色特性 我喜歡或有興趣了解表演者的訓練方法
七	舞台呈現	我喜歡或有興趣了解京劇舞台所展現的時空與氛圍 我喜歡或有興趣了解京劇舞台所展現的佈景道具設計與運用 我喜歡或有興趣了解女性角色（旦）化妝與服裝 我喜歡或有興趣了解男性角色（生）化妝與服裝 我喜歡或有興趣了解粗獷男性（淨）化妝之線條與顏色的意涵

第三節　效度分析與信度分析

一、效度分析

　　因素分析在求出量表的建構效度（constru validityct）。建構效度是指一個測驗可測量出理論上之建構心理的特質與概念的程度，換言之；也就是實際之測驗分數能解釋某種心理特質的多寡。依據吳明隆於其著作《SPSS 操作與應用——問卷統計分析實務》中談到「效度的基本概念」，建構效度考驗步驟通常包括：（1）根據文獻探討、前人研究結果、實務經驗等建立假設性理論建構；（2）根據建構之假設性理論編製適切的測驗工具；（3）選取適當的受試者進行施測；（4）以統計檢定之實徵方法去考驗此份測驗工具是否能有效解釋所欲建構的心理特質；（5）由專家學者檢視由研究者根據理論假設編製好的的量表，再由研究者依據專家學者意見修正之測驗或量表（吳明隆，2007，p279-281）。

　　在測驗上，所謂的效度（validity）乃指一個測驗能測出所想要測量（研究者所設計）之心理或行為特質到何種程度。效度具有目標導向，每種測驗皆有其特殊目的與功能。而內容效度（content validity）為測驗或量表內容或題目的適切性與代表性，亦即測驗內容能反應所要測量的心理特質，是否達到所要測驗的目的或行為構念（吳明隆，2007，p279-280）。

　　「台灣青年族群對傳統戲曲京劇演出觀賞行為問卷」是依據第貳章文獻探討中曾永義（1987）、姚一葦（1989）、王安祈（1995、1998）等多位專家學者之相關京劇演出內容、舞台呈現、京劇編導及觀眾觀賞行為等等文獻與論述，訂定「台灣青年族群對傳統戲曲京劇演出觀賞行為問卷」，符合上述建構效度之考驗步驟及內容效度。

二、信度分析

　　正式調查前先進行預試，以便利抽樣法，隨意選取 200 位民眾（台北、台中、高雄與花蓮各 50 位）填答問卷，評論問卷可讀性、理解度與清楚度。各 50 份問卷於 2005

年 5 月 7-8 日於台北、台中、高雄與花蓮火車站前同時發出（總共 200 份），於 2005
年 5 月 8 日回收，所得 152 份問卷用來分析問卷的信度（reliability）。

　　信度代表量表的一致性或穩定性，信度係數在項目分析中，也可以作為同質性檢核
指標之一。通常一份量表或測驗若是測得相同特質或潛在構念時，則題項數愈多，表示
量表或測驗信度愈高。信度檢核只在檢核題項刪除後，整體量表係數變化情形，如果題
項刪除後的量表整體信度係數比原先的信度係數高，則此題項與其他題項所要測量之屬
性或心理特質可能不相同，且同質性不高，因此可考慮於項目分析時將此題項刪除。一
般社會科學領域中類似李克特量表之信度估計，其信度的分析採用最多者為柯隆巴哈 α
（Cronbach α）係數，柯隆巴哈 α 係數即是內部一致性 α 係數（吳明隆，2007，p263）。

　　因此，一份好的量表或測驗除了要有良好的效度，其信度係數須達最基本指標值，
亦指量表 Cronbach α 係數值愈高，表示其信度愈高，測量誤差值愈小。不同方法論的
學者對 α 係數之標準看法不同（吳明隆，2007，p265）。一般以係數值應介於 0-1 之間，
愈接近 1 則信度愈高，測量誤差值愈小。α 係數值超過 0.9 表示高信度；α 係數值介於
0.7 至 0.8 之間相當好；α 係數值介於 0.65 至 0.7 表示最小可接受之標準；α 係數值若在
0.60 至 0.65 之間最好不要；小於 0.35 則必須重新編制。F 值是檢定之決斷值，顯示是
否達到顯著之水準，數值愈大顯示顯著性愈高（邱皓政，2006，p15-11~15-19；吳明隆，
2007，p337）。

　　本研究亦以柯隆巴哈 α 係數為信度分析標準，問卷題項進行項目分析，所有題項均
達顯著水準，表示本研究題項符合項目分析之要求。「台灣青年族群對傳統戲曲京劇觀
賞行為問卷」信度 Cronbach α（內部一致性 α 係數）值高達 0.9093，達到高信度之標準，
請參閱表 3-2 問卷預試信度分析表。

表 3-2　問卷預試信度分析表

	平方和	自由度	平均平方和	F 值	顯著性
組　　間	1782.8539	151	11.8070		
組　　內	5724.1143	5168	1.1076		
組間測量	224.3038	34	6.5972	6.1584	.0000
誤　　差	5499.8105	5134	1.0713		
全　　體	7506.9682	5319	1.4113		
N=152					
Alpha= 0.9093					

第四節　研究對象與抽樣方法

一、研究對象

　　研究目的在於了解青年族群對於京劇演出觀賞行為之探討，因此研究對象是以青年族群為目標，亦即台灣地區年滿 18 足歲，而年齡不大於 45 歲的民眾。

二、抽樣方法

　　採用便利抽樣法進行北部地區、中部地區、南部地區與東部地區抽樣，選定 6 月的周六與周日分別在北部地區、中部地區、南部地區與東部地區人口稠密的地區（例如火車站與大型百貨公司前面）進行問卷之發放與回收。選定其原因是由於 18-45 歲的人數眾多，除了資料收集不易之外，依照名單採取機率抽樣，也會因為不同地區、工作情況、填答意願等等問題而導致回收不足，產生抽樣代表性的問題。

三、樣本數

　　因素分析的可靠性除與預試樣本之抽樣有關外，與樣本數的多少更是關係密切。吳明隆於《SPSS 操作與應用——問卷統計分析實務》中表示，一般學者贊同「因素分析要有可靠的結果，受試樣本數要比量表題項還多」，假如一份量表有 40 個預試題項，則因素分析時，樣本數不得少於 40 人。預試樣本最好為量表題項數的 5 倍，即比例為 5:1；如果預試樣本與量表題項數的比例為 1:10，則結果會更有穩定性。一般因素分析進行時，要建構精確的效度，其樣本數最好在 150 位以上。吳明隆並提及外國學者 Stevens（2002）對於因素分析程序之樣本大小與因素可靠間的關係之看法：樣本大小視分析變項（題項）數目而定，一般標準是每一變項樣本數要介於 2 位至 20 位之間，若研究者欲獲得可靠的因素結構，每個變項最少樣本觀察值要有 5 位，因而一份有 40 題的量表，於進行因素分析時，其樣本數最小需求應有 40×5=200 位。吳明隆同時亦舉出較嚴苛之

標準，以外國學者 Comrey（1992）對樣本數之論點為：樣本數少於 50 是非常不佳的（very poor）、少於 100 為不佳（poor）、在 200 左右為普通（fair）、在 300 左右是好的（good）、500 左右為非常好（very good）、1000 左右則相當理想（excellent）。在社會及行為科學領域中一般準則是進行因素分析之樣本數至少在 300 以上（吳明隆，2007，p297）。樣本數的大小是用來估計母體參數的正確性，樣本數愈大，則推估會更正確。由於本研究涉及時效與研究預算經費等因素，參考上述吳明隆先生所提及之專家學者建議，本研究之調查題項數為 41，以比例約 1:40，總樣本數 1600 人作為決定樣本數之依據，以強化本研究調查樣本正確性。分別針對台灣北、中、南、東部等 4 個地區，以各地區 400 人為樣本數，總共 1600 人，請參閱表 3-3。

第五節　資料收集

一、本研究於 2005 年 6 月份之周六與周日進行便利抽樣，由研究者與研究助理親自進行問卷之發送，於 6 月 4-5 日、11-12 日、18-19 日與 25-26 日分別在北部地區、中部地區、南部地區與東部地區發送調查問卷與回收，共發出 1600 份問卷。

　　1. 北部地區：於台北、桃、竹、苗等 4 個縣市，各擇 2-3 地點，以每縣市 100 份問卷，合計 400 份做問卷調查。

　　　參考地點：

　　　　台北火車站、西門町、東區忠孝東路、華納威秀、中正紀念堂等地。
　　　　桃園火車站、公路局、桃園觀光夜市、巨蛋體育場門口等地。
　　　　新竹火車站、城隍廟、新竹公園、風城百貨等地。
　　　　苗栗火車站、公館車站、銅鑼車站、竹南車站等地。

　　2. 中部地區：於台中、彰、雲、嘉等 4 個縣市，各擇 2-3 地點，以每縣市 100 份問卷，合計 400 份做問卷調查。

　　　參考地點：

　　　　台中火車站、東海大學校門口及逢甲大學夜市等地。
　　　　彰化火車站、公路局、等地。
　　　　雲林火車站、縣立文化中心、等地。
　　　　嘉義火車站、公路局、等地。

3. 南部地區：於台南、高、屏 3 個縣市，各擇 2-3 地點，以每縣市 130-135
份問卷，合計 400 份做問卷調查。

參考地點：

台南火車站、藝術大學門口、市立文化中心、SOGO 百貨等地。

高雄火車站、文化中心、澄清湖、六合夜市等地。

屏東火車站、SOGO 百貨、屏東夜市等地。

4. 東部地區：於宜蘭、花、東 3 個縣市，各擇 2-3 地點，以每縣市 130-135
份問卷，合計 400 份做問卷調查。

參考地點：

宜蘭火車站、傳藝中心、冬山河畔等地。

花蓮火車站、東華大學及花蓮教育大學校門口、海洋公園門口等地。

台東火車站、知本車站、馬蘭車站等地。

二、研究者在 2005 年 6 月 26 日止，共收到 1387 份問卷，刪除許多份問卷因為全
部填寫相同答案（例如全部填寫答案 5），以避免影響研究之結果。其中 94
份因為沒有填寫完整而作廢，有效問卷為 1293 份，由於現場請託民眾協助問
卷填寫並直接回收，因此回收狀況較佳，回收率是 86.69%，有效問卷回收率
為 80.81%。並且用電腦軟體 Statistical Package for Social Sciences 10.0（SPSS，
社會科學統計套裝軟體）編碼建檔，請參閱表 3-3。

表 3-3　問卷發送與回收狀況統計

地　　　區	發放數目	問卷回收	有效問卷
北部（台北、桃、竹、苗）	400	391	370
中部（台中、彰、雲、嘉）	400	328	305
南部（台南、高、屏）	400	356	338
東部（宜蘭、花、東）	400	312	280
總　　　計	1600	1387	1293

第六節 資料分析方式

一、以次數、百分比與交叉分析表達結果。

二、因素分析之前，取樣適當性量數檢定分析值須大於.5，而球形考驗顯著性需小於.05，再進行因素分析。

三、因素分析採主軸因子施以最優斜交法的「斜交轉軸法」（oblique rotation）進行，分析代表結構因素，達到構面因素縮減的目的。

四、皮爾森相關分析各因素之關係。

五、t 檢定分析性別在因素之間的差異，運用 t 值顯示顯著水準。t 值是檢定之決斷值，顯示是否達到顯著之準，數值愈大顯示顯著性愈高。以信心水準 95％為檢定之水準，就是 α 檢定數值為.05 之意思。

六、單因子多變量（multivariate analysis of variance, MANOVA）在於同時檢定多個依變項的分析考驗，並且減少違犯第一類型（type I）的錯誤。本研究應用 SPSS（社會科學統計套裝軟體，Statistical Package for the Social Science 之簡稱）統計軟體的單因子多變量分析，探討年齡、教育程度、個人月收入（含打工或每月零用金）、職業與居住地區在因素之間交互作用分析，「事後比較」（a posteriori comparisons）採雪費法（Scheffe's method；簡稱為 S 法）以信心水準 95％為檢定之標準，就是 α 檢定數值為.05 之意思。單因子多變量分析以 Λ 係數為分析之標準，顯示是否達到顯著之標準，其數值則是介於 0-1 之間，數值愈小顯示顯著性愈高，與其他數值愈大愈好正好相反。F 值是檢定之決斷值，顯示是否達到顯著之水準，數值愈大顯示顯著性愈高。

第肆章　結果與討論

第一節　人口統計變項資料分析

一、性別

男性人數共 596 人，佔 46.1％；女性人數共 679 人，佔 53.9％，請參閱表 4-1 性別統計變項資料。

表 4-1　性別統計變項資料

性　別	次　數	百分比	有效百分比	累積百分比
男　性	569	46.1	46.1	46.1
女　性	679	53.9	53.9	100.0
總　和	1293	100.0	100.0	

二、年齡（實歲）

年齡在 18 歲（含）~25 歲人數共 491 人，佔 38％。25 歲又 1 天~35 歲人數共 656 人，佔 50.7％。35 歲又 1 天~45 歲人數共 146 人，佔 11.3％，請參閱表 4-2 年齡統計變項資料。

表 4-2　年齡統計變項資料

年　　齡	次　數	百分比	有效百分比	累積百分比
18 歲（含）~25 歲	491	38.0	38.0	38.0
25 歲又 1 天~35 歲	656	50.7	50.7	88.7
35 歲又 1 天~45 歲	146	11.3	11.3	100.0
總　　和	1293	100.0	100.0	

三、教育程度

　　教育程度在高中職（含）以下人數共 491 人，佔 38％。專科人數共 464 人，佔 35.9％。大學人數共 268 人，佔 20.7％。研究所（含）以上人數共 70 人，佔 5.4％，請參閱表 4-3 教育程度統計變項資料。

表 4-3　教育程度統計變項資料

教育程度	次　數	百分比	有效百分比	累積百分比
高中職（含）以下	491	38.0	38.0	38.0
專　　科	464	35.9	35.9	73.9
大　　學	268	20.7	20.7	94.6
研究所（含）以上	70	5.4	5.4	100.0
總　　和	1293	100.0	100.0	

四、個人月收入（含打工或每月零用金）

　　個人每月零用金 20,000 元（含）以下之人數共 245 人，佔 18.9％。20,001 元~30,000 元之人數共 296 人，佔 22.9％。30,001 元~40,000 元之人數共 188 人，佔 14.5％。40,001 元~50,000 元之人數共 278 人，佔 21.5％。50,001 元以上之人數共 286 人，佔 22.1％，請參閱表 4-4 個人月收入統計變項資料。

表 4-4　個人月收入統計變項資料

個人月收入	次　數	百分比	有效百分比	累積百分比
20,000 元（含）以下	245	18.9	18.9	18.9
20,001 元~30,000 元	296	22.9	22.9	41.8
30,001 元~40,000 元	188	14.5	14.5	56.4
40,001 元~50,000 元	278	21.5	21.5	77.9
50,001 元以上	286	22.1	22.1	100.0
總　　和	1293	100.0	100.0	

五、職業

　　職業為公教人員（含軍人、公職、教師與學生等）之人數共 480 人，佔 37.1％；專業人員（律師、醫師、會計師等）之人數共 100 人，佔 7.7％；商業人員（經商、投資理財、設計等）之人數共 480 人，佔 37.1％；勞力工作者（農、工、漁、林等）之人數共 172 人，佔 13.3％；其他（包含待業等）之人數共 61 人，佔 4.7％，請參閱表 4-5 職業統計變項資料。

表 4-5　職業統計變項資料

職　　業	次　數	百分比	有效百分比	累積百分比
公教人員	480	37.1	37.1	37.1
專業人員	100	7.7	7.7	44.9
商業人員	480	37.1	37.1	82.0
勞力工作者	172	13.3	13.3	95.3
其他（包含待業等）	61	4.7	4.7	100.0
總　　和	1293	100.0	100.0	

六、居住地區

　　居住地區在北部地區（台北、桃、竹、苗）之人數共 370 人，佔 28.6％。中部地區（台中、彰、雲、嘉）之人數共 305 人，佔 23.6％。南部地區（台南、高、屏）之人數共 338 人，佔 26.1％。東部地區（宜蘭、花、東）之人數共 280 人，佔 21.7％，請參閱表 4-6 居住地區統計變項資料。

表 4-6　居住地區統計變項資料

居住地區	次　數	百分比	有效百分比	累積百分比
北部地區	370	28.6	28.6	28.6
中部地區	305	23.6	23.6	52.2
南部地區	338	26.1	26.1	78.3
東部地區	280	21.7	21.7	100.0
總　　和	1293	100.0	100.0	

第二節　青年族群京劇觀賞行為之因素分析

一、因素分析之取樣適切性量數（Kaiser-Meyer-Olkin measure of sampling adequacy；KMO），依吳明隆解釋，KMO 指標值介於 0 至 1 之間，當值小於 0.50，表示題項變數間不適合進行因素分析；反之，若是 KMO 值大於 0.80，表示題項變數間關係是「良好的」（meritorious），適合進行因素分析，若是 KMO 值大於 0.90，表示題項變數間關係是「極佳的」（marvelous），非常適合進行因素分析（吳明隆，2007，p298）。本研究之因素分析之 KMO 檢定分析值（指標統計量）為 0.930，非但大於 0.5，且超過「極佳」的 0.90，變項非常適合進行因素分析。而 Bartlett's 球形考驗顯著性機率值為 p=.000＜.05，表示母群體的相關矩陣間有共同因素存在，適合進行因素分析（吳明隆，2007，p310-311）。本研究之球形考驗顯著性為 0.000，小於.05 顯著水準，亦表示適合進行因素分析。請參閱表 4-7 取樣適切性量數檢定與球形考驗顯著性摘要表。

表 4-7　取樣適切性量數檢定與球形考驗顯著性摘要表

項　　　　　目	數　　　值
Kaiser-Meyer-Olkin 取樣適切性量數	0.930
Bartlett 球形檢定近似卡方分配	25854.996
Bartlett 球形檢定自由度	465
Bartlett 球形檢定顯著性	0.000*

註：*表示 p<.05。

二、使用主軸因子應用直接斜交轉軸法實施因素分析，刪除 4 項解釋力較低之題項包括「我喜歡或有興趣了解京劇舞台所展現的時空與氛圍」、「我喜歡或有興趣了解表演者的聲音與肢體表達方式」、「我觀賞京劇是為了因應學校人文藝術科目的指定觀摩」與「我喜歡或有興趣了解京劇的劇情高潮與衝突點設計」。樣式矩陣觀察變數以題項設計之 7 個因素構面為選取標準，除了其中一項因素「京劇編導」達到 0.934，其餘構面因素的特徵值均大於 1，因素負荷量均大於 0.38。共保留 31 個題項，因素分別命名為「舞台呈現」、「觀

賞方式」、「京劇表演」、「觀賞意願」、「觀賞目的」、「觀賞性向」與「京劇編導」，累積解釋變異量達 69.634%。依吳明隆解釋 SPSS 統計軟體內設保留特徵值大於 1 以上之因素作為最後共同因素，由於 SPSS 共同因素抽取方面很容易得出共同因素，因而須參考陡坡圖及轉軸後的因素結構來綜合判斷共同因素是否保留（吳明隆，2007，p315-316）。SPSS 統計軟體當中顯示陡坡圖是指與每個因子有關之變異數圖形，審查該保留多少因子，陡坡圖也顯示第一至七項因子陡峭斜率與其他平緩間明顯的陡坡差異，表示前七項因子（共同因素）具特殊因素值得抽取保留，與上項主軸因子應用斜交轉軸法實施因素分析的結果有「7 個因素構面」為選取標準相符。請參閱圖 4-1 因素陡坡圖與表 4-8 因素分析摘要表。

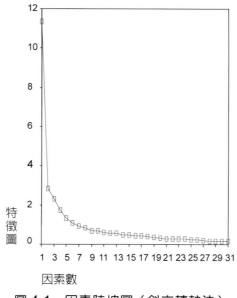

圖 4-1　因素陡坡圖（斜交轉軸法）

三、本研究以柯隆巴哈 α 係數（Cronbach α，內部一致性 α 係數）為信度分析標準。任何量表或測驗之信度係數值應介於 0-1 之間，愈接近 1 則信度愈高，測量誤差值愈小。α 係數值超過 0.9 表示高信度；α 係數值介於 0.7 至 0.8 之間相當好；α 係數值介於 0.65 至 0.7 表示最小可接受之標準；α 係數值若在 0.60 至 0.65之間最好不要；小於 0.35 則必須重新編制。F 值是檢定之決斷值，顯示是否達到顯著之水準，數值愈大顯示顯著性愈高（邱皓政，2006，p15-11~15-19；吳明隆，2007，p337）。以 Cronbach's α 值檢驗構面因素內部一致性，發現本研究之量表各構面 Cronbach's α 值均超過 0.79，31 個題項總量表達 0.9376，

　　請參閱表 4-8。本研究根據文獻探討與相關理論，透過七個層面（構面）進行探索性因素分析（exploratory factor analysis）顯示量表的內部一致性達到高信度的標準。

表 4-8　因素分析摘要表

構面名稱	問　項	因素負荷量	特徵值	變異量	累積變異量	內部一致性係數
舞台呈現	我喜歡或有興趣了解京劇舞台所展現的佈景道具設計與運用	0.563	11.340	36.582	36.582	0.8048
	我喜歡或有興趣了解女性角色（旦）化妝與服裝	0.551				
	我喜歡或有興趣了解男性角色（生）化妝與服裝	0.544				
	我喜歡或有興趣了解粗獷男性（淨）化妝之線條與顏色的意涵	0.390				
觀賞方式	閒暇時，會觀賞京劇表演節目之電視轉播或影帶	-0.897	2.841	9.164	45.746	0.9265
	閒暇時，會收聽京劇節目之廣播或錄音帶、CD	-0.851				
	閒暇時，會閱讀京劇表演相關報章雜誌	-0.844				
	閒暇時，會上網搜尋有關京劇表演之相關訊息	-0.817				
	閒暇時，會前往劇場（或戶外舞台）觀賞京劇表演	-0.765				
京劇表演	我喜歡或有興趣了解表演者的表情姿態與動作意涵	0.799	2.300	7.420	53.166	0.8705
	我喜歡或有興趣了解表演者的對打武術（騰空翻滾與舞耍刀棍之技術）	0.777				
	我喜歡或有興趣了解表演者的情緒變化與角色特性	0.653				
	我喜歡或有興趣了解表演者的訓練方法	0.630				
觀賞意願	我願意自己花錢購買票卷觀賞京劇表演	-0.706	1.730	5.581	58.747	0.8351
	我希望常常在文化中心舉辦京劇表演節目	-0.628				
	我希望在每次京劇演出後舉辦精簡的京劇示範講座	-0.598				
	我認為在電視上應安排京劇的相關節目	-0.463				
	我認為在網路上有關京劇的資訊不多	-0.381				

觀賞目的	我認為觀賞京劇可增加對我國傳統戲劇藝術的了解	0.528				
	我認為觀賞京劇可增加與友人分享與討論傳統表演藝術的心得與看法的機會	0.521	1.343	4.331	63.078	0.7929
	我認為觀賞京劇可增加我向外國友人介紹我國傳統戲劇藝術的機會	0.500				
	我認為觀賞京劇可學習京劇劇場禮儀	0.460				
觀賞性向	我喜歡看京劇的武功對打戲（如：白水灘、挑滑車）	-0.896				
	我喜歡看京劇的滑稽逗笑戲（如：荷珠配、小放牛）	-0.866				
	我喜歡看京劇的唱腔文戲（如：四郎探母、貴妃醉酒）	-0.788	1.099	3.544	66.622	0.9024
	我喜歡看京劇的神仙戲（如：孫悟空鬧天宮）	-0.679				
	我喜歡看京劇的歷史人物戲（如：空城計、捉放曹）	-0.628				
京劇編導	我喜歡或有興趣了解京劇的故事情節安排	-0.852				
	我喜歡或有興趣了解京劇的文詞意境	-0.778	0.934	3.012	69.634	0.8897
	我喜歡或有興趣了解京劇的角色人物塑造	-0.723				
	我喜歡或有興趣了解京劇的唱腔的旋律韻味	-0.541				

註：（本研究將資料直接輸入統計軟體 SPSS 當中後摘錄謄寫與整理）。

第三節　青年族群京劇演出觀賞行為因素之相關分析

　　表 4-9 為積差相關操作程序中所輸出之**描述性統計量**，包括平均數、標準差與個數。其中「舞台呈現」之平均數為 13.1462，「觀賞方式」之平均數為 16.5623，「京劇表演」之平均數為 15.1531，「觀賞意願」之平均數為 19.0889，「觀賞目的」之平均數為 12.2374，「觀賞性向」之平均數為 18.5839，「京劇編導」之平均數為 13.2467，請參閱**表 4-9 變數之描述性統計量**。

表 4-9 變數之描述性統計量

變數（變項）	平均數	標準差	個 數
舞台呈現	13.1462	3.5265	1293
觀賞方式	16.5623	4.5899	1293
京劇表演	15.1531	3.0310	1293
觀賞意願	19.0889	3.3111	1293
觀賞目的	12.2374	2.5383	1293
觀賞性向	18.5839	4.0195	1293
京劇編導	13.2467	3.6021	1293

表 4-9 變數（變項）描述性統計量，有「舞台呈現」等七項之各量表測得之總分，每份量表又包含不同向度（層面），為求得各向度間相關性，必須了解其相關係數。相關係數絕對值以 r 值顯示，數值介於-1 至+1 之間，愈大表示相關程度愈高。研究結果顯示「舞台呈現」與「京劇編導」之相關程度最高，$r = 0.641$；「舞台呈現」與「觀賞方式」之相關程度密切，$r = 0.565$；「舞台呈現」與「觀賞意願」之相關程度密切，$r = 0.501$；「舞台呈現」與「觀賞性向」之相關程度密切，$r = 0.571$；「觀賞意願」與「觀賞性向」之相關程度密切，$r = 0.633$；「京劇編導」與「觀賞方式」之相關程度密切，$r = 0.584$；「京劇編導」與「京劇表演」之相關程度密切，$r = 0.508$；「京劇編導」與「觀賞性向」之相關程度密切，$r = 0.529$。

由於研究使用之量表根據觀賞行為相關理論並且經過因素分析而來，結果顯示所有的變數之間均呈現顯著的相關性，其中，也顯示出其間的關聯，請參閱表 4-10 相關係數分析摘要表。

表 4-10 相關係數分析摘要表

構面名稱	舞台呈現	觀賞方式	京劇表演	觀賞意願	觀賞目的	觀賞性向	京劇編導
舞台呈現	1.00						
觀賞方式	0.565*	1.00					
京劇表演	0.398*	0.499*	1.00				
觀賞意願	0.501*	0.386*	0.539*	1.00			
觀賞目的	0.230*	0.234*	0.245*	0.203*	1.00		
觀賞性向	0.571*	0.359*	0.392*	0.633*	0.224*	1.00	
京劇編導	0.641*	0.584*	0.508*	0.421*	0.325*	0.529*	1.00

註：*表示 $p < .05$，相關顯著。

　　由此可知京劇舞台上所呈現的表演內容最直接影響觀眾觀賞的興趣,而編導的風格與形式又直接影響舞台呈現。一般而言,故事內容精彩、節奏明快、角色個性鮮明、舞台風格具藝術性、演員的表演精湛,能激起觀眾或是欣賞者的情緒反應,引起共鳴,而與戲曲中的情景融為一體,是屬於上乘的戲曲呈現。而且民眾在觀賞的方式與觀賞的意願方面也會因為不同的演員、不同的舞台表演,而有不同的感觸,如武打戲的武術技藝、場面調度細緻的編排、演員肢體韻律與音樂節奏的配合、文戲的抒情風雅、人物情感與情緒表達所塑造的角色特性和整體戲劇氛圍等等,其演出呈現的內容與演員陣容或演出地點亦影響觀眾參與的意願。

　　在相關分析當中也顯示,許多因素會影響京劇的編導方向,諸如觀眾到劇場所抱持的目的或心態,在劇場或是在電視機前看電視等等不同的觀賞方式均會直接或是間接的影響京劇的編導,雖然在主觀意識當中舞台的各項藝術相互關聯是眾所皆知的,因此全面性的考量各項藝術的結合與呈現是重要與必要的,如果能夠再輔佐一些觀察與統計的方式,對觀賞行為與戲曲欣賞以及京劇編導等有更直接的意見提供,則會更有益於京劇的發展。

　　在研究結果當中也顯示出,觀賞方式、京劇表演、觀賞性向均與京劇編導有相當密切的關聯性,這提供的訊息即是民眾或是觀賞者對於傳統戲曲仍然有印象,也了解京劇的呈現需要透過各種不同的方式,包括編導與演出的風格與形式,但最重要者是讓民眾根據喜好選擇自己喜歡的戲碼,直接到劇場或更方便者在電視機前或一般網路上即可觀賞等等不同的選擇,將有益於京劇普遍性的推廣。

第四節　青年族群在京劇觀賞行為因素之差異比較

　　在問卷調查分析中,常用平均數差異檢定為獨立樣本 t 考驗及單因子變異數分析(one-way analysis of variance;簡稱為 one-way ANOVA)。t 考驗統計法適於二個平均數的差異檢定,適用時機:自變項為二分間斷變數(二個群體類別)、依變數為連續變數。單因子變異數分析則適用於三個以上母群體間平均數的差異檢定,變異數分析 F 統計量屬於整體考驗,當 F 值達到顯著時,表示至少有兩個水準在依變項的平均數間有顯著差異,且必須進一步進行「事後比較」(a posteriori comparisons)方法來判別(吳明隆,2007,p465)。差異性分析以 t 檢定為主要之統計分析方法,t 值是檢定之決斷值,顯示是否達到顯著之準,數值愈大顯示顯著性愈高。以信心水準 95%為檢定之水準,就是 α 檢定數值為.05 之意思。以 t 檢定分析自變數(例如性別)當中的 2 個變數(男性或是女性)在於依變數(例如舞台呈現因素、觀賞方式因素等)之間的差異。

表 4-11 因素之差異比較摘要表當中顯示性別在觀賞行為因素之差異比較：

一、「舞台呈現」之 t 值為 3.7557，達顯著水準；顯示男性比女性更著重「舞台呈現」，達到顯著之差異。

二、「觀賞方式」之 t 值為 3.724，達顯著水準；顯示男性比女性更著重「觀賞方式」，達到顯著之差異。在因素分析（表 4-8）當中顯示，「觀賞方式」之因素負荷量為負值。

三、「觀賞目的」之 t 值為 2.876，達顯著水準；男性比女性更著重「觀賞目的」，達到顯著之差異。

四、「京劇編導」之 t 值為 2.982，達顯著水準，男性比女性更著重「京劇編導」，達到顯著之差異。

五、綜合討論：

　　根據研究結果顯示，「舞台呈現」方面，男性比女性更著重「舞台呈現」之推論是：

1. 傳統戲曲中，京劇舞台上所呈現出來的故事敘述之佈景及所使用之道具的運用，男性觀眾比女性觀眾容易產生趣味而企圖瞭解。

2. 對於京劇舞台設計的形式（為何如此設計）及其象徵意義的運用及變換的自由度，男性觀眾皆感到趣味而容易瞭解與接受。

3. 對於劇中男性或女性的角色服裝及化妝，男性也顯然興趣高於女性受訪者，可能原因是化妝之線條，或是不同的顏色代表不同的意義的象徵性，使其產生興趣以致有想要瞭解的慾望。

　　而從這些種種因素分析與推論，顯示在參與調查研究之男性青年族群因為京劇的佈景道具設計與運用、化妝與服裝等方面而比女性更認同京劇的舞台呈現方式。

　　「觀賞方式」方面，顯示男性比女性更著重「觀賞方式」，達到顯著之差異。且在因素分析（表 4-8）當中顯示，「觀賞方式」之因素負荷量為負值，這可以從二個方向分析：

1. 無論男性或是女性在閒暇時，很少有機會去觀賞京劇表演節目之電視轉播或影帶，也不會收聽京劇節目之廣播或錄音帶、CD 等等（當然目前鮮少京劇廣播節目，偶而有京劇團體演出前至電台所做之簡短的宣傳介紹）。

2. 男性受訪者在閒暇時看報章雜誌的機率高於女性，因而閱讀到相關京劇的表演訊息的機會則高於女性。

3. 男性受訪者較關心十月慶典、總統就職大典等相關活動，而這些慶典常有京劇表演，男性於欣賞國慶等典禮中或新年電視節目時看到節目中所邀請的京劇表演，皆提供其非刻意的情況下觀賞或接觸京劇的可能性。

4. 受訪者之男性中部份（約 29-45 歲；1961-1977 年生者）於服兵役時有觀賞京劇之經驗（1965 年起舉辦「國軍文藝金像獎」，歷時三十屆），因此男性比女性多一項管道接觸京劇之機會，雖然起初有些強迫性質但仍因而開始注意京劇演出訊息。

　　「因素分析」及「因素之差異比較」兩項研究結果顯示的意義代表男性與女性均不喜歡京劇之觀賞方式，但是在 t 檢定分析出顯著水準，表示在參與調查的民眾當中雖然都不喜歡，但是男性受訪者仍舊比女性稍認同京劇之「觀賞方式」。

　　「觀賞目的」方面的結果顯示，男性比女性著重「觀賞目的」之推論：

1. 男性比女性受訪者更了解觀賞京劇可以從中增加對於歷史方面及我國傳統戲曲藝術的了解。

2. 男性或是女性均知道觀賞傳統戲曲京劇表演藝術可以與他人分享心得，並且討論傳統戲曲京劇表演藝術的看法，但是男性在研究當中顯示出比女性更願意談論其看法且更認同觀賞京劇目的。

3. 觀賞京劇可增加向外國友人介紹傳統戲曲藝術的機會，傳統戲曲京劇的瞭解與認識可從書籍與實際觀賞層面發現許多優點，不但可以促進知識且有機會時可以與外國友人介紹戲曲、分享觀賞心得，雖然這些優點大家都可以很清楚的了解，但是男性比女性受訪者更有興趣表達對於觀賞京劇目的之看法。

　　「京劇編導」方面，研究指出男性比女性受訪者更著重「京劇編導」之推論：

1. 男性喜歡了解京劇的故事情節安排，考慮或品評其敘述故事的方式。甚而延伸至去了解京劇當中有關文詞表達的意境。

2. 男性有興趣去注意京劇當中角色人物的塑造，思考角色人物的合理性或人物性格的演變的原因。

3. 男性於觀賞時（或假設性觀賞）會注意劇情的起伏，對一個故事的陳述會在意其劇情高潮的安排（以三國演義或水滸傳的故事來說，男性對故事內容及角色之熟悉度，一般來說是高於女性的）。因此於因素研究顯示男性仍比女性稍微同意或喜歡去了解京劇唱腔的旋律韻味和意涵。

　　但是在因素分析（表 4-8）當中顯示，「觀賞方式」之因素負荷量為負值，也指出男性或是女性都不喜歡京劇「觀賞方式」，原因推論是：

1. 目前台灣休閒生活的選擇性寬廣，以健康養生而言，大多走入戶外、鄉間，以紓解身心緊繃。
2. 以到劇場觀賞演出而言，京劇相關表演又較其他種類的演出少得多，觀賞機會亦隨之減少。
3. 觀賞方式仍不夠普遍（電視、廣播的展演呈現早不復見。影音製作或報章雜誌及網路皆少運用及不夠普及）。
4. 以在家觀賞影帶或聆聽 CD 而言，不似一般電影可於影音租借公司（百事達、亞藝影音等）隨手可借且租金低於現場觀賞之價格。京劇演出影音的取得較多為個人購買或收藏，其價格較高（約等於熱門新電影片之 DVD，甚至更高者）非一般人可負擔，而一般文化相關單位之收藏又大多不接受外借，自然更減少此觀賞方式。

　　研究結果分析當中明白的指出這些顯著差異性。

　　於此附帶提供一些相關資訊，雖非此項因素研究之直接分析資料，但為筆者親身體驗，希望有助於此項因素研究之參考。

　　筆者於 2006-2008 年於實踐大學任教「中國戲曲」課程（計三學期，指導 6 班近 400 名學生）。在課程中談到京劇演出或播放戲曲影片時，一般來說，在「**舞台呈現**」和「**京劇編導**」方面，男同學對相關京劇的道具運用、舞台布景、空間設計、臉譜線條顏色的意義、角色人物塑造、故事的呈現等部分皆較女同學興趣高。惟服裝部份（尤其旦角的扮飾）女生興趣則高過男生，而生角的蟒（軍官不打仗所著之軍服）或靠（軍官打仗時之軍裝）則男、女生興趣大約相等。而「**觀賞性向**」方面，男、女生對武打戲及滑稽逗笑戲興趣約略相等（如《鬧天宮》），唱腔文戲則男女皆不感興趣（如《鎖麟囊》），若愛情文藝片段，（如《青春版——牡丹亭》），則女生興趣略較男生維持久一些，但仍不夠專注，若為歷史人物戲，則男生興趣明顯高於女生（如《關公升天》）。「**京劇表演**」方面，對表演者聲音肢體表達方式、角色人物的情緒變化及表情姿態與動作意涵部分，男女生興趣尚可，兩者約略相等。但表演者對打武術及其訓練方法等部分，則男生約略高於女生。大體而言，實踐學生很少曾經觀賞京劇者，因課程中明文規定要現場觀摩京劇一場，有百分之九十五以上為第一次進入劇院。因此，「**觀賞目的**」已被限制（為繳交報告），與「**觀賞方式**」等兩方面較無法提供相關因素分析之參考。但於學期末的心得或課程期末檢討中，大多數（約 80-85%）同學表示，未來會繼續看京劇演出

並非常有興趣收到相關團體之演出訊息，因此「**觀賞意願**」的題項，如：願意花錢看演出、希望在文化中心看到京劇、參加京劇示範講座、電視的京劇播出、網路上京劇訊息等等，其答案應皆表示為偏向「極同意」或「同意」的。

表 4-11　因素之差異比較摘要表

變　數	性　別	個　數	平均數	標準差	t 值	顯著性	比　較
舞台呈現	男性	596	13.5403	3.3632	3.7557	0.000*	男性＞女性
	女性	697	12.8092	3.6289			
觀賞方式	男性	596	17.0738	4.4966	3.724	0.000*	男性＞女性
	女性	697	16.1248	4.6266			
京劇表演	男性	596	15.2399	2.9638	0.952	0.341	
	女性	697	15.0789	3.0875			
觀賞意願	男性	596	19.0671	3.0594	-0.221	0.825	
	女性	697	19.1076	3.5141			
觀賞目的	男性	596	12.4564	2.5181	2.876	0.004*	男性＞女性
	女性	697	12.0502	2.5442			
觀賞性向	男性	596	18.6242	3.9150	0.333	0.739	
	女性	697	18.5495	4.1092			
京劇編導	男性	596	13.5688	3.5528	2.982	0.003*	男性＞女性
	女性	697	12.9713	3.6237			

註：*表示 p<.05。

第五節　青年族群在京劇觀賞行為因素之單因子多變量檢定分析

一、單因子多變量檢定分析說明

單因子多變量變異數分析（multivariate analysis of variance；簡稱為 MANOVA）是考驗多個依變數平均數向量之間的組合，單因子多變量分析顯著性檢定以 Wilk's Λ 值。Λ 值要求組內變異數與共變量矩陣（W 矩陣），組間內變異數與共變量矩陣（B 矩陣），

全體變異數與共變量矩陣（Sum of Square and Cross Products matrices, SSCP 矩陣，也稱 T 矩陣）等 3 個統計數值，因為 Λ 值是組內 SSCP 矩陣與全體 SSCP 矩陣的比，Λ 值愈小愈好，表示交互作用顯著。因此，為了顯示 Λ 值，本研究當中亦將全體變異數與共變量矩陣（SSCP 矩陣）一并從統計軟體 SPSS 當中摘錄謄寫。單因子多變量分析以 Λ 係數為分析之標準，顯示是否達到顯著之標準，其數值則是介於 0-1 之間，數值愈小顯示顯著性愈高，與其他數值愈大愈好正好相反。單因子變異數分析中，F 值是檢定之決斷值，顯示是否達到顯著之水準，數值愈大顯示顯著性愈高（吳明隆，2007，p517）。

本節之單因子多變量檢定分析在於分別進行：

（一）年齡

（18 歲~25 歲、25 歲又 1 天~35 歲、35 歲又 1 天~45 歲）在「舞台呈現」、「觀賞方式」、「京劇與「京劇編導」因素之交互作用。

（二）教育程度

（國中（含）以下、高中職、大專院校、研究所（含）以上）在「舞台呈現」、「觀賞方式」、「京劇表演」、「觀賞意願」、「觀賞目的」、「觀賞性向」與「京劇編導」因素之交互作用。

（三）個人月收入

（20,000 元（含）以下、20,001 元~30,000 元、30,001 元~40,000 元、40,001 元~50,000 元、50,001 元以上）在「舞台呈現」、「觀賞方式」、「京劇表演」、「觀賞意願」、「觀賞目的」、「觀賞性向」與「京劇編導」因素之交互作用。

（四）職業

（公教人員、專業人員、商業人員、勞力工作者）在「舞台呈現」、「觀賞方式」、「京劇表演」、「觀賞意願」、「觀賞目的」、「觀賞性向」與「京劇編導」因素之交互作用。

（五）居住地區

　　（北部、中部、南部、東部）在「舞台呈現」、「觀賞方式」、「京劇表演」、「觀賞意願」、「觀賞目的」、「觀賞性向」與「京劇編導」因素之交互作用。

二、青年族群在京劇觀賞行為因素之單因子多變量檢定分析

（一）年齡在因素之多變量分析達顯著水準

　　Λ 值為 0.942，請參閱表 4-12 年齡之敘述統計、表 4-13 年齡之事後比較摘要表、表 4-14 年齡之受試者間效應項的檢定、表 4-15 年齡之 SSCP 矩陣，結果如下：

1. 年齡在「舞台呈現」之 F 值為 25.374，達顯著水準，25 歲又 1 天~35 歲與 35 歲又 1 天~45 歲比 18 歲（含）~25 歲之青年族群更同意在「舞台呈現」之意見，達到顯著交互作用。

2. 年齡在「觀賞方式」之 F 值為 11.672，達顯著水準，35 歲又 1 天~45 歲比 18 歲（含）~25 歲與 25 歲又 1 天~35 歲之青年族群更同意在「觀賞方式」之意見，達到顯著交互作用。

3. 年齡在「京劇表演」之 F 值為 0.329，未達顯著水準。

4. 年齡在「觀賞意願」之 F 值為 7.027，達顯著水準，35 歲又 1 天~45 歲比 18 歲（含）~25 歲與 25 歲又 1 天~35 歲之青年族群更同意在「觀賞意願」之意見，達到顯著交互作用。

5. 年齡在「觀賞目的」之 F 值為 1.711，未達顯著水準。

6. 「觀賞性向」之 F 值為 8.709，達顯著水準，35 歲又 1 天~45 歲比 18 歲（含）~25 歲與 25 歲又 1 天~35 歲之青年族群更同意在「觀賞性向」之意見，達到顯著交互作用。

7. 年齡在「京劇編導」之 F 值為 18.471，達顯著水準，35 歲又 1 天~45 歲比 18 歲（含）~25 歲與 25 歲又 1 天~35 歲之青年族群更同意在「京劇編導」之意見，達到顯著交互作用。

8. 綜合討論：

　　　　以上之顯著交互作用，年齡在「舞台呈現」顯示青年族群以 25 歲又 1 天為分界點，25 歲以上至 45 歲之族群較 25 歲以下族群更同意「舞台呈現」之意見。推論解析：25 歲以上至 45 歲之族群因為大多已在工作，經濟較穩定，思想、性

情亦較成熟，在「舞台呈現」方面會表現更有興趣去嘗試了解京劇舞台展現的佈景道具等等之使用，也更有興致去欣賞各種角色的化妝方式與服裝，以及對於這些舞台設計與運用的方式或意涵。25 歲（含）以下之青年族群大多忙於求學階段的各種考驗，男性青年還有兵役的問題，經濟也大多數仍依靠父母，較難支付演出門票，影響其觀賞意願，也因此對「舞台呈現」之興趣表現不如 25 歲以上之工作青年。而且以其年齡來看，可能的焦點與興趣會在因素「觀賞性向」題項中之類型較刺激有趣的武功對打戲及滑稽逗笑戲，以致產生如此之研究結果。另外，戲劇只是休閒生活中某一項選擇，從此角度思考，由於科技極速進步，電玩、網咖、夜店的迅速感與刺激感，滿足年輕人（18 歲~25 歲在本研究之青年族群中為最年輕者）的感官刺激之訴求，對傳統視為老舊、對戲曲視為過時，自然認為京劇少了一分親和力，比較無法貼近年輕者的生活領域。以筆者在實踐大學所教授的大學生而言（不同系科學生選修國文之戲曲專題），有 97%以上從未欣賞過京劇，平常藝文休閒較多為聽演唱會或看電影。

在「觀賞方式」方面，推論解析：35 歲又 1 天~45 歲者年紀較長，耐性較佳、處事彈性亦較大，反倒認同各種方式的運用以瞭解所想知道的訊息。而以表列所顯現的「觀賞方式」之題項內容多屬靜態，對年紀較長者反而適合。當然也因為年紀較長者，較能體會傳統戲曲京劇表演藝術的內涵與精神，且 35 歲以上之族群曾經在軍中服役時接觸或觀賞京劇的機會大於 35 歲以下之族群，因此顯現此研究結果。

在「觀賞意願」方面，推論解析：因為 35 歲又 1 天~45 歲者在工作、經濟及家庭狀況已穩定，較能承擔付費觀賞京劇的演出，對京劇常常在文化中心演出的訴求亦因此較高。另一可能是其為青年族群中較長之族群，假日休閒時較常在家觀賞電視節目，因此認為應在電視頻道安排京劇表演節目，以便於欣賞。且 35 歲又 1 天~45 歲者在理解力、社交活動範圍皆高過本研究之其他年齡族群，故顯出青年族群中 35 歲又 1 天~45 歲者更同意在「觀賞意願」之意見。

在「觀賞性向」上，35 歲又 1 天~45 歲者，既然在「觀賞方式」及「觀賞意願」皆高過其他族群，相對在「觀賞性向」上也因此更表同意。一般青年較喜好武打或逗笑情節之劇碼（如周興馳製拍的電影「少林足球」、「功夫」等受到較年輕觀眾的喜愛與推崇），故京劇團體在推行巡迴列車時挑選的劇目也是以武打或逗笑為主，再如京劇團體出國巡演時常搬演之劇碼，仍以武打或神仙戲為主來滿足對京劇尚未深入之外國觀眾。因素之「觀賞性向」表列的演出類型（武打戲、滑稽戲、文戲、神仙戲、歷史戲）各有其趣味與精彩處，但武打戲、滑稽戲、神仙戲的武藝技術與逗笑可吸引一般觀眾，而文戲、歷史戲則可滿足對京劇或歷史

較深入瞭解之觀眾族群，對年齡、思想皆成熟的 35 歲又 1 天~45 歲青年族群而言，既能接受武打戲、滑稽戲、神仙戲的精采特技動作為主的活潑內容，亦能感受文戲、歷史戲的文辭意境或歷史典故等，觀賞戲曲演出的類型不會受到限制，因而有此研究結果。

在「京劇編導」方面，相同的，35 歲又 1 天~45 歲者由於理解力成熟，在觀賞京劇之方式、意願、性向又皆高於其他族群，因此在「京劇編導」上的意見較能體會與較有興趣去瞭解故事、情節、劇情高潮的設計與安排，文辭意境與意涵的氛圍，或角色人物的塑造等等細膩的整體思考，因此會更有意願觀賞京劇表演，在較常或較多機會接觸京劇的狀況下顯出其較同意「京劇編導」之意見具有相當的可信度。

表 4-12　年齡之敘述統計

因素名稱	項　目	平均數	標準差	個　數
舞台呈現	18 歲（含）~25 歲	12.6069	3.5465	491
	25 歲又 1 天~35 歲	13.1524	3.4488	656
	35 歲又 1 天~45 歲	14.9315	3.2220	146
觀賞方式	18 歲（含）~25 歲	16.0367	4.8578	491
	25 歲又 1 天~35 歲	16.6128	4.2130	656
	35 歲又 1 天~45 歲	18.1027	4.9448	146
京劇表演	18 歲（含）~25 歲	15.1161	2.9988	491
	25 歲又 1 天~35 歲	15.1387	2.9303	656
	35 歲又 1 天~45 歲	15.3425	3.5554	146
觀賞意願	18 歲（含）~25 歲	18.8880	3.6086	491
	25 歲又 1 天~35 歲	19.0290	2.9758	656
	35 歲又 1 天~45 歲	20.0342	3.5534	146
觀賞目的	18 歲（含）~25 歲	12.0713	2.4779	491
	25 歲又 1 天~35 歲	12.3460	2.3980	656
	35 歲又 1 天~45 歲	12.3082	3.2453	146
觀賞性向	18 歲（含）~25 歲	18.3198	4.2606	491
	25 歲又 1 天~35 歲	18.4970	3.8064	656
	35 歲又 1 天~45 歲	19.8630	3.9051	146
京劇編導	18 歲（含）~25 歲	12.9430	3.4877	491
	25 歲又 1 天~35 歲	13.1021	3.5244	656
	35 歲又 1 天~45 歲	14.9178	3.8961	146

表 4-13　年齡之事後比較摘要表

項　　目	因素名稱	Λ 值	F 值	事後比較
年齡（實歲）： 18 歲（含）~25 歲 25 歲又 1 天~35 歲 35 歲又 1 天~45 歲	舞台呈現		25.374*	2、3＞1
	觀賞方式		11.672*	3＞1、2
	京劇表演		0.329	
	觀賞意願	0.942*	7.027*	3＞1、2
	觀賞目的		1.711	
	觀賞性向		8.709*	3＞1、2
	京劇編導		18.471*	3＞1、2

註：＊表示 P＜.05。

表 4-14　年齡之受試者間效應項的檢定

來　　源	依變數	型 III 平方和	自由度	平均平方和	F 檢定	顯著性
校正後 的模式	舞台呈現	608.166	2	304.083	25.374	0.000
	觀賞方式	483.787	2	241.893	11.672	0.000
	京劇表演	6.044	2	3.022	0.329	0.720
	觀賞意願	152.654	2	76.327	7.027	0.001
	觀賞目的	22.023	2	11.012	1.711	0.181
	觀賞性向	278.093	2	139.046	8.709	0.000
	京劇編導	466.725	2	233.362	18.471	0.000
Intercept	舞台呈現	159047.921	1	159047.921	13271.820	0.000
	觀賞方式	247425.159	1	247425.159	11938.844	0.000
	京劇表演	199715.518	1	199715.518	21716.194	0.000
	觀賞意願	322595.873	1	322595.873	29699.200	0.000
	觀賞目的	129559.836	1	129559.836	20131.351	0.000
	觀賞性向	308595.391	1	308595.391	19328.367	0.000
	京劇編導	161181.711	1	161181.711	12757.997	0.000
年齡	舞台呈現	608.166	2	304.083	25.374	0.000
	觀賞方式	483.787	2	241.893	11.672	0.000
	京劇表演	6.044	2	3.022	0.329	0.720
	觀賞意願	152.654	2	76.327	7.027	0.001
	觀賞目的	22.023	2	11.012	1.711	0.181
	觀賞性向	278.093	2	139.046	8.709	0.000
	京劇編導	466.725	2	233.362	18.471	0.000

誤　差	舞台呈現	15459.208	1290	11.984		
	觀賞方式	26734.451	1290	20.724		
	京劇表演	11863.636	1290	9.197		
	觀賞意願	14012.118	1290	10.862		
	觀賞目的	8302.085	1290	6.436		
	觀賞性向	20596.053	1290	15.966		
	京劇編導	16297.574	1290	12.634		
總　和	舞台呈現	239526.000	1293			
	觀賞方式	381899.000	1293			
	京劇表演	308765.000	1293			
	觀賞意願	485318.000	1293			
	觀賞目的	201957.000	1293			
	觀賞性向	467427.000	1293			
	京劇編導	243654.000	1293			
校正後的總數	舞台呈現	16067.374	1292			
	觀賞方式	27218.238	1292			
	京劇表演	11869.680	1292			
	觀賞意願	14164.772	1292			
	觀賞目的	8324.108	1292			
	觀賞性向	20874.145	1292			
	京劇編導	16764.299	1292			

表 4-15　年齡之受試者間 SSCP 矩陣

	因　　素	舞台呈現	觀賞方式	京劇表演	觀賞意願	觀賞目的	觀賞性向	京劇編導
假設 Inter- cept	舞台呈現	159074.921	198374.538	178225.526	226513.141	143548.677	221543.349	160111.262
	觀賞方式	198374.538	247425.159	222294.048	282521.389	179042.908	276322.753	199700.803
	京劇表演	178225.526	222294.048	199715.518	253825.534	160857.420	248256.497	179417.081
	觀賞意願	226513.141	282521.389	253825.534	322959.873	204439.400	315517.986	228027.531
	觀賞目的	143548.677	179042.908	160857.420	204439.400	129559.836	1999953.915	144508.394
	觀賞性向	221543.349	276322.753	248256.497	315517.986	199953.915	308595.391	223024.513
	京劇編導	160111.262	199700.803	179417.081	228027.531	144508.394	223024.513	161181.711
年齡	舞台呈現	608.166	540.911	59.100	299.363	62.889	402.993	515.413
	觀賞方式	540.911	483.787	51.665	262.481	62.400	352.970	449.438
	京劇表演	59.100	51.665	6.044	30.353	3.952	40.984	53.085

年齡	觀賞意願	299.363	262.481	30.353	152.654	21.891	206.021	266.294
	觀賞目的	62.889	62.400	3.952	21.891	22.023	28.574	31.749
	觀賞性向	402.993	352.970	40.984	206.021	28.574	278.093	359.718
	京劇編導	515.413	449.438	53.085	266.294	31.749	359.718	466.725
誤差	舞台呈現	15459.208	11283.822	5443.958	7252.827	2598.236	10055.648	10008.959
	觀賞方式	11283.822	26734.451	8918.008	7310.859	3458.987	8202.525	12025.201
	京劇表演	5443.958	8918.008	77863.636	6960.037	2427.037	6132.401	7107.066
	觀賞意願	7252.827	7310.859	6960.037	14012.118	2187.805	10672.829	6224.334
	觀賞目的	2598.236	3458.987	2427.037	2187.805	8302.085	2923.165	3810.510
	觀賞性向	10055.648	8202.525	6132.401	10672.829	2923.165	20596.053	9544.014
	京劇編導	10008.959	12025.201	7107.066	6224.334	3810.510	9544.014	16297.574

（二）教育程度在因素之多變量分析達顯著水準

Λ 值為 0.952，請參閱表 4-16 教育程度之敘述統計、表 4-17 事後比較摘要表、表 4-18 教育程度之受試者間效應項的檢定、表 4-19 教育程度之 SSCP 矩陣。

1. 教育程度在「舞台呈現」之 F 值為 10.078，達顯著水準，專科比高中職（含）以下之青年族群更同意在「舞台呈現」之意見，達顯著交互作用。
2. 教育程度在「觀賞方式」之 F 值為 6.569，達顯著水準，專科與研究所（含）以上比高中職（含）以下之青年族群更同意在「觀賞方式」之意見，達顯著交互作用。
3. 教育程度在「京劇表演」之 F 值為 2.896，達顯著水準，研究所（含）以上比大學之青年族群更同意在「京劇表演」之意見，達顯著交互作用。
4. 教育程度在「觀賞意願」之 F 值為 2.216，未達顯著水準。
5. 教育程度在「觀賞目的」之 F 值為 2.815，未達顯著水準。
6. 教育程度在「觀賞性向」之 F 值為 1.469，未達顯著水準。
7. 教育程度在「京劇編導」之 F 值為 7.636，達顯著水準，研究所（含）以上比之高中職（含）以下、專科與大學之青年族群更同意在「京劇編導」之意見，達顯著交互作用。
8. 綜合討論：

　　　　教育程度的調查研究中顯示：

在「舞台呈現」方面，專科比高中職（含）以下之青年族群更同意在「舞台呈現」之意見，可能是高中職（含）以下之青年族群在相對比較之下，焦點不在「舞台呈現」而分散在其他項，如「觀賞性向」。且高中職（含）以下之青年族群大可以選擇其他藝文休閒方式下，接觸京劇機會很小。亦有可能高中職（含）以下之青年族群在工作場合中顯少有接觸或談論京劇表演藝術之機會，因此觀賞機會減少，自然亦對「舞台呈現」意見表現不高。而「舞台呈現」表列題項包括京劇舞台呈現之時空氛圍、佈景道具等設計與運用、化妝服裝之線條、顏色之意涵，屬理工科系或藝術相關科系較有興趣及思考之方向，近年來許多高職升等技職校院，因此專科以上學生人數廣增，而受訪者或有較多屬理工科系或藝術相關科系之技職校院學生，且專科年齡較長亦較不排斥思考性方面的意見，因此顯示此研究結果。

在「觀賞方式」方面，專科與研究所（含）以上最能贊同，有可能是臺灣近十年來的新編戲曲有指向官場的反諷與折射，也有藉西方經典作為京劇藝術後盾的改編等，在藝文界引起話題，而專科與研究所（含）以上者，在職場或社交場合可能有較多機會談論時事和反映時代的京劇藝術創作，以凸顯知識份子、社會中堅之思想與思考面。另外，其使用網路和閱讀報章雜誌亦較多的情況下，因此涉及或主動關心藝文等京劇相關訊息之可能性較大，因而引起興趣並前往欣賞京劇之機會也較多，亦較能同意「觀賞方式」之意見。

在「京劇表演」方面，表列題項即為舞台演員的表現（唱念、肢體表達、武術對打、騰空翻滾、角色情緒變化、角色特性等等），因為京劇是以演員為表演藝術之中心，演員又是與觀眾接觸之第一線，有直接影響觀眾觀賞心態與產生興趣之理由。此研究所顯示教育程度在研究所（含）以上對「京劇表演」的內容較關心並產生興趣，原因可能是其本身所學已為專業之領域，在學有專精之時，對有興趣之事物亦尋求更精細的瞭解與對照。另一方面是本身的職業和職場較多機會談論到藝文演出以呼應社交所需，因而越多觀賞經驗，因此顯現更同意「京劇表演」之意見。

在「京劇編導」方面，相同的，研究所（含）以上之青年族群對「京劇編導」顯現較強的認同，與其同意「京劇表演」的意見類似。因學有專精後對各項興趣亦力求細密的求知與瞭解，似乎是較合理之推論。何況「京劇編導」所影響的故事場景、情節安排、文辭意境與意涵、角色人物與塑造、劇情高潮與衝突設計甚或唱腔編曲，在在顯示出「京劇編導」如一齣戲的靈魂般重要，「京劇編導」運用手法的優缺導致戲的品質好壞，故對戲的要求愈來愈精準的觀眾，對「京劇表演」較有興趣，勢必亦較認同與關心「京劇編導」之意見。

表 4-16 教育程度之敘述統計

因素名稱	項　目	平　均　數	標　準　差	個　　數
舞台呈現	高中職（含）以下	12.6069	3.5465	491
	專　科	13.3728	3.3145	464
	大　學	13.3060	3.7551	268
	研究所（含）以上	14.8143	3.1498	70
觀賞方式	高中職（含）以下	16.0367	4.8578	491
	專　科	16.9591	4.1687	464
	大　學	16.4030	4.6738	268
	研究所（含）以上	18.2286	4.4500	70
京劇表演	高中職（含）以下	15.1161	2.9988	491
	專　科	15.2134	2.9561	464
	大　學	14.8806	3.3139	268
	研究所（含）以上	16.0571	2.4250	70
觀賞意願	高中職（含）以下	18.8880	3.6086	491
	專　科	19.2500	2.7490	464
	大　學	18.9925	3.5506	268
	研究所（含）以上	19.8000	3.5082	70
觀賞目的	高中職（含）以下	12.0713	2.4779	491
	專　科	12.5022	2.3606	464
	大　學	12.1642	2.6583	268
	研究所（含）以上	11.9286	3.3936	70
觀賞性向	高中職（含）以下	18.3198	4.2606	491
	專　科	18.8103	3.7702	464
	大　學	18.5634	4.0233	268
	研究所（含）以上	19.0143	3.8164	70
京劇編導	高中職（含）以下	12.9430	3.4877	491
	專　科	13.3448	3.4849	464
	大　學	13.1493	3.8638	268
	研究所（含）以上	13.2467	3.6162	70

表 4-17 教育程度之事後比較摘要表

項 目	因素名稱	Λ 值	F 值	事後比較
二、教育程度： 1.高中職（含）以下 2.專科 3.大學 4.研究所（含）以上	舞台呈現		10.078*	2＞1
	觀賞方式		6.569*	2、4＞1
	京劇表演		2.896*	4＞3
	觀賞意願	0.952*	2.216	
	觀賞目的		2.815	
	觀賞性向		1.469	
	京劇編導		7.636*	4＞1、2、3

註：＊表示 P＜.05。

表 4-18 教育程度之受試者間效應項的檢定

來源	依變數	型 III 平方和	自由度	平均平方和	F 檢定	顯著性
校正後 的模式	舞台呈現	368.243	3	122.748	10.078	0.000
	觀賞方式	409.856	3	136.619	6.569	0.000
	京劇表演	79.469	3	26.490	2.896	0.034
	觀賞意願	69.748	3	23.249	2.216	0.095
	觀賞目的	54.186	3	18.062	2.815	0.038
	觀賞性向	71.129	3	23.710	1.469	0.221
	京劇編導	292.738	3	97.579	7.636	0.000
Intercept	舞台呈現	13178.639	1	131785.639	10820.452	0.000
	觀賞方式	205928.681	1	205928.681	9901.458	0.000
	京劇表演	169016.497	1	169016.497	18478.234	0.000
	觀賞意願	266483.606	1	266483.606	24370.116	0.000
	觀賞目的	106641.887	1	106641.887	16621.849	0.000
	觀賞性向	251307.393	1	251307.393	15571.551	0.000
	京劇編導	133923.414	1	133923.414	10480.323	0.000
教育 程度	舞台呈現	368.243	3	122.748	10.078	0.000
	觀賞方式	409.856	3	136.619	6.569	0.000
	京劇表演	79.469	3	26.490	2.896	0.034
	觀賞意願	69.748	3	23.249	2.216	0.095
	觀賞目的	54.186	3	18.062	2.815	0.038
	觀賞性向	71.129	3	23.710	1.469	0.221
	京劇編導	292.738	3	97.579	7.636	0.000

誤差	舞台呈現	15699.130	1289	12.179		
	觀賞方式	26808.383	1289	20.798		
	京劇表演	11790.211	1289	9.147		
	觀賞意願	14095.922	1289	10.935		
	觀賞目的	20803.016	1289	6.416		
	觀賞性向	16471.561	1289	16.139		
	京劇編導		1289	12.779		
總和	舞台呈現	239526.000	1293			
	觀賞方式	381899.000	1293			
	京劇表演	308765.000	1293			
	觀賞意願	485318.000	1293			
	觀賞目的	201957.000	1293			
	觀賞性向	467427.000	1293			
	京劇編導	243654.000	1293			
校正後的總數	舞台呈現	16067.374	1292			
	觀賞方式	27218.238	1292			
	京劇表演	11869.680	1292			
	觀賞意願	14164.772	1292			
	觀賞目的	8324.108	1292			
	觀賞性向	20874.145	1292			
	京劇編導	16764.299	1292			

表 4-19　教育程度之受試者間 SSCP 矩陣

	因　素	舞台呈現	觀賞方式	京劇表演	觀賞意願	觀賞目的	觀賞性向	京劇編導
假設 Intercept	舞台呈現	131785.639	164737.497	149244.588	187399.873	118549.016	181985.454	132850.227
	觀賞方式	164737.497	205928.681	186561.904	234257.588	148191.171	227489.340	166068.275
	京劇表演	149244.588	186561.904	169016.497	212226.590	134254.379	206094.869	150450.212
	觀賞意願	187399.873	234257.588	212226.590	266483.606	168577.326	258784.274	188913.722
	觀賞目的	118549.016	148191.171	134254.379	168577.326	106641.887	163706.734	119506.676
	觀賞性向	181985.454	227489.340	206094.869	258784.274	163706.734	251307.393	183455.564
	京劇編導	132850.227	166068.275	150450.212	188913.722	119506.676	183455.564	133923.414
教育程度	舞台呈現	368.243	368.647	110.030	149.047	32.632	143.133	302.971
	觀賞方式	368.647	409.856	137.727	168.568	58.717	160.933	316.781
	京劇表演	110.030	137.727	79.469	60.194	3.775	39.863	132.662

	觀賞意願	149.047	168.568	60.194	69.748	22.696	64.937	132.066
	觀賞目的	32.632	58.717	3.775	22.696	54.186	40.460	1.325
	觀賞性向	143.133	160.933	39.863	64.937	40.460	71.129	106.071
	京劇編導	302.971	316.781	132.662	132.066	1.325	106.071	292.738
誤差	舞台呈現	15699.130	11456.086	5393.028	7403.143	2628.494	10315.507	10221.400
	觀賞方式	11456.086	26808.383	8831.946	7404.772	3462.669	8394.562	12157.859
	京劇表演	5393.028	8831.946	11790.211	6930.196	2434.763	6133.523	7027.489
	觀賞意願	7403.143	7404.772	6930.196	14095.024	2186.999	10813.913	6358.562
	觀賞目的	2628.494	3462.699	2434.763	2186.999	8269.922	2911.279	3843.584
	觀賞性向	10315.507	8394.562	6133.523	10813.913	2911.279	20803.016	9797.661
	京劇編導	10221.400	12157.859	7027.489	6358.562	3843.584	9797.661	16471.561

（三）個人月收入（含打工或每月零用金）在因素之多變量分析達顯著水準

Λ 值為，請參閱表 4-20 個人月收入之敘述統計、表 4-21 個人月收入之事後比較、表 4-22 個人月收入之受試者間效應項的檢定、表 4-23 個人月收入之 SSCP 矩陣。

1. 個人月收入在「舞台呈現」之 F 值為 19.901，達顯著水準，20,000 元（含）以下比 20,001 元~30,000 元、30,001 元~40,000 元、40,001 元~50,000 元與 50,001 元以上之青年族群更同意在「舞台呈現」之意見，達顯著交互作用。

2. 個人月收入在「觀賞方式」之 F 值為 35.274，達顯著水準，20,000 元（含）以下比 20,001 元~30,000 元、30,001 元~40,000 元、40,001 元~50,000 元與 50,001 元以上之青年族群更同意在「觀賞方式」之意見，達顯著交互作用。

3. 個人月收入在「京劇表演」之 F 值為 47.317，達顯著水準，20,000 元（含）以下比 20,001 元~30,000 元、30,001 元~40,000 元、40,001 元~50,000 元與 50,001 元以上之青年族群更同意在「京劇表演」之意見，達顯著交互作用。

4. 個人月收入在「觀賞意願」之 F 值為 34.789，達顯著水準，20,000 元（含）以下比 20,001 元~30,000 元、30,001 元~40,000 元、40,001 元~50,000 元與 50,001 元以上之青年族群更同意在「觀賞意願」之意見，達顯著交互作用。

5. 個人月收入在「觀賞目的」之 F 值為 16.655，達顯著水準，20,000 元（含）以下比 20,001 元~30,000 元、30,001 元~40,000 元、40,001 元~50,000 元與 50,001 元以上之青年族群更同意在「觀賞目的」之意見，達顯著交互作用。

6. 個人月收入在「觀賞性向」之 F 值為 14.236，達顯著水準，20,000 元（含）以下比 20,001 元~30,000 元、30,001 元~40,000 元與 50,001 元以上之青年族群更同意在「觀賞性向」之意見，達顯著交互作用。

7. 個人月收入在「京劇編導」之 F 值為 40.002，達顯著水準，20,000 元（含）以下比 20,001 元~30,000 元、30,001 元~40,000 元、40,001 元~50,000 元與 50,001 元以上之青年族群更同意在「京劇編導」之意見，達顯著交互作用。

8. 綜合討論：

　　個人月收入的調查研究顯示，月收入 20,000 元（含）以下之青年族群在上述七個題項之意見皆一致高過其他月收入（20,001 元~30,000 元、30,001 元~40,000 元、40,001 元~50,000 元與 50,001 元以上）者。推論原因是月收入 20,000 元（含）以下者，可能是專科、大學在打工、兼差的人居多（且可能在職進修或退伍、就職後重返學生生涯者不在少數）。若為一般上班族，薪水大多超過 20,000 元以上，且有結婚、成家計劃等壓力，勢必較難得參與付費觀賞京劇的演出。再由此推論，月收入在 20,000 元（含打工或每月零用金）以下之受訪者不但是學生且可能為戲劇或藝術相關科系學生較多，因為若是其他科系者，有休閒娛樂時也未必選擇觀賞京劇表演藝術，還有其他休閒、藝文活動可供挑選諸如：舞蹈、舞台劇或電影等，而對「舞台呈現」、「觀賞方式」、「京劇表演」、「觀賞意願」、「觀賞目的」、「觀賞性向」、「京劇編導」皆較認同與有興趣者，若非戲劇或藝術相關科系則調查結果應會出現不同反應（如觀賞方式、觀賞意願等皆會因為收入太少或因其他休閒娛樂的選擇而減低同意度）。

　　至於其他類型的個人月收入受訪者，普遍在各題項顯現同意度較低，推論其原因是月收入 20,001 元~30,000 元、30,001 元~40,000 元者，除選擇其他休閒娛樂外，就如一般上班者尚需要成家立業或養家，經濟仍感壓力。而月收入 40,001 元~50,000 元與 50,001 元以上者，在目前京劇表演藝術屬於小眾文化的狀況下，更實際的考量亦有可能選擇其他休閒娛樂及其他一般性的藝文活動，以便在職場或社交場合建立話題。除某些特殊原因或機會而對京劇表演藝術產生興趣者（畢竟仍為少數），京劇表演藝術的程式性、虛擬性仍屬較專業的藝術，因此一般大眾對它仍然陌生。另外，在職場、社交場合的談論話題除經濟、股票外，尚有音樂會、歌劇、歌舞劇、電影，甚至高爾夫球、漆彈等時髦又吸引人的活動，因此關於各題項之反應而言，月收入較高者倒不如月收入最少的大專、研究所打工學生來得認同。

表 4-20　個人月收入之敘述統計

因素名稱	項　　目	平 均 數	標 準 差	個　　數
舞台呈現	20,000 元（含）以下	14.8245	3.2539	245
	20,001 元~30,000 元	12.4459	3.5344	296
	30,001 元~40,000 元	12.4734	2.8462	188
	40,001 元~50,000 元	13.0971	3.7235	278
	50,001 元以上	12.9231	3.5085	286
觀賞方式	20,000 元（含）以下	19.3918	3.8637	245
	20,001 元~30,000 元	15.6014	4.8289	296
	30,001 元~40,000 元	15.4787	4.2596	188
	40,001 元~50,000 元	16.7338	4.3128	278
	50,001 元以上	15.6783	4.3787	286
			4.5899	
京劇表演	20,000 元（含）以下	16.7061	2.1337	245
	20,001 元~30,000 元	13.4291	3.8119	296
	30,001 元~40,000 元	15.3723	2.4494	188
	40,001 元~50,000 元	15.5324	2.4118	278
	50,001 元以上	15.0944	2.7900	286
觀賞意願	20,000 元（含）以下	20.7959	2.5526	245
	20,001 元~30,000 元	17.7027	4.2298	296
	30,001 元~40,000 元	18.8245	2.5867	188
	40,001 元~50,000 元	19.5504	2.6538	278
	50,001 元以上	18.7867	3.0859	286
觀賞目的	20,000 元（含）以下	13.1633	2.2227	245
	20,001 元~30,000 元	11.4257	2.8868	296
	30,001 元~40,000 元	12.2819	2.4799	188
	40,001 元~50,000 元	12.3309	2.4944	278
	50,001 元以上	12.1643	2.1983	286
觀賞性向	20,000 元（含）以下	19.7143	3.8229	245
	20,001 元~30,000 元	17.3716	4.6151	296
	30,001 元~40,000 元	18.5266	3.6158	188
	40,001 元~50,000 元	19.2158	3.5123	278
	50,001 元以上	18.2937	3.8749	286
京劇編導	20,000 元（含）以下	15.4898	3.3137	245
	20,001 元~30,000 元	12.3615	3.6686	296
	30,001 元~40,000 元	11.8511	3.5433	188
	40,001 元~50,000 元	13.3957	3.3821	278
	50,001 元以上	13.0140	3.1040	286

表 4-21　個人月收入之事後比較摘要表

項　　目	因素名稱	Λ 值	F 值	事後比較
個人月收入 （含打工或每月零用金）： 20,000 元（含）以下 20,001 元~30,000 元 30,001 元~40,000 元 40,001 元~50,000 元 50,001 元以上	舞台呈現		19.901*	1＞2、3、4、5
	觀賞方式		35.274*	1＞2、3、4、5
	京劇表演		47.317*	1＞2、3、4、5
	觀賞意願	0.741*	34.789*	1＞2、3、4、5
	觀賞目的		16.655*	1＞2、3、4、5
	觀賞性向		14.236*	1＞2、3、5
	京劇編導		40.002*	1＞2、3、4、5

註：＊表示 P<.05。

表 4-22　個人月收入之受試者間效應項的檢定

來　源	依變數	型 III 平方和	自由度	平均平方和	F 檢定	顯著性
校正後 的模式	舞台呈現	935.233	4	233.808	19.901	0.000
	觀賞方式	2687.272	4	671.818	35.274	0.000
	京劇表演	1520.733	4	380.183	47.317	0.000
	觀賞意願	1381.146	4	345.287	34.789	0.000
	觀賞目的	409.385	4	102.346	16.655	0.000
	觀賞性向	883.778	4	220.944	14.236	0.000
	京劇編導	1852.504	4	463.126	40.002	0.000
Intercept	舞台呈現	217629.723	1	217629.723	18523.954	0.000
	觀賞方式	345687.071	1	345687.071	18150.323	0.000
	京劇表演	291676.828	1	291676.828	36301.255	0.000
	觀賞意願	460472.282	1	460472.282	46394.371	0.000
	觀賞目的	189485.401	1	189485.401	30837.476	0.000
	觀賞性向	436361.254	1	436361.254	28115.206	0.000
	京劇編導	219938.899	1	219938.899	18997.131	0.000
個人 月收入	舞台呈現	935.233	4	233.808	19.901	0.000
	觀賞方式	2687.272	4	671.818	35.274	0.000
	京劇表演	1520.733	4	380.183	47.317	0.000
	觀賞意願	1381.146	4	345.287	34.789	0.000
	觀賞目的	409.385	4	102.346	16.655	0.000
	觀賞性向	883.778	4	220.944	14.236	0.000
	京劇編導	1852.504	4	463.126	40.002	0.000

	因素					
誤差	舞台呈現	15132.141	1288	11.746		
	觀賞方式	24530.966	1288	19.046		
	京劇表演	10348.947	1288	8.035		
	觀賞意願	12783.626	1288	9.925		
	觀賞目的	7914.723	1288	6.145		
	觀賞性向	19990.368	1288	15.520		
	京劇編導	14911.794	1288	11.577		
總和	舞台呈現	239526.000	1293			
	觀賞方式	381899.000	1293			
	京劇表演	308765.000	1293			
	觀賞意願	485318.000	1293			
	觀賞目的	201957.000	1293			
	觀賞性向	467427.000	1293			
	京劇編導	243654.000	1293			
校正後的總數	舞台呈現	16067.374	1292			
	觀賞方式	27218.238	1292			
	京劇表演	11869.680	1292			
	觀賞意願	14164.772	1292			
	觀賞目的	8324.108	1292			
	觀賞性向	20874.145	1292			
	京劇編導	16764.299	1292			

表 4-23　個人月收入之受試者間 SSCP 矩陣

	因　　素	舞台呈現	觀賞方式	京劇表演	觀賞意願	觀賞目的	觀賞性向	京劇編導
假設 Intercept	舞台呈現	217629.723	274284.125	251947.509	316563.502	203075.926	308164.207	218781.264
	觀賞方式	274284.125	345687.071	317535.681	398972.816	255941.615	388386.977	275735.442
	京劇表演	251947.509	317535.681	291676.828	366482.045	235098.740	356758.275	253280.636
	觀賞意願	316563.502	398972.816	366482.045	460472.262	295393.595	448254.675	318238.531
	觀賞目的	203075.926	255941.615	235098.740	295393.595	189495.401	287555.996	204150.459
	觀賞性向	308164.207	388386.977	356758.275	448254.675	287555.996	436361.254	309794.793
	京劇編導	218781.264	275735.442	253280.636	318238.531	204150.459	309794.793	219938.899
個人月收入	舞台呈現	935.233	1553.759	966.765	1035.652	546.704	733.213	1295.147
	觀賞方式	1553.759	2687.272	1555.262	1729.927	886.595	1243.616	2157.033
	京劇表演	966.765	1555.262	1520.733	1399.734	779.444	1117.887	1267.308

個人月收入	觀賞意願	1035.652	1729.927	1399.734	1381.146	736.378	1079.161	1409.565
	觀賞目的	546.704	886.595	799.444	736.378	409.385	569.704	718.565
	觀賞性向	733.213	1243.616	1117.887	1079.161	569.704	883.778	999.381
	京劇編導	1295.147	2157.033	1267.308	1409.929	718.565	999.381	1852.504
誤差	舞台呈現	15132.141	10270.974	4536.293	6516.538	2114.421	9725.427	9229.225
	觀賞方式	10270.974	24530.966	7414.411	5843.413	2643.792	7311.879	10317.607
	京劇表演	4536.293	7414.411	10348.947	5590.656	1651.545	5055.498	5892.842
	觀賞意願	6516.538	5843.413	5590.656	12783.626	1437.317	9799.689	5080.699
	觀賞目的	2114.421	2634.792	1651.545	1473.317	7914.723	2382.034	3123.694
	觀賞性向	9725.427	7311.879	5055.498	9799.689	2382.034	19990.368	8904.351
	京劇編導	9229.225	10317.607	5892.843	5080.699	3723.694	8904.351	14977.798

（四）職業在因素之多變量分析達顯著水準

Λ 值為 0.817，請參閱表 4-24 職業之敘述統計、表 4-25 事後比較摘要表、表 4-26 職業之受試者間效應項的檢定、表 4-27 職業之 SSCP 矩陣。

1. 職業在「舞台呈現」之 F 值為 33.515，達顯著水準，公教人員比商業人員與勞力工作者、以及商業人員比勞力工作者之青年族群更同意在「舞台呈現」之意見，達顯著交互作用。

2. 職業在「觀賞方式」之 F 值為 22.863，達顯著水準，公教人員比商業人員與勞力工作者之青年族群更同意在「觀賞方式」之意見，達顯著交互作用。

3. 職業在「京劇表演」之 F 值為 2.145，未達顯著水準。

4. 職業在「觀賞意願」之 F 值為 9.223，達顯著水準，公教人員與勞力工作者比商業人員之青年族群更同意在「觀賞意願」之意見，達顯著交互作用。

5. 職業在「觀賞目的」之 F 值為 3.652，達顯著水準，商業人員比勞力工作者之青年族群更同意在「觀賞目的」之意見，達顯著交互作用。

6. 職業在「觀賞性向」之 F 值為 16.148，達顯著水準，公教人員與專業人員比商業人員之青年族群更同意在「觀賞性向」之意見，達顯著交互作用。

7. 職業在「京劇編導」之 F 值為 25.346，達顯著水準，公教人員比商業人員與勞力工作者之青年族群更同意在「京劇編導」之意見，達顯著交互作用。

8. 綜合討論：

　　綜合以上與職業相關的研究結果顯示，公教人員在「舞台呈現」、「觀賞方式」、「京劇編導」方面之同意程度皆高過專業人員、商業人員及勞力工作者或其他職業者，而公教人員含軍人、公職、教師等，以此推論，軍人可能是進入軍職後因軍中京劇隊勞軍而培養之興趣（年齡相對可能為 35 歲以上，才有較多觀賞京劇勞軍之機會）；公職者，可能是戲劇大專院校或政府相關藝文機構之教師及職員或為大學、研究所的講師、教授居多，由於較常接觸藝文演出進而觀賞京劇機會較大，亦有可能是中、小學教師應人文與藝術教學之需要再引發興趣。

　　商業人員在「觀賞目的」的同意程度高過勞力工作者，可能原因是在企業服務之商業人員，基本上年齡也在 30~45 歲之間，可能因其學生時代受京劇電視、「雅音小集」之創新京劇或喜愛京劇之親友影響，甚至可能有部分受訪者本身曾就讀相關戲劇學校而產生興趣，在工作、事業穩定後，經濟、時間上有較大自由，年齡和體力亦開始偏向靜態活動，風雅的藝文演出亦可提供其社交時的話題。

　　在「觀賞意願」方面，公教人員與勞力工作者的認同程度超過商業人員。公教人員「觀賞意願」較高的原因應與前述相同，而勞力工作者的認同則值得推敲。一般而言，勞力工作者每天的體力消耗較大，多於夜間演出的京劇表演似乎較難是勞力工作者的休閒選擇，多半希望待在家裡看看電視，節省體力以應付第二天的工作，以此推論，勞力工作者在「觀賞意願」最能認同之題項有可能是「我認為在電視上應安排京劇的相關節目」，因而顯示出「觀賞意願」較高的狀況。另外亦有可能的原因是近年來一些京劇團為開闢演出場域及親近民眾，在臺灣城鄉搭台演出，又或是在電視、報紙等媒體上的京劇表演相關消息，剛好被受訪者中的勞力工作者看到，而引發其「觀賞意願」。

　　在「觀賞性向」方面，公教人員與專業人員之同意度超過商業人員。公教人員因前述原因（舞台呈現、觀賞方式、京劇編導、觀賞意願皆為較高度之認同者），自然在「觀賞性向」的各類型演出（武打戲、逗笑戲、文戲、神仙戲、歷史戲，各有其精彩處）上亦較認同。而專業人員在「觀賞性向」的認同亦高過商業人員，其原因有可能是專業人員之職業與京劇或戲劇相關者，如編劇、導演、藝文記者及燈光、舞台、服裝、化妝等設計者，為觀摩之需而產生興趣，亦可能有部分是單純在某機會下或因親朋好友的關係產生興趣。

表 4-24　職業之敘述統計

因素名稱	項　　目	平　均　數	標　準　差	個　　數
舞台呈現	公教人員	14.3792	3.5753	480
	專業人員	13.4700	3.4066	100
	商業人員	11.8792	3.2588	480
	勞力工作者	13.0116	2.9971	172
	其它	13.2623	3.3111	61
觀賞方式	公教人員	17.8437	4.4827	480
	專業人員	16.3800	5.1655	100
	商業人員	15.2000	4.2952	480
	勞力工作者	16.4012	4.2710	172
	其它	17.9508	4.4551	61
京劇表演	公教人員	15.1813	3.3723	480
	專業人員	14.6000	3.5505	100
	商業人員	15.0396	2.7278	480
	勞力工作者	15.5174	2.3927	172
	其它	15.7049	3.0350	61
觀賞意願	公教人員	19.5500	3.3826	480
	專業人員	19.3400	3.6576	100
	商業人員	18.3750	3.1848	480
	勞力工作者	19.5523	2.7429	172
	其它	19.3607	3.6970	61
觀賞目的	公教人員	12.2313	2.5371	480
	專業人員	11.7900	2.5910	100
	商業人員	12.1479	2.4903	480
	勞力工作者	12.8547	2.4913	172
	其它	11.9836	2.7416	61
觀賞性向	公教人員	19.4042	4.0435	480
	專業人員	19.6300	4.3080	100
	商業人員	17.5083	3.8108	480
	勞力工作者	18.5523	3.5709	172
	其它	18.9672	4.2268	61
京劇編導	公教人員	14.2854	3.5280	480
	專業人員	13.3900	3.6815	100
	商業人員	12.0896	3.6056	480
	勞力工作者	13.1453	2.7671	172
	其它	14.2295	3.4176	61

表 4-25　職業之事後比較摘要表

項　　目	因素名稱	Λ值	F 值	事後比較
職業： 1.公教人員 2.專業人員 3.商業人員 4.勞力工作者 5.其它	舞台呈現		33.515*	1＞3、4；2、4＞3
	觀賞方式		22.863*	1＞3、4
	京劇表演		2.145	事後比較未發現顯著交互作用
	觀賞意願	0.817	9.223*	1、4＞3
	觀賞目的		3.652*	3＞4
	觀賞性向		16.148*	1、2＞3
	京劇編導		25.346*	1＞3、4

註：＊表示 P＜.05。

表 4-26　職業之受試者間效應項的檢定

來　　源	依變數	型 III 平方和	自由度	平均平方和	F 檢定	顯著性
校正後 的模式	舞台呈現	1514.700	4	378.675	33.515	0.000
	觀賞方式	1804.425	4	451.106	22.863	0.000
	京劇表演	78.564	4	19.641	2.145	0.073
	觀賞意願	394.437	4	98.609	9.223	0.000
	觀賞目的	93.339	4	23.335	3.652	0.006
	觀賞性向	996.814	4	249.203	16.148	0.000
	京劇編導	1223.310	4	305.827	25.346	0.000
Intercept	舞台呈現	119763.851	1	119763.851	10599.828	0.000
	觀賞方式	192949.943	1	192949.943	9778.915	0.000
	京劇表演	158975.017	1	158975.017	17365.602	0.000
	觀賞意願	254307.696	1	254307.696	23786.518	0.000
	觀賞目的	102323.072	1	102323.072	16012.127	0.000
	觀賞性向	243241.102	1	243241.102	15761.398	0.000
	京劇編導	123927.878	1	123927.878	10270.846	0.000
職業	舞台呈現	1514.700	4	378.675	33.515	0.000
	觀賞方式	1804.425	4	451.106	22.863	0.000
	京劇表演	78.564	4	19.641	2.145	0.073
	觀賞意願	394.437	4	98.609	9.223	0.000
	觀賞目的	93.339	4	23.335	3.652	0.006
	觀賞性向	996.814	4	249.203	16.148	0.000
	京劇編導	1223.310	4	305.827	25.346	0.000

	因　素							
誤差	舞台呈現	14552.673	1288	11.299		
	觀賞方式	25413.813	1288	19.731		
	京劇表演	11791.115	1288	9.155		
	觀賞意願	13770.335	1288	10.691		
	觀賞目的	8230.769	1288	6.390		
	觀賞性向	19877.332	1288	15.433		
	京劇編導	15540.989	1288	12.066		
總和	舞台呈現	239526.000	1293			
	觀賞方式	381899.000	1293			
	京劇表演	308765.000	1293			
	觀賞意願	485318.000	1293			
	觀賞目的	201957.000	1293			
	觀賞性向	467427.000	1293			
	京劇編導	243654.000	1293			
校正後的總數	舞台呈現	16067.374	1292			
	觀賞方式	27218.238	1292			
	京劇表演	11869.680	1292			
	觀賞意願	14164.772	1292			
	觀賞目的	8324.108	1292			
	觀賞性向	20874.145	1292			
	京劇編導	16764.299	1292			

表 4-27　職業之受試者間 SSCP 矩陣

	因　素	舞台呈現	觀賞方式	京劇表演	觀賞意願	觀賞目的	觀賞性向	京劇編導
假設 Intercept	舞台呈現	119763.851	152014.566	137983.551	174518.965	110700.520	170679.498	121828.075
	觀賞方式	152014.566	192949.943	175140.573	221514.459	140510.608	216641.078	154634.656
	京劇表演	137983.551	175140.573	158975.017	201068.571	127541.413	196645.006	140361.805
	觀賞意願	174518.965	221514.459	201068.571	254307.696	161311.948	248712.855	177526.936
	觀賞目的	110700.520	140510.608	127541.413	161311.948	102323.072	157763.040	112608.530
	觀賞性向	170679.498	216641.078	196645.006	248712.855	157763.040	243241.102	173621.294
	京劇編導	121828.075	154634.656	140361.805	177526.936	112608.530	173621.294	123927.878
職業	舞台呈現	1514.700	1594.571	63.263	706.395	20.211	1176.905	1332.414
	觀賞方式	1594.571	1804.425	138.268	756.039	24.283	1222.131	1478.994
	京劇表演	63.263	138.268	78.564	69.430	59.677	22.753	95.889

職業	觀賞意願	706.395	756.039	69.430	394.437	63.061	580.220	638.220
	觀賞目的	20.211	24.283	59.677	63.061	93.339	12.313	14.248
	觀賞性向	1176.905	1221.131	22.753	580.220	12.313	996.814	1044.880
	京劇編導	1332.414	1478.994	95.889	638.220	14.248	1044.880	1223.310
誤差	舞台呈現	14552.673	10230.162	5439.795	6845.795	1640.915	9281.735	9191.957
	觀賞方式	10230.162	25413.813	8831.405	6817.302	3497.104	7333.364	10995.646
	京劇表演	5439.795	8831.405	11791.115	6920.960	2371.312	6150.632	7064.626
	觀賞意願	6845.795	6817.302	6920.960	13770.335	2146.634	10298.630	5852.408
	觀賞目的	2640.915	3497.104	2371.312	2146.634	8230.769	2964.051	3828.012
	觀賞性向	9281.735	7333.364	6150.632	10298.630	2964.051	19877.332	8858.852
	京劇編導	9191.957	10995.646	7064.262	5852.408	3820.012	8858.852	15540.989

（五）居住地區在因素之多變量分析達顯著水準

Λ 值為，請參閱表 4-28 居住地區之敘述統計、表 4-29 居住地區之事後比較摘要表、表 4-30 居住地區之受試者間效應項的檢定、表 4-31 居住地區之受試者間 SSCP 矩陣與表 4-32 因素之多變量顯著性分析總表。

1. 居住地區在「舞台呈現」之 F 值為 75.286，達顯著水準，北部比中、南與東部之青年族群更同意在「舞台呈現」之意見，達顯著交互作用。

2. 居住地區在「觀賞方式」之 F 值為 49.230，達顯著水準，北部比中、南與東部之青年族群更同意在「觀賞方式」之意見，達顯著交互作用。

3. 居住地區在「京劇表演」之 F 值為 2.924，達顯著水準，事後比較未發現顯著交互作用。

4. 居住地區在「觀賞意願」之 F 值為 16.996，達顯著水準，北部比中、南與東部之青年族群更同意在「觀賞意願」之意見，達顯著交互作用。

5. 居住地區在「觀賞目的」之 F 值為 6.200，達顯著水準，北、南與東部比中部之青年族群更同意在「觀賞目的」之意見，達顯著交互作用。

6. 居住地區在「觀賞性向」之 F 值為 46.310，達顯著水準，東部比中與南部之青年族群更同意在「觀賞性向」之意見，達顯著交互作用。

7. 居住地區在「京劇編導」之 F 值為 61.223，達顯著水準，北部比中、南與東部之青年族群更同意在「京劇編導」之意見，達顯著交互作用。

8.綜合討論：

　　綜合以上與居住地區相關的研究結果顯示，北部之青年族群在「舞台呈現」、「觀賞方式」、「觀賞意願」、「京劇編導」的認同皆高過中、南與東部之青年族群。其原因應是台北的劇場最多，大中小型劇場亦較完整，因此一般戲劇演出大多集中於北部，京劇亦同。劇團巡演則常在北（台北、板橋、新竹）中（台中）南（台南、高雄）大城市舉行，而因東部偏遠鮮少赴東部演出。因北部演出地點及各類型演出較多於中、南部與東部，藝文活動活絡且選擇性多元，因而北部居民對藝文活動較關心，也較多金錢上的挹注。且因居住北部之青年族群觀賞演出較方便，提高「觀賞方式」之機會，「觀賞意願」及興趣亦較高。在較常接觸表演藝術之情況下，相對在「舞台呈現」、「京劇編導」的認同也較高。

　　在「觀賞目的」方面則是北、南、東部高過中部之青年族群。其原因可能是北、南、東部之青年族群一致認為觀賞京劇確實可以增加對傳統戲劇藝術的瞭解並可以和朋友分享與討論，當瞭解或接觸京劇表演藝術之後，有機會也可以向外國友人介紹傳統戲曲京劇藝術，以增加交流機會及討論話題。且東部較少各類型演出，京劇演出亦較少，相對提高東部居民之珍惜觀賞機會並認同「觀賞目的」之意義。

　　中部之青年族群對所有題項普遍偏低的狀況，除較少京劇演出的原因外，可能對其他藝文活動或傳統戲曲的參與皆高過京劇的觀賞意願與興趣，如：歌仔戲（明華園）、布袋戲（霹靂布袋戲）。另外，在中部的休閒餐廳及觀光旅遊場所較多，休閒娛樂之選擇更多元化，更縮小或分散觀賞京劇表演藝術之機會，亦為影響此研究結果的原因之一。

　　在「觀賞性向」方面，東部之青年族群的認同超過南部。其可能原因是東部的京劇演出太少，致使東部的青年族群對任何類型的京劇演出（含武打戲、逗笑戲、文戲、神仙戲、歷史戲等）皆顯現較高興趣，而南部青年族群對京劇演出類型反倒有所偏好（如：集中於喜好武打戲或逗笑戲等），因此影響其「觀賞性向」之認同度。

表 4-28　居住地區之敘述統計

因素名稱	項　目	平均數	標準差	個數
舞台呈現	北部（台北、桃、竹、苗）	14.8649	3.4450	370
	中部（台中、彰、雲、嘉）	12.9016	3.4939	305
	南部（台南、高、屏）	11.2189	2.8967	338
	東部（宜蘭、花、東）	13.4679	3.1416	280
觀賞方式	北部（台北、桃、竹、苗）	18.5162	4.1537	370
	中部（台中、彰、雲、嘉）	15.7738	5.2950	305
	南部（台南、高、屏）	14.7337	3.7417	338
	東部（宜蘭、花、東）	17.0464	4.1532	280
京劇表演	北部（台北、桃、竹、苗）	15.3243	3.3694	370
	中部（台中、彰、雲、嘉）	14.9803	3.3804	305
	南部（台南、高、屏）	14.8521	2.6790	338
	東部（宜蘭、花、東）	15.4786	2.4741	280
觀賞意願	北部（台北、桃、竹、苗）	19.6216	3.5104	370
	中部（台中、彰、雲、嘉）	19.2787	3.3567	305
	南部（台南、高、屏）	18.0237	3.0650	338
	東部（宜蘭、花、東）	19.4643	2.9860	280
觀賞目的	北部（台北、桃、竹、苗）	12.2405	2.5912	370
	中部（台中、彰、雲、嘉）	11.9836	2.6351	305
	南部（台南、高、屏）	12.0148	2.4061	338
	東部（宜蘭、花、東）	12.7786	2.4438	280
觀賞性向	北部（台北、桃、竹、苗）	19.6405	3.9044	370
	中部（台中、彰、雲、嘉）	19.4000	4.3039	305
	南部（台南、高、屏）	16.5444	3.3188	338
	東部（宜蘭、花、東）	18.7607	3.7268	280
京劇編導	北部（台北、桃、竹、苗）	14.7000	3.4175	370
	中部（台中、彰、雲、嘉）	13.2951	3.6963	305
	南部（台南、高、屏）	11.3077	3.3144	338
	東部（宜蘭、花、東）	13.6143	2.9984	280

表 4-29　居住地區之事後比較摘要表

項　　目	因素名稱	Λ 值	F 值	事後比較
居住地區： 北部 中部 南部 東部	舞台呈現		75.286*	1＞2、3、4
	觀賞方式		49.230*	1＞2、3、4
	京劇表演		2.924*	事後比較未發現顯著交互作用
	觀賞意願	0.739*	16.996*	1、2、4＞3
	觀賞目的		6.200*	4＞2、3
	觀賞性向		46.310*	1、2、4＞3
	京劇編導		61.223*	1＞2、3、4

註：＊表示 P＜.05。

表 4-30　居住地區之受試者間效應項的檢定

來源	依變數	型 III 平方和	自由度	平均平方和	F 檢定	顯著性
校正後 的模式	舞台呈現	2395.572	3	798.524	75.286	0.000
	觀賞方式	2798.013	3	932.671	49.230	0.000
	京劇表演	80.242	3	26.747	2.294	0.033
	觀賞意願	538.980	3	179.660	16.996	0.000
	觀賞目的	118.401	3	39.467	6.200	0.000
	觀賞性向	2030.951	3	676.984	46.310	0.000
	京劇編導	2090.813	3	696.938	61.223	0.000
Intercept	舞台呈現	219907.313	1	219907.313	20733.224	0.000
	觀賞方式	348902.914	1	348902.914	18416.532	0.000
	京劇表演	293863.121	1	293863.121	32129.569	0.000
	觀賞意願	466388.022	1	466388.022	44120.310	0.000
	觀賞目的	192042.177	1	192042.177	30167.096	0.000
	觀賞性向	441.778.967	1	441.778.967	30220.624	0.000
	京劇編導	223813.107	1	223813.107	19660.979	0.000
居住地區	舞台呈現	2395.572	3	798.524	75.286	0.000
	觀賞方式	2798.013	3	932.671	49.230	0.000
	京劇表演	80.242	3	26.747	2.294	0.033
	觀賞意願	538.980	3	179.660	16.996	0.000
	觀賞目的	118.401	3	39.467	6.200	0.000
	觀賞性向	2030.951	3	676.984	46.310	0.000
	京劇編導	2090.813	3	696.938	61.223	0.000

誤差	舞台呈現	13671.802	1289	10.607		
	觀賞方式	24420.225	1289	18.945		
	京劇表演	11789.438	1289	9.146		
	觀賞意願	13625.792	1289	10.571		
	觀賞目的	8205.707	1289	6.366		
	觀賞性向	18843.194	1289	14.618		
	京劇編導	14673.485	1289	11.384		
總和	舞台呈現	239526.000	1293			
	觀賞方式	381899.000	1293			
	京劇表演	308765.000	1293			
	觀賞意願	485318.000	1293			
	觀賞目的	201957.000	1293			
	觀賞性向	467427.000	1293			
	京劇編導	243654.000	1293			
校正後的總數	舞台呈現	16067.374	1292			
	觀賞方式	27218.238	1292			
	京劇表演	11869.680	1292			
	觀賞意願	14164.772	1292			
	觀賞目的	8324.108	1292			
	觀賞性向	20874.145	1292			
	京劇編導	16764.299	1292			

表 4-31　居住地區之受試者間 SSCP 矩陣

	因　　素	舞台呈現	觀賞方式	京劇表演	觀賞意願	觀賞目的	觀賞性向	京劇編導
假設 Intercept	舞台呈現	219907.313	276995.131	254209.853	320253.239	205502.990	311689.630	221851.615
	觀賞方式	276995.131	348902.914	320202.591	403390.803	258851.454	392604.087	279444.172
	京劇表演	254209.853	320202.591	293863.121	370208.373	237558.652	360308.959	256457.439
	觀賞意願	320253.239	403390.803	370208.373	466388.022	299276.078	453916.753	323084.745
	觀賞目的	205502.990	258851.454	237558.652	299276.078	192042.177	291273.401	207319.937
	觀賞性向	311689.630	392604.087	360308.959	453916.753	291273.401	441778.967	314445.422
	京劇編導	221851.615	279444.172	256457.439	323084.745	207319.937	314445.422	223813.107
居住地區	舞台呈現	2395.572	2536.087	347.178	1052.321	214.678	1955.551	2216.759
	觀賞方式	2536.087	2798.013	395.511	1048.746	274.251	1852.133	2287.272
	京劇表演	347.178	395.511	80.242	166.343	85.541	247.567	320.310

居住地區	觀賞意願	1052.321	1048.746	166.343	538.980	122.959	1008.422	1026.029
	觀賞目的	214.678	274.251	85.541	122.959	118.401	118.304	199.536
	觀賞性向	1955.551	1852.133	247.567	1008.422	118.304	2030.951	1935.090
	京劇編導	2216.759	2287.272	320.310	1026.029	199.536	1935.090	2090.813
誤差	舞台呈現	13671.802	9288.646	5155.880	6499.869	2446.448	8503.089	8370.612
	觀賞方式	9288.646	24420.225	8574.162	6524.594	3247.136	6703.362	10187.367
	京劇表演	5155.880	8574.162	11789.438	6824.047	2345.448	5925.818	6839.841
	觀賞意願	6499.869	6524.594	6824.047	13625.792	2086.736	9870.428	5464.599
	觀賞目的	2446.448	3247.136	2345.448	2086.736	8205.707	2833.434	3642.723
	觀賞性向	8503.086	6703.362	5925.818	9870.428	2833.434	18843.194	7968.642
	京劇編導	8307.612	10187.367	6839.841	5464.599	3642.723	7968.642	14673.485

表 4-32　因素之多變量顯著性分析總表

項　　目	因素名稱	Λ 值	F 值	事後比較
一、年齡（實歲）： 1. 18 歲（含）~25 歲 2. 25 歲又 1 天~35 歲 3. 35 歲又 1 天~45 歲	舞台呈現		25.374*	2、3＞1
	觀賞方式		11.672*	3＞1、2
	京劇表演		0.329	
	觀賞意願	0.942*	7.027*	3＞1、2
	觀賞目的		1.711	
	觀賞性向		8.709*	3＞1、2
	京劇編導		18.471*	3＞1、2
二、教育程度： 1. 高中職（含）以下 2. 專科 3. 大學 4. 研究所（含）以上	舞台呈現		10.078*	2＞1
	觀賞方式		6.569*	2、4＞1
	京劇表演		2.896*	4〉3
	觀賞意願	0.952*	2.216	
	觀賞目的		2.815	
	觀賞性向		1.469	
	京劇編導		7.636*	4〉1、2、3
三、個人月收入 （含打工或每月零用金）： 1. 20,000 元（含）以下 2. 20,001 元~30,000 元 3. 30,001 元~40,000 元 4. 40,001 元~50,000 元 5. 50,001 元以上	舞台呈現		19.901*	1〉2、3、4、5
	觀賞方式		35.274*	1〉2、3、4、5
	京劇表演		47.317*	1＞2、3、4、5
	觀賞意願	0.741*	34.789*	1＞2、3、4、5
	觀賞目的		16.655*	1＞2、3、4、5
	觀賞性向		14.236*	1＞2、3、5
	京劇編導		40.002*	1＞2、3、4、5

四、職業： 1. 公教人員 2. 專業人員 3. 商業人員 4.勞力工作者 5. 其它	舞台呈現		33.515*	1＞3、4；3＞4
	觀賞方式		22.863*	1＞3、4
	京劇表演		2.145	
	觀賞意願	0.817*	9.223*	1、4＞3
	觀賞目的		3.652*	3＞4
	觀賞性向		16.148*	1、2＞3
	京劇編導		25.346*	1＞3、4
五、居住地區： 1. 北部 2. 中部 3. 南部 4. 東部	舞台呈現		75.286*	1＞2、3、4
	觀賞方式		49.230*	1＞2、3、4
	京劇表演		2.924*	事後比較未發現顯著交互作用
	觀賞意願	0.739*	16.996*	1、2、4＞3
	觀賞目的		6.200*	4＞2、3
	觀賞性向		46.310*	1、2、4＞3
	京劇編導		61.223*	1＞2、3、4

註：*表示 p<.05。

第伍章　結論與建議

第一節　研究發現

一、人口統計變項當中以女性人數稍多，年齡以 25 歲又 1 天~35 歲之人數最多，約佔五成。教育程度在高中職（含）以下人數與專科人數較多，兩者所佔比率相差不多，均約三成六左右，而大學次之，以研究所（含）以上所佔人數最少。個人月收入（含打工或每月零用金）以 20,001 元~30,000 元、40,001 元~50,000 元以及 50,001 元以上之人數較多。職業以公教人員（含軍人、公職、教師等）與商業人員（經商、投資理財、商業設計等）之人數最多。居住地區在北部與南部地區之人數較多，中部與東部地區稍少，兩者亦相差不多。

二、理論與文獻以及因素分析京劇觀賞行為之因素，項目分析達顯著水準，題項具鑑別度，因素分析使用主軸因子應用直接斜交轉軸法實施因素分析，刪除 4 項解釋力較低之題項包括「我喜歡或有興趣了解京劇舞台所展現的時空與氛圍」、「我喜歡或有興趣了解表演者的聲音與肢體表達方式」、「我觀賞京劇是為了因應學校人文藝術科目的指定觀摩」與「我喜歡或有興趣了解京劇的劇情高潮與衝突點設計」。共保留 31 個題項，因素分別命名為「舞台呈現」、「觀賞方式」、「京劇表演」、「觀賞意願」、「觀賞目的」、「觀賞性向」與「京劇編導」，累積解釋變異量達 69.634%。以 Cronbach's α 值檢驗構面因素內部一致性，31 個題項總量表達 0.9376，顯示量表的內部一致性達到高信度的標準。

三、因素是根據觀賞行為相關理論制定，經過因素分析結果顯示所有的變數之間均呈現顯著的相關性，相關分析研究結果顯示「舞台呈現」與「京劇編導」之相關程度最高，r=0.641；「舞台呈現」與「觀賞方式」之相關程度密切，r=0.565；「舞台呈現」與「觀賞意願」之相關程度密切，r=0.501；「舞台呈現」與「觀賞性向」之相關程度密切，r=0.571；「觀賞意願」與「觀賞性向」之相關程度密切，r=0.633；「京劇編導」與「觀賞方式」之相關程度密

切，r＝0.584；「京劇編導」與「京劇表演」之相關程度密切，r＝0.508；「京劇編導」與「觀賞性向」之相關程度密切，r＝0.529。

四、性別在觀賞行為因素之差異達到顯著水準，男性均比女性更著重「舞台呈現」、「觀賞方式」、「觀賞目的」與「京劇編導」，達到顯著之差異。

五、單因子多變量檢定分析顯示年齡（18 歲~25 歲、25 歲又 1 天~35 歲、35 歲又 1 天~45 歲）、教育程度（高中職（含）以下、專科、大學、研究所（含）以上）、個人月收入（20,000 元（含）以下、20,001 元~30,000 元、30,001 元~40,000 元、40,001 元~50,000 元、50,001 元以上）、職業（公教人員、專業人員、商業人員、勞力工作者）與居住地區（北部、中部、南部、東部）在「舞台呈現」、「觀賞方式」、「京劇表演」、「觀賞意願」、「觀賞目的」、「觀賞性向」與「京劇編導」因素之交互作用均達顯著差異。

第二節　台灣近十年京劇演出狀況

台灣的京劇成熟、繁盛時期，從 1965 年第一屆國軍文藝金像獎（競賽戲）開始。歷時三十年的國劇十月競賽演出，是每年台上（劇隊、劇校團隊）台下（觀眾）翹首企盼的京劇演藝大拜拜，白熱化的競賽氛圍，炒熱了主題意識，在競賽戲顯現僵化困局時，新一代編、演的加入，為京劇的現代化注入一脈生機（王安祈，1995b，10 月，p44）。當時的國軍文藝中心被視為京劇殿堂，在此演出的各京劇團體為得好評無不使出渾身解數。除十月競賽戲之外，文藝中心之其餘檔期交由陸、海、空三軍劇隊及其劇校和復興劇校（含當時之復興劇團與學生）輪番上陣，即便演出非為競賽，其競技意味濃厚，當時票房皆近八成以上；若遇有名角擔綱時，票房甚至全滿，如：台灣四大老生之稱的周正榮、胡少安、哈元章、李金棠等，可見當時觀眾熱烈參與程度。觀眾品評新戲、演員、團隊演出效果，甚至於報章雜誌發表觀戲感想，其文章亦被劇團、劇校視為評斷演員成名或成功與否的「預言」或「令牌」。

隨著三軍劇團解散，競賽戲走入歷史，整編與縮減經費等因由的影響下，京劇演出次數急遽驟減。近十多年來，京劇演出寥寥可數。

下列依文建會《2004 文化統計》摘錄整理之有關傳統戲曲及京劇演出概況之各項圖表，以說明近十一年之京劇演出狀況（2005-2007 之文化統計尚未出版，故無法羅列）：

表 5-1 臺閩地區各類藝文活動概況（含福建省之連江、金門縣）為 1994 年到 2004 年間的所有藝文活動個數及年增率，依據文建會《2004 文化統計》紀錄資料，藝文活

動包含美術、音樂、戲劇、舞蹈、民俗、影片、講座及其他，各類型文化藝術之靜態與動態的展覽、研習、演出等活動。值得注意的是雖然**1996年藝文活動總數上揚8.9%**，但同年**戲劇類卻反跌**，顯見藝文活動雖有成長一些，但未包含戲劇類。而 1998、1999及 2003 年，不論藝文活動或所包含之戲劇類皆負成長。除此之外，由表面數字看來，兩者大致都是向上的趨勢，尤其戲劇類於 1997 及 2004 年成長較多，超過 30％以上。

　　表 5-2 臺閩地區各類藝文活動場次概況所呈現，僅 1998 及 1999 兩年藝文活動及戲劇類場次皆為負成長，1996 年仍僅戲劇類場次為 0.1％負成長（比表 5-1 所呈現-4.2％稍好），表示雖然藝文活動及戲劇類場次比個數多，因此呈現較佳狀況。其他亦大致相同。

　　在**表 5-3 臺閩地區藝文活動出席人口概況**中，卻看到戲劇類出席人口與表 5-1 藝文活動個數和表 5-2 藝文活動場次之戲劇類所表現不同的數據。1996、1998 年戲劇類在個數和場次本來為負成長；但出席人口反而較多而呈現成長趨勢，些微上揚 1.1％，1996年整個藝文活動出席人口成長 47.1％，**顯見為其他藝文活動參與人數大增之故，而非戲劇類**。2000、2002 年戲劇類在個數和場次皆為增加的；出席人口反而卻出現負成長（表5-3 畫底線者），尤其 2000 年個數上揚 21.0％、場次上揚 25.8％，而出席人口卻下跌14.6％，說明即使**演出個數及場次增多，並不代表觀眾相對增加。**

表 5-1　臺閩地區各類藝文活動個數概況

單位：個；%

年　　度	藝文活動		戲劇類	
	個　　數	年增率%	個　　數	年增率%
1994	15,185	41.8	1,117	8.2
1995	18,228	20.0	1,156	3.5
1996	19,844	8.9	1,107	-4.2
1997	19,963	0.6	1,542	39.3
1998	18,661	-6.5	1,437	-6.8
1999	16,350	-12.4	1,255	-12.7
2000	17,709	8.3	1,518	21.0
2001	18,375	3.8	1,635	7.7
2002	21,489	16.9	1,766	8.0
2003	20,651	-3.9	1,508	-14.6
2004	24,702	19.6	1,971	30.7

資料來源：文建會「全國藝文活動資訊系統」《2004 文化統計》p156
註：本研究摘錄整理

表 5-2 臺閩地區各類藝文活動場次概況

單位：場：%

年度	藝文活動		戲劇類	
	場次	年增率%	場次	年增率%
1994	12,846	65.1	1,606	4.0
1995	17,495	36.2	1,752	9.1
1996	20,333	16.2	1,751	-0.1
1997	20,570	1.2	2,156	23.1
1998	16,702	-18.8	2,016	-6.5
1999	14,877	-10.9	1,706	-15.4
2000	15,200	2.2	2,147	25.8
2001	18,031	18.6	2,514	17.1
2002	20,630	14.4	2,603	3.5
2003	23,070	11.8	2,703	3.8
2004	29,104	26.2	3,601	33.2

資料來源：文建會「全國藝文活動資訊系統」《2004 文化統計》p157
註：本研究摘錄整理

表 5-3 臺閩地區藝文活動出席人口概況

單位：千人次：%

年度	藝文活動		戲劇類	
	千人次	年增率%	千人次	年增率%
1994	51,832	14.6	1,225	7.1
1995	51,668	-0.3	1,264	3.2
1996	76,011	47.1	1,278	1.1
1997	74081	-2.5	1,620	26.8
1998	70,527	-4.8	1,731	6.9
1999	56,652	-19.7	1,677	-3.1
2000	71,547	26.3	1,432	-14.6
2001	79,624	11.3	2,586	80.6
2002	76,543	-3.9	1,907	-26.3
2003	82,455	7.7	1,572	-17.6
2004	95,819	16.2	2,065	31.4

資料來源：文建會「全國藝文活動資訊系統」《2004 文化統計》p159
註：本研究摘錄整理

於表 5-3 臺閩地區藝文活動出席人口概況中看到**戲劇**出席人口的上下波動弧度很大，約每隔 3 至 4 年會有較大量觀賞人次的暴增，如 **1997、2001 及 2004 年**增率各為：26.8%、80.6%及 31.4%。於此，必需更進一步了解傳統戲曲與京劇之相關數據，以核對戲劇出席人口的暴增與京劇有無直接關係。

表 5-4 傳統戲曲及京劇之活動個數概況中，**1997、2001 及 2004 年**傳統戲曲之個數與表 5-3 藝文活動出席人口相同，皆為上揚，但京劇個數年增率各為 9.278%、-10.714%、30.555%，因此，僅 **1997 及 2004** 年上揚，2001 年京劇個數為負成長 10.714%，並不如藝文活動或傳統戲曲之觀賞人次的樂觀，顯然是其他種類之傳統戲曲增加，而非京劇。且由表 5-4 看到傳統戲曲之個數年增率有 5 年（1994、1995、1996、1998、1999）皆下跌，京劇個數年增率則有 6 年（1994、1995、1996、1999、2001、2003）皆為下跌，尤其 **2003 年**增率降至**-55%**，京劇活動總數僅 36 個，顯然傳統戲曲與京劇演出愈見式微。

表 5-5 傳統戲曲及京劇之出席人口概況之表現中，傳統戲曲出席人口增加為有 6 年皆為下跌（1995、1996、1998、2000、**2001、2004**），而京劇出席人口則更差，有 7 年皆為下跌（1995、1996、1997、2000、2001、2002、2003），且有 5 年年增率下降超過 20%（其中 1996、2000、2003 年甚至下降超過 30%），與表 5-3 臺閩地區藝文活動出席人口概況相比較，**1997、2001 及 2004 年藝文活動出席人口皆為成長**，並不代表**傳統戲曲及京劇出席人口亦成長**（雖然傳統戲曲之個數有成長）。以概況表所見，京劇出席人口連年下跌，明顯看出京劇演出狀況甚為悲觀。幸而於各表中顯示 2004 年皆上揚許多，表示各類藝文活動（含傳統戲曲及京劇）仍有空間表現。

表 5-4　傳統戲曲及京劇之活動個數概況

單位：個：%

年度	戲劇類活動總數	傳統戲曲	年增率%	京劇	年增率%
1994	1,117	432	-4.21	174	-1.136
1995	1,156	395	-8.56	137	-21.264
1996	1,107	334	-15.44	97	-29.197
1997	1,542	466	39.52	106	9.278
1998	1,437	442	-5.15	108	1.886
1999	1,255	359	-18.77	80	-25.926
2000	1,518	432	20.33	84	5.000
2001	1,635	451	4.39	75	-10.714
2002	1,766	551	22.17	80	6.666
2003	1,508	613	11.25	36	-55.000
2004	1,971	775	26.42	47	30.555

資料來源：文建會「全國藝文活動資訊系統」《2004 文化統計》p156、192
註：本研究摘錄整理

表 5-5　傳統戲曲及京劇之出席人口概況

單位：千人次：%

年度	戲劇類總數	傳統戲曲	年增率%	京劇	年增率%
1994	1,225	592	-	147	-
1995	1,264	418	-29.39	104	-29.252
1996	1,278	388	-7.17	69	-33.654
1997	1,620	529	36.34	63	-8.696
1998	1,731	484	-8.51	81	28.571
1999	1,677	630	30.17	149	83.951
2000	1,432	400	-36.51	77	-48.322
2001	2,586	395	-1.25	61	-20.779
2002	1,907	495	25.32	58	-4.918
2003	1,572	606	22.42	29	-50.000
2004	2,065	585	-3.47	42	44.828

資料來源：文建會「全國藝文活動資訊系統」《2004 文化統計》p159、193

註：本研究摘錄整理

（因《2004 文化統計》未列出 1993 年出席人口，無法計算 1994 年出席人口增率）

　　傳統戲曲包含在戲劇類，更只是所有藝文活動的一小部份，從表 5-1 至表 5-3 的數字增減，不易看出藝文活動及戲劇類成長趨勢變化。為能更清楚概況表內容表達，將各表從個數、場次、出席人口及年增率的變化，轉以曲線圖表示，即可看出其中端倪。

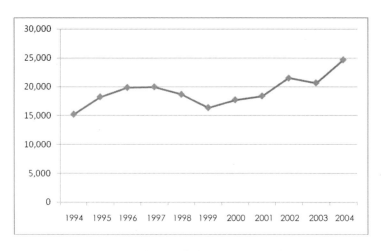

圖 5-1　藝文類活動個數（單位：個）

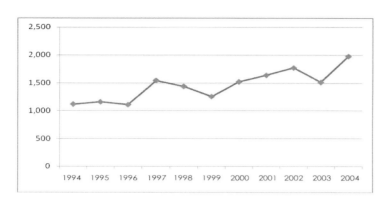

圖 5-2 戲劇類活動個數（單位：個）

　　圖 5-1 藝文類活動個數及圖 5-2 戲劇類活動個數各自顯示了歷年藝文活動與戲劇類
活動的個數增減，橫軸為西元年，縱軸為活動個數（各以 500 個數為間距），只觀察表
面曲線的情況下，都是和緩向上的趨勢，似乎非常地樂觀，但將年增率也以圖形表示，
卻呈現巨大波動。如圖 5-3：

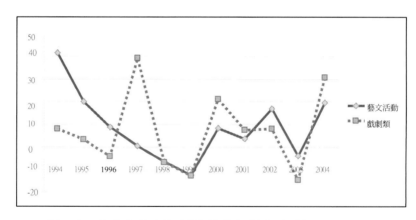

圖 5-3 藝文與戲劇類活動個數年增率（單位：%）

　　圖 5-3 藝文與戲劇類活動個數年增率橫軸為西元年，縱軸為百分比（%），顯示了
兩者的年增率，於前圖 5-2、5-3 顯示兩者之個數曲線的表面是風平浪靜，實際上卻是
暗潮洶湧，整體藝文環境處於非常不平穩的狀態。

　　再觀察傳統戲曲的部份，臺灣的傳統戲曲，雖然包含了各個劇種，但多已消失殆盡，
以文建會《2004 文化統計》紀錄資料，有京劇、歌仔戲、客家戲、豫劇、粵劇、越劇、
偶戲等，另加上綜合及其他兩項。目前，傳統戲曲以京劇、歌仔戲、客家戲三個劇種幾
乎可以代表臺灣的傳統戲曲界，豫劇尚有國光豫劇團定期公演，其他劇種幾乎停止演

出，如懸絲、杖頭偶戲及皮影戲大多沒落停演，僅有布袋戲還算活絡，尤其「霹靂布袋戲」系列影片等相關商品，創造可觀個數及產值，不同凡響（關於霹靂布袋戲將於本研究最後建議時再討論其結合傳統與現代之成功案例，於此先略過）。《2004 文化統計》顯示出另一奇特狀況：偶戲於前 8 年紀錄（1994 至 2001 年）未有任何演出資料，於 2002 年才辦理 28 個展演，卻於 2003、2004 年「突然」各舉辦 191 及 266 個展演（文建會，2006，p192、193）。偶戲於 2003、2004 年推出令人驚訝的展演個數，僅次於目前國內演出最活躍的歌仔戲之 272、294 個數，亦高於京劇之 36、47 個數甚多，可惜資料未記錄團名，無法得知為何種偶戲劇團。

在表 5-4 所顯示為傳統戲曲及京劇之活動個數之數字看來，傳統戲曲及京劇因成長下降，表現不樂觀。將傳統戲曲的活動個數，以數線表示，如圖 5-4 傳統戲曲活動個數，橫軸為西元年，縱軸為活動個數，卻看到向上的曲線。再看京劇呈現狀況，如圖 5-5 京劇活動個數，橫軸為西元年，縱軸代表展演個數，明顯地呈現下降趨勢，可見傳統戲曲基本走勢尚佳，但非京劇之故，顯然為其他劇種（如歌仔戲）蓬勃所致。產生這樣情況的因素有很多，京劇下降原因，大都是以「本土意識興起」為主要依歸，而歌仔戲正好是本土劇種代表。

再以兩者個數年增率來檢視，如圖 5-6 傳統戲曲與京劇活動個數年增率，橫軸為西元年，縱軸為百分比（％），變動幅度雖大，整體仍和緩向上，但是增加的幅度緩慢，可以察覺到曲線雖然是向上，每年成長的趨勢並不理想，已出現疲軟無力的狀況。

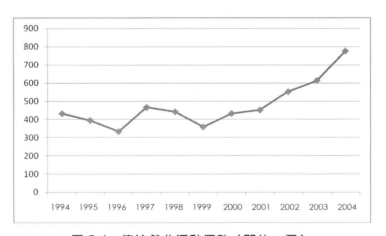

圖 5-4　傳統戲曲活動個數（單位：個）

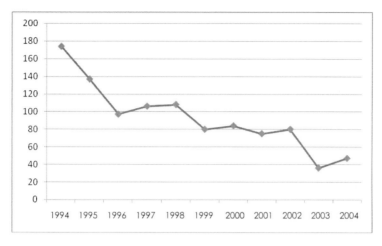

圖 5-5　京劇活動個數（單位：個）

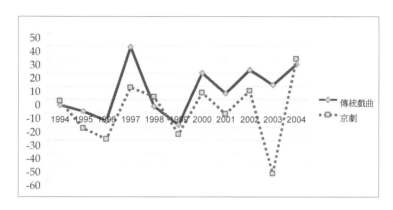

圖 5-6　傳統戲曲與京劇活動個數年增率（單位：%）

　　圖 5-7 傳統戲曲活動出席人口，橫軸為西元年，縱軸為出席人口（千人次），所呈現不如傳統戲曲活動**個數**之趨勢，皆為向下，反彈乏力。顯示**即使傳統戲曲活動個數上揚，不代表觀賞人口亦增加而年增率隨之上揚**。再看圖 5-8 京劇活動出席人口曲線圖，橫軸為西元年，縱軸為出席人口（千人次），所表現更令人憂心；跌降弧度深且大，雖曾於 1999 年爬起，又於次年下降，且逐年愈見跌落，京劇前途堪慮。

　　圖 5-9 傳統戲曲與京劇活動出席人口年增率為年增率曲線圖，橫軸為西元年，縱軸代表百分比（%），情況則稍好，並不像概況表上數字所呈現那樣差，也比個數趨勢圖表現稍佳。傳統戲曲持平下跌，未見向上之力。京劇雖不甚理想，尤其京劇於 2000、2003 年兩次探底超過-48%，但後來仍慢慢地往上攀升，尤其 2004 年「大躍進」，跳升 44.828，令人驚喜，期待未來能繼續保持循序漸進、慢慢提升。

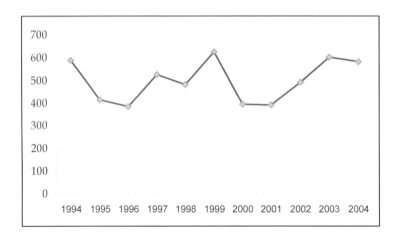

圖 5-7　傳統戲曲活動出席人口（單位：千人次）

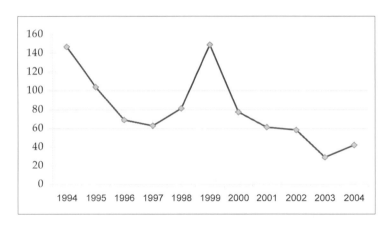

圖 5-8　京劇活動出席人口（單位：千人次）

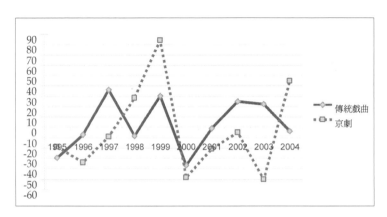

圖 5-9　傳統戲曲與京劇活動出席人口年增率（單位：％）

　　傳統戲曲中的京劇，為華人的戲劇文化代表之一，跨海來台超過百年，向來為上流人士的風雅娛樂；根留台灣亦有六十年，京劇的演出曾經蔚為風尚、熱烈非常；在國民黨政府時代，不論是民眾需求或是政策照顧，其演出量皆十分驚人，並將傳統戲曲納入臺灣正軌的教育體制，是從京劇開始，甚而擴展至專科、學院，後來才逐漸將豫劇、歌仔戲與客家戲納入教育體制的人才培育。時至今日，風光不在，由前述概況表之數字與圖示，以反映出京劇演出市場萎縮的事實（劉穎灝等，2007，p139）。

　　近十多年來，台灣觀眾更是受到其他表演藝術及外國藝術團體吸引而令京劇更趨於沒落，尤其對照「京劇近十年演出狀況」所顯現之令人憂心的數據，其現象有如「崑曲命運之再版」；自明代雄踞劇壇寶座三百年的「崑曲」，在後來未敵清乾隆時的秦腔名旦魏長生的突破與創新，任其轟動京師十年，最後因曲高合寡又只得將寶座拱手讓給皮黃戲──「京劇」。而京劇目前正面對民間觀眾所給予之嚴厲考驗，若無法搏回觀眾對它的青睞，怕也將面臨崑曲曾經面對之慘痛經歷，這是尊重傳統藝術、愛好京劇者最不願見的。

第三節　本研究發現與「93 文化統計」之比較

　　因本研究之問卷調查為 2005 年 6 月針對北、中、南、東部 18 至 45 歲青年族群所作之京劇觀賞行為調查分析，適巧與文建會於 2005 年 12 月 26 日至 30 日針對滿 **12 歲以上**民眾所作之「**93 文化統計**」電話調查之部份內容相關，茲將文建會《2004 文化統計》之〈**文化素養**〉中相關戲劇或藝文表演的「**文化參與**」及「**文化消費**」資料增列如下，以輔助及參考對照本研究之結論。

一、　　「文化參與」

　　「**文化參與**」之戲劇部分（**樣本數 1,071 人**）訪查**最近一年觀賞過戲劇演出者**（20.4%），每 100 位民眾中，約有 20 位，分析觀賞族群之特性結果如下（文建會，2006，p95-96，p247）：

　　1. **性別**，女性（24%）比例較高。

　　2. **年齡**愈低，比例愈高（12-18 歲最高 31%，30-39 歲次高 27.5%）。

　　3. **教育程度**愈高，比例愈高（研究所以上最高 29.7%，專科／大學次高 24.3%）。

4. **個人平均月收入**愈高，比例愈高（70001-80000 元最高 35.7%，60001-70000 元次高 28.0%）。

5. **職業**為軍公教人員，比例最高（30.4%），學生次高（27.4%）者。

6. 就**地區**而言，以居住在中部地區（24.4%）之民眾看過戲劇表演的比例較高。其中，民眾最近一年看過戲劇種類以歌仔戲（42.5%）、話劇／舞台劇（40.6%）等所佔比例較高，餘依次為兒童劇 7.3%、布袋戲／掌中班 6.8%、梨園班 4.1%及京劇 4.1%、偶劇 2.3%。

7. **每週大眾媒體使用時數**為：電視最高 16.69 時／週、餘依次為廣播 7.41 時／週、網路 5.98 時／週、報紙 4.22 時／週、雜誌 3.08 時／週。（文建會，2006，p98）。

以上資料顯示，2005 年雖有 20.4%之民眾在最近一年觀賞戲劇，但仍以觀賞歌仔戲及舞台劇者遠超過觀賞京劇之比例，顯見京劇仍待加強推廣之必要性。相關資料參見**表 5-6 最近一年欣賞戲劇、大眾媒體使用時數及每月藝文實際消費表**（含看戲劇、報紙、雜誌、電視、聽廣播、上網閱讀資訊及每月購買藝文表演售票實際消費金額等）。

表 5-6　最近一年欣賞戲劇、大眾媒體使用時數及每月藝文實際消費金額表

單位：人：%：小時：新台幣元

項　　目		戲劇	看報紙	看雜誌	看電視	聽廣播	上網閱讀資訊	藝文實際消費金額
樣本數		1,071	1,063	1,041	1,062	1,058	1,052	1,022
總　　計		20.4	4.22	3.08	16.69	7.41	5.98	163.16
性別	男	17.0	4.68	2.86	16.38	8.75	6.93	133.33
	女	24.0	3.76	3.30	17.00	6.05	5.01	193.58
年齡	12-18 歲	31.0	2.11	3.89	15.60	3.33	8.53	135.47
	19-29 歲	15.7	3.30	3.08	15.51	9.47	11.87	206.87
	30-39 歲	27.5	3.90	2.48	16.00	10.95	7.64	236.08
	40-49 歲	22.9	4.76	3.50	17.18	7.45	3.16	120.10
	50-59 歲	16.3	5.96	3.26	17.52	6.50	2.34	190.81
	60-64 歲	11.1	6.24	2.24	19.44	4.63	1.33	58.49
	65 歲以上	10.6	4.89	2.67	18.20	4.09	0.37	75.89
教育程度	研究所以上	29.7	4.90	3.68	10.83	7.05	12.86	267.65
	專科／大學	24.3	4.73	3.81	14.97	8.00	9.30	272.48
	高中職	19.0	4.37	3.25	17.65	8.70	5.92	130.92
	國　　中	21.6	4.09	2.38	19.60	5.44	1.99	67.76

	小學以下	11.8	2.70	1.65	16.51	5.21	1.20	75.50
個人月收入	沒有收入	19.5	3.94	2.65	17.61	4.06	3.94	92.47
	10000 元以下	14.4	2.06	2.91	16.07	4.21	6.58	141.94
	10001-20000 元	19.0	3.42	2.29	16.24	8.19	6.25	98.03
	20001-30000 元	19.0	4.48	3.28	18.36	11.11	8.30	126.32
	30001-40000 元	22.3	3.57	1.94	13.96	10.87	6.75	243.65
	40001-50000 元	25.0	5.98	3.83	15.45	9.43	6.19	301.04
	50001-60000 元	25.4	5.16	5.06	17.00	6.87	4.59	156.25
	60001-70000 元	28.0	6.28	5.54	12.52	11.05	7.71	263.64
	70001-80000 元	35.7	9.43	8.05	14.73	8.68	12.98	332.14
	80000 元以上	16.7	6.19	3.85	21.78	9.42	6.98	245.83
職業	軍警公教人員	30.4	4.99	4.00	12.45	4.88	10.28	290.00
	民營企業上班族／非體力勞動自由業	20.3	4.41	3.30	15.26	11.55	8.63	250.36
	勞力工作者／體力勞動自由業	17.0	3.8	2.28	16.81	9.39	3.49	93.36
	自營商	20.0	5.47	3.72	18.91	10.72	2.77	163.79
	學　生	27.4	2.55	3.40	14.76	4.10	9.45	126.36
	家　管	15.5	3.94	2.28	20.57	4.48	1.13	102.60
	退　休	14.7	6.16	3.18	17.51	3.67	1.96	87.62
	待業中	18.8	3.83	2.56	20.68	4.77	8.83	106.67
地區	北部地區	18.0	3.71	3.87	17.25	6.88	6.38	203.33
	中部地區	24.4	4.69	2.46	16.52	8.36	6.55	167.97
	南部地區	21.1	4.41	2.45	16.20	7.66	4.77	98.60
	東部地區及福建省	16.7	6.11	2.39	14.41	4.72	6.78	132.76

資料來源：文建會《2004 文化統計》p247、251-255

註：本研究摘錄整理

　　其他觀賞族群特性分析與本研究調查分析相比較，則因文化參與之戲劇包含各類劇種之觀賞比例及本研究觀賞行為之認同，相關分析因素不同，故顯現不同數據。

二、文化參與與本研究之對照比較

1. 文化參與：**性別**以女性（24%）比例較高。

　　本研究性別分析，雖然樣本數女性較多，在京劇「觀賞意願」亦較男性高之外，男性在其他變數皆高於女性，尤其「舞台呈現」、「觀賞方式」、「觀賞目的」及「京劇編導」達到顯著性差異（見前表 4-11）。

　　因為文化參與之調查為最近一年觀賞過戲劇演出者，且戲劇選項含不同劇種（其調查問卷列有 24 種），與本研究之京劇觀賞行為調查的各相關變項及因素不同。但仍表示出：女性對文化參與度較高，對京劇的觀賞意願也較男性高。惟對京劇之觀賞目的、方式、舞台呈現、編導方面興趣較低於男性。

2. 文化參與：**年齡**愈低（12-18 歲最高 31%，30-39 歲次高 27.5%）看過戲劇表演的比例愈高。

　　其原因之一是，戲劇所包含之歌仔戲是目前最流行之本土劇種，而藝文市場中之國內外巨型舞台劇演出亦頻繁，皆非本研究主題「京劇」。原因之二是，文化參與之戲劇中被視為傳統之「京劇」僅為其中一項選項，其他 23 項尚有布袋戲、偶劇、兒童劇等等，針對年齡層較輕之青少年而言，大多不會選擇京劇，但他們對其他演出反倒表現最有興趣及意願，因此顯示出 12-18 歲比例最高 31% 之結果。

　　與**本研究年齡分析**不同：如：25 歲以上至 45 歲族群對「舞台呈現」、35 歲至 45 歲族群對「觀賞方式」、「觀賞意願」、「觀賞性向」及「京劇編導」興趣愈高於其他較小年齡層（見前表 4-12）。

　　因此，因分析之因素不同，本研究未含 12-17 歲年齡層，且因素乃完全針對京劇演出而言，自然是較年長者較能欣賞節奏稍慢的傳統戲曲。

3. 文化參與：**教育程度**愈高（研究所以上最高 29.7%，專科／大學次高 24.3%）看過戲劇表演的比例愈高。

　　與**本研究教育程度分析**相近：研究所（含）以上對「舞台呈現」、「觀賞方式」、「京劇表演」、「觀賞意願」、「觀賞性向」皆高於其他年齡層。而專科在各項因素之題項僅次於研究所以上，在「觀賞目的」及「京劇編導」甚至超過研究所以上（見前表 4-16）。

　　因此，兩項調查顯示，教育程度較高者，對文化參與度較高之外，對京劇觀賞之意願、方式、性向等等皆較關切。

4. 文化參與：**個人平均月收入**愈高（70001-80000 元最高 35.7%，60001-70000 元次高 28.0%）看過戲劇表演的比例愈高。其原因應是戲劇類種類多，一般國內外團體之大型演出票價較高，相對顯示出高收入觀賞比例較高。

　　與**本研究平均月收入分析**相反：本研究為 20000 元以下對各項因素皆顯示較認同（見前表 4-20）。

　　對照本研究教育程度之分析，以及文化參與之職業調查部份第二高者為學生（次高 27.4%）研判：應是研究所及專科其收入為 20000 元以下之打工學生居多，且可能由於戲劇、藝術相關科系之故，對京劇之觀賞較易接受，反而呈現對各研究調查因素顯出較認同。

5. 文化參與：**職業**為軍公教人員（最高 30.4%），學生（次高 27.4%）者，最近一年看過戲劇表演的比例愈高。

　　與**本研究之職業分析**相近：本研究之公教人員在「舞台呈現」、「京劇表演」及「京劇編導」皆表示最認同，在「觀賞方式」、「觀賞意願」、「觀賞目的」、「觀賞性向」也皆呈現次高的認同度（見前表 4-24）。

　　因此，兩項調查顯示，公教人員對文化參與度較高之外，對傳統之表演藝術接受度比其他職業較高。

6. 文化參與：**地區**，以居住在中部地區（24.4%）之民眾看過戲劇表演的比例較高。

　　與**本研究之地區分析**不同：本研究之分析以北部認同度較高（見前表 4-28）。

　　究其原因之一是，以戲劇類之表演藝術市場而言，中部亦是表演重鎮，而京劇仍以北部演出場次較多。原因之二是，就所有戲劇類演出，中部表現出觀賞戲劇比例最高，且以歌仔戲及舞台劇觀賞比例遠超過京劇（40.6%以上比 4.1%）的現象來看，中部觀賞之戲劇並非京劇。但單就傳統性質的京劇而言，北部居民之認同仍高於其他地區民眾。

三、「文化消費」藝文表演部分

　　「文化消費」藝文表演部分（**樣本數 1,022 人**）分析藝文表演消費族群其他特性之訪查結果（文建會，2006，p101、p260-261）。每月藝文實際消費資料參見上表 5-6 **最近一年欣賞戲劇、大眾媒體使用時數及每月藝文實際消費表：**

1. 民眾**購買藝文表演售票**平均每月花費 163.16 元。

2. 就**藝文表演未來市場潛力**（每月購買藝文表演售票預算，未摘列。）來看，民眾最多願意每月花費 288.63 元購票觀賞藝文表演（文建會，2006，p101）。

3. 就**年齡**而言，可接受藝文售票預算者，以 30-39 歲之民眾最高，平均一個月可花費 236.08 元之預算在藝文表演售票上；其次為 19-29 歲，可接受 206.87 元，為藝文表演市場較具開發潛力之兩個年齡層。

4. **教育程度**愈高（研究所以上最高 267.65 元）。

5. **個人平均月收入**愈高（70001-80000 元最高 332.14 元）。

6. **職業**為軍公教人員（290.00 元）者，藝文表演售票消費預算與實際消費金額皆較高。

7. 就**地區**而言，以中部地區民眾藝文表演售票**消費預算**（334.48 元）最高，但**實際消費**金額則以北部地區民眾（203.33 元）較高。

四、文化消費與本研究比較

以上「**文化消費**」資料顯示，30-39 歲之民眾藝文消費預算最高及 19-29 歲次高，是藝文表演市場較具開發潛力之兩個年齡層。與本研究所選定最具擴展觀眾人口之潛力的**青年族群**相符，而本研究之**青年族群**年齡層要更大，還包含 39 歲以上至 45 歲者。在研究動機即說明**青年族群**為社會之中堅份子，其社交需求最廣泛，社會活動力亦最強，是最具理解力與消費能力的群體。**青年族群**有助於京劇藝術的深耕，其戲劇藝術欣賞內容仍有變換空間，仍具可塑性。且**青年族群**的觀眾往上延伸可擴及父母輩之中老年群體，往下延展可感染子女輩的青少年、兒童等族群，影響不可謂不深廣。

其他藝文表演消費族群其他特性分析結果與「**文化參與**」之**戲劇**部分的觀賞族群其他特性分析相差無多，但以**地區**而言，**中部**地區民眾藝文表演售票**消費預算**（334.48 元）最高，而**實際消費**金額則以**北部**地區民眾（203.33 元）較高，以此看來，北部觀眾仍是目前最高意願的消費群。

第四節　傳統戲曲團體成功範例之參考與借鏡

在提出建議以前，筆者希望先以其他傳統戲曲成功的案例作為引證：

2005 年 6 月 11 日明華園歌仔戲團在台中市國家音樂廳預定地戶外演出《白蛇傳》，五萬個座位於當天演出前兩個小時坐滿，是臺灣歷來演出觀眾最多的一次，盛況空前。明華園的成功，追根究底是因保留傳統的優勢結合現代科技，且全力為演出、為觀眾的

細心、貼心與謹慎運作劇團之故。明華園無論是在傳統劇場體制下增設編導，突破以往對「說戲師」的唯一依賴；或注入現代社會所關注之議題為編導方向；或安排劇團編導至電影公司受訓，以導入電影分鏡概念，使劇情節奏緊湊、流暢；或除唱腔外連對白也打字幕，替非閩南母語的觀眾解決語言隔閡亦使觀眾完全知悉劇情；或重視舞台聲光效果以吸引年輕族群；或在外國巡演時細心地輔以中英文字幕，且讓中外觀眾選擇靠近使用語言之字幕的座位；或貼心地將節目單文字粗體印刷，因應演出光線較暗仍可閱覽所需訊息……諸多細心、貼心的改革決策與決心，促使明華園擴展至目前有七個子團，並勇敢挑戰由子團接演各地中小型演出，達成「把傳統歌仔戲變成連鎖超商」的普及化、遠大目標。

　　另一案例，霹靂布袋戲團，以布袋戲為出發點，跨足各個娛樂消費領域，包括：1992年創立「大霹靂節目錄製有限公司」，開始製作發行霹靂系列布袋戲錄影帶，全台灣錄影帶店鋪線率達90%。觀眾以社會人士及年輕學生族群為主。1994年成立「霹靂會」，出版會員專屬月刊，目前約有五萬多名會員，許多熱情學生會員各為其擁戴之戲偶明星成立後援會。1995年成立「霹靂衛星電視台」，並以電影手法拍攝『黑河戰記』電視布袋戲，榮獲大陸金龍獎特別獎。1996年，因全國大專院校紛紛自設BBS站，近200多個，於網路上討論布袋戲劇情，故應要求成立霹靂官方網站，使"霹靂"成為台灣網路上發燒的話題。自行開發生產以布袋戲偶為主的周邊商品，開放全省霹靂精品店連鎖加盟。1997年霹靂布袋戲之劇集與人物，成為電腦遊戲業熱門軟體設計素材，第一套電玩遊戲『霹靂幽靈箭』上市。1998年，應邀於國家戲劇院演出《狼城疑雲》，造成一票難求，首創布袋戲登上國家戲劇院之記錄。2000年，與玉皇朝公司合作，繪製『大霹靂』漫畫，向全世界發行。跨足網際網路事業，設立「創世者網路公司」，經營觸角伸向資訊產業。首部布袋戲電影《聖石傳說》上映，結合傳統藝術與數位3D動畫，刷新台灣國片票房記錄。2001年，第一套布袋戲電腦網路遊戲『創世霹靂』連線上市。年度古裝布袋戲『天子傳奇』，全國首映。2002年，於霹靂網成立線上霹靂海報館，正式邁入電子商務的經營，並首創為消費者量身打造的製作方式，造成搶購旋風。2003年，霹靂衛星電視台自製節目『超級霹靂會』。2005年，霹靂多媒體榮獲94年金鐘獎『戲劇類導演獎』。2006年，與台北網耐公司合作推出「霹靂酷鬥卡」並舉辦「酷鬥達人賽」活動。2007年，與全家便利商店合作「霹靂全家Q版公仔」，開啟之後的許多商業產品代言或合作機會（霹靂網站，2008.6.10）。

　　『霹靂』之藝術文化成就及娛樂商業價值，不僅成為台灣本土文化的霸主，更成為台灣最具獨特性的文化及影視娛樂的代名詞。跨出原來金光布袋戲的範疇，邁向電影結合科技的新視野。除編創情節豐富、人物特色鮮明的劇本外；利用電視、電影的分鏡、運鏡及剪接技巧；加上電腦的科技特效，創造出如電影武俠片的流暢節奏與武術聲光效

果；連主題曲亦運用大型交響樂團的編制與盛重；呈現大氣度的創作企圖，製作出精緻且風格、形式皆不落俗套的的流行作品，深受國人喜愛之外，赴日巡迴演出時，日本影迷感動的熱淚盈眶列隊歡迎，在「同人誌」的角色扮演活動中也造成忠誠影迷無國界的讚賞與模仿。

　　以上兩個範例或許有部分人士堅持保留「完整」傳統而不以為然，但面臨失去觀眾的傳統依然不得「完整」，必須先擁有生存的力量，才有能力與資格探討與尋求更適切、更完善的創新與改革。

　　上述兩個由傳統成功走出來接受群眾愛戴的案例，明顯指出傳統戲曲京劇也可以具有相對的魅力；可以存續得更有尊嚴與活力；可以擴大至各個族群與無國界的欣賞，即如二十世紀初梅蘭芳生而逢時的鼎盛時期一般，只要全心努力，沒有不可能。

第五節　建議

　　根據本文研究分析結果，提出以下兩項十點建議。

一、京劇演出製作方面

　　因素分析顯示 18 歲又一天至 25 歲之青年族群（尤其非戲劇相關科系者）對京劇演出的「舞台呈現」較不感興趣，因此以平易近人的通俗劇目激發其參與意願。而以文藝並重的劇目增加 25 歲以上的青年觀眾群，使觀眾有多元化的劇目及內容可自由選擇。

　　而對「京劇編導」興趣較高者之學歷為研究所以上及職業為軍公教者，因其為學歷較高，且可能是軍公教中文化相關機關之中層公職人員或大專院校教授，對「京劇編導」亦有較多想法與意見，因此在編導上的人物塑造、事件安排勢必要多費心思，而非一般非常簡略的平鋪直述式而已，必須使其感受編導之用心與手法巧妙之處，才能說服其繼續關心與參與京劇演出觀賞。

　　在「京劇表演」方面是研究所以上者認同度最高，理由可能是其對傳統表演程式最能理解與體會，而另外收入在 20000 元以下之大專青年（可能為相關科系學生）亦表興趣，因此明顯指出傳統表演程式並非過時，而問題在推廣方法的運用，譬如將表演程式的示範講座，以簡單有趣的內容與介紹模式，設想週到、設計得宜，對現代青年來說，它有可能會像解開魔術之謎一樣，充滿樂趣與驚喜。

　　因素分析顯示25歲又一天至45歲之青年族群及職業為軍公教者，最關心整體的「舞台呈現」，以此推論舞台所呈現之畫面非關「傳統」與否，而在時空氛圍的佈局掌控、布景道具精巧設計、人物的化妝造型，因此，傳統不能滿足其條件者則需「變」，加入「現代」觀念與技術是最佳選擇，除一般舞台技術外，尚可開發其他媒體的可行性，只要是能讓京劇更好、更具吸引力，即可嘗試。例如國光劇團於2007年11月演出之《快雪時晴》，筆者帶實踐大學學生觀賞時，學生對該戲在每一幕之間降下之舞台網狀大幕上結合電腦影像處理的水墨暈染動畫表現，皆對此項設計深表讚賞。如此讓傳統更具有現代風貌，就整個藝術文化體系而言，其實更富意義。

　　分析顯示受訪者中不管男性或女性對「觀賞方式」普遍缺乏興趣，也就是在電視、廣播、網路報章雜誌、甚至劇場、野台的演出皆認為不足，因此必須重新開發這些場域，增加曝光率，提高觀賞風氣，將傳統的京劇以現代精神演繹，加上日新月異的各種宣傳與推廣手法，如網際網路之網站、電子信箱的演出訊息布告、列印購票優惠卷、網購票卷優惠案等，或能再度打造京劇成為現代青年眼中最能提升氣質且「時髦又流行」的活動。

　　提供建議如下：

（一）通俗劇目之外，文藝並重

　　在社會大眾，尤其青年族群仍然對京劇演出較陌生的現今環境，通俗劇目是較容易推動的，而考慮京劇的發展時，編創或改編京劇則必須在文學性與藝術性並重；通俗的目的在吸引初進劇場的觀眾，而文藝並重的目的在傳承、發揚與再造我國民族文化特色與精神特質的京劇藝術。

（二）審慎思考人物與事件的塑造與安排

　　演出是為觀眾而作，各類型的主題皆可融入京劇演出，尤其時下社會大眾較關注之議題，京劇的觀眾群才得以擴展。戲劇是記錄時代、社會風貌的有力見證，但在處理故事題材時，更應審慎思考人物與事件的塑造與安排，才具有對社會現象呈現真理與諫諍的功能，京劇的現代化內容與時代風貌才得以全然顯現，京劇的文化特質與精神才得以豐富。

（三）學習現代劇場的語言，保留傳統表演程式

　　傳統戲曲現代化的戲曲導演、演員、製作人員學習與熟悉現代劇場的語言是必然的，以使京劇的製作與演出得以吸引現代的觀眾。演員必須不斷的學習、精進，拓展人文素養以滋育角色內涵，博引中華文化各家思想精華，呈現豐沛文化的精神特質，對各角色時代、文化背景及其內、外在的影響因素之探討，才能賦予角色寬厚的生命。另外，不放棄京劇的表演程式，因為它不是表演的累贅或阻礙，反倒是戲曲文化特質的累積，要讓現代青年瞭解表演程式之美並不難，而是大家在談及傳統的表演程式時即以「包袱」看待，若能將表演程式的示範講座設計得宜，對現代青年來說，它有可能會像學習簡易的魔術一樣，充滿興趣與樂趣。

（四）「現代」、「傳統」互存共榮

　　面對傳統京劇沒落的可能而創新尋覓生路是時代轉換的必然，但大刀闊斧的改革以脫離傳統也可能帶來險境，從「傳統戲曲」的母體中創新衍生「現代戲曲」或許可行，但非以「現代」取代「傳統」，兩者之間不必對立或取決生死，畢竟「現代」的時空立足點即在豐厚而廣納的「傳統」，兩者互存共榮之中所提供的文化涵養與清晰的觀照，才是民族生命的富足，就整個藝術文化體系而言，其實更完整而豐沛，更具價值與意義。

（五）體現傳統也演繹現代，打造觀賞京劇的環境和風氣

　　京劇的觀眾群沒有年齡界線，欠缺的只是環境和風氣，京劇目前的尷尬是面對電影、電視、電玩等電腦科技所帶來感官刺激之欲求與威脅外，如何在時代精神的探索中尋找適切發揮的主題才是重點，另一方面應思考如何在體現傳統的同時也能演繹現代，或能再度打造京劇成為現代青年眼中最能提升氣質且「時髦又流行」的活動。

二、京劇演出推廣方面

　　因素分析顯示「觀賞方式」、「觀賞意願」、「觀賞性向」與「京劇編導」均呈現因素負荷量為負值，表示無論是男性或女性、不同的年齡、教育程度、個人月收入的不同、職業或不同居住地區均不認同京劇演出觀賞行為之「觀賞方式」、「觀賞意願」、

「觀賞性向」與「京劇編導」等方式，顯示傳統戲曲京劇演出必須要從這幾個方面著手，提供建議如下：

（一）觀賞方式的便利性

增加京劇在電視、電台的轉播或錄製影帶、DVD、錄音帶、CD，以及日新月異的網路媒體等，提供各種可能管道以方便民眾以任何形式參與。網路設置除有相關文獻及京劇表演相關之訊息提供查詢外，增設網頁介紹、Q & A 服務及動態影音播放，吸引日益壯大的網路族群對京劇表演藝術的興趣。報章雜誌提供各京劇團體演出活動宣傳外，增辦京劇專欄、專刊，提供民眾瞭解與分享京劇欣賞、解析與評論等交流空間。

（二）觀賞意願的普及性

在各地文化中心及劇場或戶外場地經常性展演京劇節目，以達到普及性目的，另外，可舉辦京劇表演藝術延伸性活動，如京劇文物、史照巡迴展覽、精彩有趣的京劇示範講座、彩繪臉譜、京劇卡拉 OK、京劇人物同人誌、競速穿脫戲服、簡速記憶要棍等競賽遊戲，以類似「京劇嘉年華」方式打造京劇與流行並駕齊驅的印象，吸引年輕人參加京劇表演藝術延伸性活動，進而對京劇演出及其藝術內容產生興趣，提高參與意願。

（三）觀賞性向的全面性

精選武功對打戲、滑稽逗笑戲、唱腔文戲、神仙戲與歷史人物戲之經典劇碼，吸引初接觸京劇之觀眾興趣，輪番在媒體播放或於各文化中心、民眾活動中心常態性演出。除目前已有之提供輔助字幕解說外，最重要者，可在節目單或另外印行簡要欣賞解析（含故事大綱、人物特色、戲劇類型之特色、特殊技藝等介紹），讓觀眾在每次觀賞時皆可簡單快速的瞭解部分的京劇藝術之意涵與特色，引發其想瞭解更全面性的京劇表演藝術之慾望。

（四）京劇編導的平易性

把握每次京劇演出前、後示範講座之精簡與趣味性，引導觀眾瞭解每齣京劇故事與情節的特殊安排之用意與原因，戲曲中曼妙的文詞意境及其意涵，不同角色的人物塑造方式與京劇唱腔的優美旋律及其韻味之處等等的欣賞解說，讓民眾循序漸進的了解，自

然不會覺得艱深難懂。當然，利用最沒有溝通障礙的肢體表演來主動親近觀眾，由簡易的手勢、動作、耍棍弄劍的教學開始誘發其興趣，會是不錯的方式。讓京劇走出舞台靠近群眾，以精彩簡要、平易近人、活潑生動的方式讓新一代接近、了解京劇的趣味性與奧妙，體會傳統戲曲京劇演出動人的地方，才能達到推廣京劇的目的。

（五）京劇演員的多元化嘗試

京劇表演不是過時的傳統包袱，也不是僵古不化的歷史，而是深含民族精緻文化且具多元化開發價值的表演藝術。京劇演員的肢體、聲音、情緒等表演程式的表達訓練及對舞台空間的敏感度，為期八年以上允文允武的專精磨練，可以勝任與結合任何形式的表演藝術。

先談「**順推式**」發展的可能：京劇演員投入電影、電視、舞蹈等演出獲讚賞而功成名就者繁多，如早期影星秦祥林、張翼、茅瑛及現今國際知名的成龍、洪金寶等，電視演出有鈕方雨、邵佩瑜、郭小莊、沈海蓉、李陸齡、張復建、黃文豪、朱陸豪等，吳興國更跨界舞蹈、電影皆具聲名，其他不勝枚舉。由此可見，京劇演員的表演訓練是多面性的，因此發展空間亦開闊多元，端看如何開發演員發展方向，再建立演員個別表演平台，樹立知名度後與京劇表演藝術再結合，使京劇演出相對具有明星式的吸引力。

另一可行方式為「**回推式**」發展的可能：

1. 結合電腦、影視技巧製播「京劇動畫」或「京劇電玩遊戲」，將京劇的故事情節、角色人物經過新鮮有趣的技法包裝，吸引年輕觀眾焦點，就如電玩中的知名遊戲「三國誌」或改編金庸小說之「射雕英雄傳」等，當大眾已熟悉京劇故事、人物後，再讓其接觸實際的京劇演出，可能將輕而易舉獲得其認同與喜愛。

2. 「同人誌」（動畫人物角色扮演）是年輕群眾風行時髦的同義詞，京劇團體主動舉辦「京劇同人誌」活動，並提供簡易的相關表演教學，使京劇人物裝扮甚至動作表情之意涵蔚為風潮。

當「京劇動畫」、「京劇電玩遊戲」和「京劇同人誌」成功滲入年輕觀眾生活領域時，對相同故事、人物的京劇演出較顯熟悉，容易認同並產生好感與興趣，再誘導其逐漸接近其他京劇示範講座，甚或養成搜尋京劇相關藝術之自發性且主動參與京劇演出之觀賞。

本研究由於經費、人力與時效之種種限制，無法擴大研究調查的範圍，如：未能實際進行調查曾經到劇場觀賞的確實人數及其因素，或是在少見的電視台轉播京劇表演，如目前僅在十月國慶或新年特別節目等特殊典禮中偶而在電視頻道上看到京劇相關表

演，這些曾經收看的觀眾確切數目，或是觀眾收看、收聽京劇節目的確切原因等，這些
都是未來可以研究的題材，對京劇演出及其藝術內容的意見可提供更確切的數據，以利
京劇藝術未來更有效之推展。

參考文獻

一、參考書目

于臻，《舞台英雄裴艷玲的演藝世家》。香港：素葉出版，1994 年。

中國大百科全書出版社編輯部編，《中國大百科全書——社會學》。台北：錦繡，1993 年。

中國戲劇家學會上海分會編，《中國戲曲曲藝詞典》。上海：上海辭書，1981 年。

中國大百科全書戲劇編輯委員會，《中國大百科全書戲劇集》。台北：錦繡，1992 年。

中國戲曲劇種大辭典編輯委員會，《中國戲曲劇種大辭典》。上海：上海辭書，1995
　　年 6 月。

王小明，《國劇臉譜概論》。台北：莒光，民國 1980 年。

王安祈，《戲裡乾坤大：平劇世界》。台北：漢光，1998 年。

王安祈，《當代戲曲（附劇本選）》。台北：三民，2002 年。

王安祈，《為京劇表演體系發聲》。台北：國家出版社，2006 年。

王安祈等編，《玖伍看國光》。台北：國光劇團，2007 年。

王芷章，《中國京劇編年史》（上、下冊）。北京：中國戲劇，2003 年。

王沛綸，《戲曲辭典》。台北：臺灣中華，1975 年。

王國維，《宋元戲曲史》。台北：學人，1971 年。

王國維，《戲曲考原》。台北：藝文印書館，1975。

包柏・佛利區（Froehlich, Bob），《投資大趨勢》。台北：商周，2008 年。

丘慧瑩，《乾隆時期戲曲活動研究》。台北：文津，2000 年。

行政院文化建設委員會編，《世紀風華：表演藝術在台灣》。台北：文建會，2002 年。

行政院文化建設委員會，《文化統計 2004》。台北：文建會，2006 年。

安葵，《賞今鑑古集》。台北：國家出版社，2007 年。

李力亨，《我的看戲隨身書》。台北：天下遠見，2000 年。

余秋雨，《戲劇審美心理學》。四川：人民，1985 年。

余秋雨，《中國戲劇文化史述》。台北：駱駝，民國 76 年。

余秋雨，《藝術創造工程》。台北：允晨，1990 年。

吳明隆，《SPSS 統計應用實務》。台北：松崗，2000 年。

吳明隆，《SPSS 操作與應用，問卷統計分析實務》。台北：五南，2007 年。

李惠綿，《戲曲表演之理論與鑑賞》。台北：國家出版社，2006 年。

李樹青，《蛻變中的中國社會》。台北：里仁，1982 年。

呂訴上，《台灣文化論文集 3——台灣的戲劇》。台北：中華文化，1954 年。

呂訴上，《台灣電影戲劇史》。台北：銀華，1961 年。

呂健忠譯，《做戲瘋，看戲傻》。台北：書林，2000 年。

沈惠如，《從原創到改編─戲曲編劇的多重對話》。台北：國家出版社，2006 年。

林勃仲、劉還月，《變遷中的台閩戲曲與文化》。台北：臺原 1990 年。

林鶴宜，《晚明戲曲劇種及聲腔研究》。台北：學海，1994 年。

林鶴宜，《臺灣戲劇史》。台北：國立空中大學，2003 年。

孟瑤，《中國戲曲史》（第一、二、三冊）。台北：傳記文學，1979 年。

邱坤良，《臺灣劇場與文化變遷：歷史記憶與民眾觀點》。台北：臺原，1997 年。

邱坤良，《臺灣戲劇發展概說》。台北：文建會，1998 年。

邱皓政，《量化研究與統計分析》。台北：五南，2006 年。

姚一葦，《戲劇與文學》。台北：聯經，1989 年。

胡龍騰、黃瑋瑩、潘中道，《研究方法》（譯自 Kumar, R., Research methodology）。
　　台北：學富，2003 年。

胡耀恆譯，《世界戲劇藝術的欣賞》（譯自 Brockett, Oscar G., *The Theatre An Introduction.*）。台北：志文，1974 年。

涂沛、蘇移，《京劇常識手冊》（上、下冊）。北京：中國戲劇，2003 年。

陳亞先，《戲曲編劇淺談》。台北：文津，1999 年。

陳芳，《乾隆時期北京劇壇研究》。台北：學海，2000 年。

連雅堂，《台灣通史》。台北：眾文，1979 年。

張庚、郭漢城，《中國戲劇通史》（上、下冊）。台北：大鴻圖書，1998 年。

許美智等，《臺灣戲劇館專輯》。宜蘭：宜蘭縣立文化中心，1993 年。

曾白融，《京劇劇目辭典》。天津：人民，1989 年。

曾永義，《中國古典戲劇》。台北：文建會，1986 年。

曾永義，《說民藝》。台北：幼獅，1987 年。

曾永義，《臺灣歌仔戲的發展與變遷》。台北：聯經，1988 年。

曾永義，《我國的傳統戲曲》。台北：漢光，1998 年。

曾永義，《戲曲本質與腔調新探》。台北：國家出版社，2007 年。

曾永義，《戲曲與歌劇》。台北：國家出版社，2004 年。

溫秋菊，《台灣平劇發展之研究》。台北：學藝出版社，1994。

趙山林，《戲曲散論》。台北：國家出版社，2006 年。

趙如琳，《戲劇藝術之發展及其原理》。台北：東大，1977 年。

榮泰生，《企業研究方法》。台北：五南，1997 年。

榮泰生，《AMOS 與研究方法》。台北：五南，2007 年。

魯青等，《京劇史照》。北京：北京燕山出版社，1990 年。

蔡欣欣，《臺灣戲曲研究成果述論-1945-2001》。台北：國家出版社，2005 年。

蔡漢賢主編，《社會工作辭典》（第四版）。臺北：內政部社區發展雜誌社，2000 年。

劉禎，《民間戲劇與戲曲史學論》。台北：國家出版社，2005 年。

劉慧芬，《古今戲臺藝術與戲曲表演美學》。台北：文史哲，2001 年。

鍾傳幸，《國劇之旅》。台北：文建會，1990 年。

魏子雲，《中國戲劇史》（全二冊）。台北：復興劇校，1994 年。

魏怡，《戲劇鑑賞入門》。台北：萬卷樓，1994 年。

蘇桂枝，《國家政策下京劇歌仔戲之發展》。台北：文史哲，2003 年。

蘇國榮，《中國劇詩美學風格》。台北：丹青，1987 年。

Brockett, Oscar G., *The Theatre　An Introduction.*

Holt, Rinehart and Winston, Inc. 1974

Comrey, A.L., *A first course in factor analysis.*　New York: Academic Press. 1992.

Gay, L. R.. *Educational research: Competencies for analysis and application.*　Englewood Cliffs, NJ: Prentice Hall. 1996.

Nunnally, J. C.. *Psychometric theory.* New York: McGraw-Hill. 1978.

Stevens, J. *Applied multivariate statistics for the social science* (4th Ed.). Mahwah, NJ: Lawrence Erlbaum. 2002.

二、參考期刊及雜誌

王安祈，〈曲／戲迴旋路──文化變遷中臺灣的京劇發展〉，台北市：表演藝術，卷期：27，1995 年 1 月，頁 5-10。

王安祈，〈競賽戲和我的因緣〉，台北市：表演藝術，卷期：36，1995 年 10 月，頁 44-47。

王安祈，〈戲曲現代化風潮中的一些逆向思考──觀賞王吟秋《春閨夢》〉，台北市：表演藝術，卷期：42，1996 年 4 月，頁 94-95。

王安祈，〈徽班印象〉，台北市：表演藝術，卷期：63，1998 年 3 月，頁 79-82。

王安祈，〈竹林中的探險──觀《羅生門》戲曲演出〉，台北市：表演藝術，卷期：67，1998 年 7 月，頁 73-77。

王安祈，〈從傳統到創新的步跡足印：戲曲改革初期的《響馬傳》和《九江口》〉，台北市：表演藝術，卷期：69，1998 年 9 月，頁 79-83。

王安祈，〈凝眸諦視──台灣京劇史照展〉，台北市：表演藝術，卷期：84，1999 年 12 月，頁 104-105。

王祖授，〈臺灣國劇教育：文化大學戲劇系中國戲劇組〉，台北市：中國戲劇集刊，卷期：4 期，1983 年 6 月，頁 4-11。

王祖授，〈國劇劇情之美──兼談國劇應有新劇情〉，台北：漢光，《中華之美（二）國劇》，1981 年 10 月，頁 132-134。

江逸之，〈把不看戲的人變觀眾〉，台北市：遠見雜誌，2005 年 9 月號，頁 146-150。

李元皓、林幸慧紀錄整理，〈從京劇到現代劇場──曹復永、李小平、李國修的跨劇種創作經驗談〉，台北市：表演藝術，卷期：87，2000 年 3 月，頁 34-37。

吳幼華，〈如何欣賞國劇〉，台北：漢光，《中華之美（二）國劇》，1981 年 10 月，頁 124-125。

胡惠禎，〈戲曲十年路〉，台北市：表演藝術，卷期：52，1997 年 3 月，頁 66-68。

紀慧玲，〈期待跨世紀接班人〉，台北市：表演藝術，卷期：69，1998 年 9 月，頁 84-86。

紀慧玲，〈本土化的迷思與難題〉，台北市：表演藝術，卷期：84，1999 年 12 月，71-73 頁。

貢敏，〈回顧三軍劇隊匯為國光劇團的來時路〉，台北市：表演藝術，卷期：36，1995 年 10 月，頁 42-43。

陳　芳，〈本色天成──王海玲的豫劇情緣節錄（下）〉，台北市：國光藝訊，卷期：43，2004 年 2 月 25 日。

陳素英紀錄，〈傳統戲曲的現代回歸──洪惟助與羅懷臻對話〉，台北市：表演藝術，卷期：61，1998 年 1 月，頁 89-91。

陳鶴津，〈臺灣國劇教育：陸光戲劇實驗學校〉，台北市：中國戲劇集刊，卷期：4 期，1983 年 6 月，頁 17-18。

曾永義，〈先秦至唐代「戲劇」與「戲曲小戲」劇目考述〉，台北市：臺大文史哲學報，卷期：59，2003 年 11 月，頁 215-266。

楊向時等，《中華之美（二）國劇》。台北：漢光。民國 70 年 10 月。

楊雲玉，〈太極導引──身體概念〉，台北市：臺灣戲專學刊，卷期：10 期，2005 年 1 月，頁 115-127。

蔡依雲，〈從《媽祖》與《羅生門》看臺灣新編京劇的實踐〉，台北市：表演藝術，卷期：64，1998 年 4 月，18-21 頁。

劉南芳，〈談京劇的現代化與本土化〉，台北市：表演藝術，卷期：45，1996 年 8 月，頁 86-87。

劉嗣，〈國劇與我〉，台北市：中國戲劇集刊，卷期：4 期，1983 年 6 月，頁 145-147。

聶光炎，〈舞台設計的新思考、新經驗〉，台北市：表演藝術，卷期：42，1996 年 4 月，頁 90-91。

聶光炎，〈當傳統戲曲走入現代劇場〉，台北市：表演藝術，卷期：81，1999 年 9 月，頁 96-98。

譚詠屏，〈臺灣國劇教育：國立復興劇藝實驗學校〉，台北市：中國戲劇集刊，卷期：4 期，1983 年 6 月，頁 13-14。

游庭婷，〈「新編京劇」的回顧與省思〉，台北市：表演藝術，卷期：87，2000 年 3 月，頁 28-33。

游源鏗，〈保命、救命與革命——評淮劇《金龍與蜉蝣》〉，台北市：表演藝術，卷期：53，1997 年 4 月，頁 60-62。

黃麗如，〈老戲新詮的英雄悲歌——國光劇團《大將春秋》〉，台北市：表演藝術，卷期：77，1999 年 5 月，頁 31-33。

靳其佩，〈臺灣國劇教育：空軍大鵬戲劇實驗學校〉，台北市：中國戲劇集刊，卷期：4 期，1983 年 6 月，頁 15-16。

詹佩婷，〈臺灣國劇教育：海光戲劇實驗學校〉，台北市：中國戲劇集刊，卷期：4 期，1983 年 6 月，頁 19-20。

三、參考論文、調查報告

王安祈，〈「戲曲小劇場」有別於「戲劇小劇場」的獨特性——從創作與觀賞經驗談起〉。2007 年戲曲國際研討會「戲曲在當代因應之道」論文資料。台北：國立臺灣戲曲學院，2007 年。

王評章，〈文學性、戲劇性與戲曲性、劇種性的融合〉。2007 年戲曲國際研討會「戲曲在當代因應之道」論文資料。。台北：國立臺灣戲曲學院，2007 年。

李湘琳，〈從民族戲曲學論臺灣傳統戲曲的實驗——以《八月雪》為例〉。「戲話粉墨」：2005 戲曲藝術國際研討會論文集。台北：國立臺灣戲曲專科學校，2005 年。

施德玉，〈形變質不變──戲曲音樂在當代因應之道〉。2007 年戲曲國際研討會「戲曲在當代因應之道」論文資料。台北：國立臺灣戲曲學院，2007 年。

陳世雄，〈論戲曲的程式化身體語言〉。「戲話粉墨」：2005 戲曲藝術國際研討會論文集。台北：國立臺灣戲曲專科學校，2005 年。

黃永碤，〈在現代劇場中戲曲舞台設計的思考〉。2007 年戲曲國際研討會「戲曲在當代因應之道」論文資料。台北：國立臺灣戲曲學院，2007 年。

彭萬榮，〈歷史、理論與對策：劇場形制的思考〉。2007 年戲曲國際研討會「戲曲在當代因應之道」論文資料。台北：國立臺灣戲曲學院，2007 年。

張菁芬、王文瑛等，〈九十一年國內青年參與志願服務現況調查〉。台北：青輔會，2003 年。

劉先昌，〈論軍中劇隊在台灣京劇史上的影響──以陸光國劇對為析論範圍〉。中國文化大學藝術研究所碩士論文，1998 年。

劉穎灝等，〈教育部提升技職校院學生通識教育及語文應用能力改善計畫──藝術群職涯分析第一年成果報告〉。台北：國立臺灣戲曲學院，2007。

蔡欣欣，〈穿梭內外、遊走大小、跨足影視──綜覽新世紀臺灣傳統戲曲的劇藝景觀〉。2007 年戲曲國際研討會「戲曲在當代因應之道」論文資料。台北：國立臺灣戲曲學院，2007 年。

鍾幸玲，〈傳統京劇另闢蹊徑──邁向國際當代平台〉。「戲話粉墨」：2005 戲曲藝術國際研討會論文集。台北：國立臺灣戲曲專科學校，2005 年。

鍾幸玲，〈傳統戲曲在當代，形變？質變？〉。2007 年戲曲國際研討會「戲曲在當代因應之道」論文資料。台北：國立臺灣戲曲學院，2007 年。

四、網路、電子報

陳柏年，〈京劇藝術在台灣〉。臺灣大紀元時報（電子報），第 108 期，文化廣場（2003）
http://www.epochtaiwan.net/content_detail.asp?art_id=3241

臺灣戲專網站（2005）
http://www.ntjcpa.edu.tw/chot/chot01.htm

國光劇團網站（2005）
http://www.kk.gov.tw/web/web/about.asp

當代傳奇劇團（2005）

http://www.cl-theatre.com.tw/:npagel.asp

新台北劇團（2005）

http://www.novelhall.org.tw/tradition/shanghai-liyuan.asp

中國戲劇史（2005）

http://coms.ntu.edu.tw/~theatre/material/hcd2.htm

中華文化網站（2005）

http://www.pep.com.cn/zgxl/index.htm

臺灣民俗文化研究室　靜宜大學中文系（2005）

c:\Documents and Settings\Administrator\桌面\臺灣京劇.htm

網路劇院（2007）多媒體知識庫/表演藝術大事紀/傳統戲曲/

http://www.cyberstage.com.tw/knowledge/events/events.asp?DClass=3&action=&StarYear=&EndYear=&list=ups

網路劇院（2007）藝人藝事/演藝人物誌/傳統戲曲/郭小莊

http://www.cyberstage.com.tw/artist/people/word.asp?id=1008&class=傳統戲曲&Dtype=年表

全國法規資料庫（2007）

http://law.moj.gov.tw/fl1.asp

法務部全球資訊網──法治教育版（2007）

http://law.moj.gov.tw/ct.asp?xItem=27186&CtNode=13802&mp=202

心裁國樂譜交流網站 http://mayasun.idv.tw/topic.asp?TOPIC_ID=1154(2007)

維基大典

http://zh.wikipedia.org/wiki/（2007）

http://zh.wikipedia.org/wiki/說文解字(2007)

http://zh.wikipedia.org/wiki/%E7%A4%BC%E8%AE%B0(2007)

于善祿，〈重讀金士傑《荷珠新配》〉，PChome 新聞台 Blog，2008.1.28（2008）

霹靂網站 http://home.pili.com.tw/about/（2008）

附錄一

台灣青年族群對傳統戲曲京劇演出觀賞問卷

　　本問卷之目的在瞭解台灣青年族群對傳統戲曲京劇演出觀賞行為，期望提供主辦或承辦傳統戲曲京劇演出觀賞之主管單位之參考依據。

　　採不記名方式，純作學術研究之用，絕不對外公開，請安心填寫。

　　敬祝大安

講師　楊雲玉　敬上

聯絡電話：02-29367231 轉 2600(O)

一、台灣青年族群對傳統戲曲京劇演出觀賞問卷

	極同意 5	同意 4	無意見 3	不同意 2	極不同意 1
一、請依平常發生情況，按實際情況填答。 二、以近一年之情況為考量，請勿考慮例外之情況。 三、學術研究之用，請安心填寫！ 四、請在□打∨即可。					
1. 閒暇時，會觀賞京劇表演節目之電視轉播或影帶……	□	□	□	□	□
2. 閒暇時，會收聽京劇節目之廣播或錄音帶、CD……	□	□	□	□	□
3. 閒暇時，會閱讀京劇表演相關報章雜誌……	□	□	□	□	□
4. 閒暇時，會上網搜尋有關京劇表演之相關訊息……	□	□	□	□	□
5. 閒暇時，會前往劇場（或野外舞台）觀賞京劇表演……	□	□	□	□	□
6. 我認為觀賞京劇可增加對我國傳統戲劇藝術的了解……	□	□	□	□	□
7. 我認為觀賞京劇可增加與友人分享與討論傳統表演藝術的心得與看法的機會……	□	□	□	□	□
8. 我認為觀賞京劇可增加我向外國友人介紹我國傳統戲劇藝術的機會……	□	□	□	□	□
9. 我認為觀賞京劇可學習京劇劇場禮儀……	□	□	□	□	□
10.我觀賞京劇是為了因應學校人文藝術科目的指定觀摩……	□	□	□	□	□
11.我願意自己花錢購買票卷觀賞京劇表演……	□	□	□	□	□
12.我希望常常在文化中心舉辦京劇表演節目……	□	□	□	□	□
13.我希望在每次京劇演出後舉辦精簡的京劇示範講座……	□	□	□	□	□
14.我認為在電視上應安排京劇的相關節目……	□	□	□	□	□
15.我認為在網路上有關京劇的資訊不多……	□	□	□	□	□
16.我喜歡看京劇的武功對打戲（如：白水灘、挑滑車）……	□	□	□	□	□
17.我喜歡看京劇的滑稽逗笑戲（如：荷珠配、小放牛）……	□	□	□	□	□
18.我喜歡看京劇的唱腔文戲（如：四郎探母、貴妃醉酒）……	□	□	□	□	□
19.我喜歡看京劇的神仙戲（如：孫悟空鬧天宮）……	□	□	□	□	□
20.我喜歡看京劇的歷史人物戲（如：空城計、捉放曹）……	□	□	□	□	□
21.我喜歡或有興趣了解京劇的故事情節安排……	□	□	□	□	□
22.我喜歡或有興趣了解京劇的文詞意境……	□	□	□	□	□
23.我喜歡或有興趣了解京劇的角色人物塑造……	□	□	□	□	□
24.我喜歡或有興趣了解京劇的劇情高潮與衝突點設計……	□	□	□	□	□
25.我喜歡或有興趣了解京劇的唱腔的旋律韻味……	□	□	□	□	□

26.我喜歡或有興趣了解表演者的聲音與肢體表達方式……	☐	☐	☐	☐	☐
27.我喜歡或有興趣了解表演者的表情姿態與動作意涵……	☐	☐	☐	☐	☐
28.我喜歡或有興趣了解表演者的對打武術（騰空翻滾與舞耍刀棍之技術）……	☐	☐	☐	☐	☐
29.我喜歡或有興趣了解表演者的情緒變化與角色特性……	☐	☐	☐	☐	☐
30.我喜歡或有興趣了解表演者的訓練方法……	☐	☐	☐	☐	☐
31.我喜歡或有興趣了解京劇舞台所展現的時空與氛圍……	☐	☐	☐	☐	☐
32.我喜歡或有興趣了解京劇舞台所展現的佈景道具設計與運用……	☐	☐	☐	☐	☐
33.我喜歡或有興趣了解女性角色（旦）化妝與服裝……	☐	☐	☐	☐	☐
34.我喜歡或有興趣了解男性角色（生）化妝與服裝……	☐	☐	☐	☐	☐
35.我喜歡或有興趣了解粗獷男性（淨）化妝之線條與顏色的意涵……	☐	☐	☐	☐	☐

二、基本資料

36. 性別：☐男性　☐女性
37. 年齡（實歲）：☐18 歲（含）~25 歲　☐25 歲又 1 天~35 歲
　　　　　　　　☐35 歲又 1 天~45 歲
38. 教育程度：☐高中職（含）以下　☐專科　☐大學　☐研究所（含）以上
39. 個人月收入（含打工或每月零用金）：
　　☐20,000 元（含）以下　☐20,001 元~30,000 元
　　☐30,001 元~40,000 元　☐40,001 元~50,000 元
　　☐50,001 元以上
40. 職業：
　　☐公教人員（含軍人、公職、教師與學生等）
　　☐專業人員（律師、醫師、會計師等）
　　☐商業人員（經商、投資理財、設計等）
　　☐勞力工作者（農、工、漁、林等）
　　☐其他（包含待業等）
41. 居住地區：☐北部（台北、桃、竹、苗）　☐中部（台中、彰、雲、嘉）
　　　　　　　☐南部（台南、高、屏）　　　☐東部（宜蘭、花、東）

問卷到此結束，謝謝您！

附錄二　作者簡介

楊雲玉

＊＊＊學歷＊＊＊

＊1971-1979　　國立復興戲劇學校京劇科畢業

＊1979-1983　　中國文化大學　戲劇系中國戲劇組　學士

＊1993-1995　　美國奧克拉荷馬市大學　表演藝術碩士
　　　　　　　　【Master of Performing Arts of OKLAHOMA CITY UNIVERSITY】

＊＊＊工作經歷＊＊＊

＊1983-1984　　花蓮宜昌國小　教師兼京劇社指導老師

＊1984　　　　　文建會七十三年【文藝季】執行製作及演員

＊1985-1986　　雲門舞集　製作行政
　　　　　　　　《夢土》、【春季公演 1985】、【秋季公演 1985】南北巡迴

＊1986-1987　　宇聲企劃傳播公司　製作人及節目企劃
　　　　　　　　【國劇兒童歡樂週】與國立藝術館、IBM 共同主辦，針對兒童設計
　　　　　　　　之京劇介紹與示範演出，分八項單元，於藝術館舉行八週。任製作
　　　　　　　　人及活動企劃與執行。
　　　　　　　　《戲曲與文化》公共電視之文化報導節目。任執行製作及節目企劃。

＊1987　　　　　國內首創音樂歌舞劇《棋王》（張艾嘉、齊秦演出）之歌、舞者。

＊1988-1990   益華文教基金會　經理　兼魔奇兒童劇團經理

《魔奇愛玉冰》　任製作人及行政經理，台灣巡演逾 80 場。

《彼得與狼》任行政經理、執行製作及演員，國家戲劇院　戲劇廳 6 場。

《巫婆不在家》任製作人及行政經理，台灣巡演 13 場。

《大顯神通》任行政經理、執行製作及演員，台灣巡演逾 30 場。

《三國歷險記》任行政經理、執行製作、編劇，台灣巡演 12 場。

《魔奇愛玉冰 II》任行政經理，國家戲劇院　戲劇廳 6 場。

《哪吒鬧海》任執行製作、行政經理及演員，歐洲巡演 7 場，台灣巡演 15 場。

＊1990-1992   益華文教基金會之魔奇兒童劇團　團長

《淨土八〇》任製作人及編導，台灣巡演 18 場。

《回到魔奇屋》任行政經理、執行製作，

國家戲劇院　戲劇廳 6 場。

＊1992-1992   大成報藝文記者（戲劇藝術版）

＊1993-1995   （美國留學）

＊1995   紙風車劇坊　行政總監

《一隻魚的微笑》劇坊所屬之「風動舞團」新舞作，任製作人及行政經理。

《跳跳咚咚咚》劇坊所屬之「紙風車兒童劇團」新劇作，任製作人及行政經理。

【調戲一夏】台北市戲劇季，文建會、中國時報主辦，任行政經理、執行製作。於大安森林公園逾 20 團戶外接力演出，並首創專業劇團帶領企業團體配隊訓練演出，六團自訓練至演出完成歷時兩個月。

＊1995-1999   國立國光藝術戲劇學校　劇場藝術科專任教師兼實習輔導處組長

任教表演訓練、表演實務、舞台語言與聲腔訓練、肢體與節奏、表演心理學、中國戲曲史、肢體創作等課程。

＊1997-1998   世新大學　口語傳播系兼任講師

＊1999-2006   國立臺灣戲曲專科學校　劇場藝術科專任教師

授課科目：國劇把子功、基本功、表演概論、表演藝術概論、劇場
　　　　　藝術概論、肢體創作、表演等科目。

另於專科部授課：劇場概論、西洋戲劇史、肢體創作、表演、畢業
　　　　　　　　製作（編、導、演組）、表演基礎研究、中國劇
　　　　　　　　場史、戲劇編創、創造性戲劇、戲劇表演（西方）
　　　　　　　　等課程。

＊2002　　　　參加哈佛大學教育研究所舉辦之「哈佛零計畫 2002 研習會」，論
　　　　　　　述〈多元智能在傳統戲劇教學運用研究〉出國報告。

＊2005　　　　獲選教育部 2005 資深優良教師。

＊2005　　　　受文建會聘任「臺灣大百科編纂計畫──戲劇類」審查委員。

＊2006-2007　國立臺灣戲曲專科學校　劇場藝術學系　兼任講師
　　　　　　　授課科目：技術專題、表演、西洋戲劇史、劇本導讀、劇場藝術
　　　　　　　　　　　　概論

＊2006-2008　實踐大學　博雅學部　兼任講師
　　　　　　　授課科目：國文選修──戲曲

＊2007-至今　國立臺灣戲曲學院　劇場藝術學系　專任講師
　　　　　　　兼任通識教育中心　主任
　　　　　　　授課科目：技術專題、表演、世界藝術專題、藝術行銷、排演 I、
　　　　　　　　　　　　表演技巧 I

＊＊＊編導作品＊＊＊

＊1980　　　　京劇劇本《寒宮恨》編劇。

＊1981　　　　舞台劇《家父言菊朋》電影劇本之改編及導演，中國文化大學戲劇
　　　　　　　系演出。

＊1986　　　　電視節目「嘎嘎嗚啦啦」兒童電視節目編劇，中華電視台播出。

＊1990　　　　舞台劇《三國歷險記》編劇，魔奇兒童劇團演出。

＊1991　　　　舞台劇《淨土八〇》編劇及導演，魔奇兒童劇團演出。

＊1994　　　　舞台劇《Behind The Act》（英語劇本）編劇及導演，美國奧克拉荷馬市大學演說與戲劇系演出。

＊1996　　　　舞台劇《少年情事》編劇及導演，國立國光藝術戲劇學校劇場藝術科演出。

＊1997　　　　舞台劇《快樂王子》（王爾德原著）改編（王友輝劇作）及導演，國立國光藝術戲劇學校劇場藝術科演出。

＊1999　　　　舞台劇《艾麗絲夢遊仙境》導演，國立國光藝術戲劇學校劇場藝術科演出。

＊1999　　　　歌舞劇《紙飛機的天空》編劇及戲劇指導，仁仁藝術劇團演出。

＊2003　　　　舞台劇《時空殘響》編劇及導演，國立臺灣戲曲專科學校劇場藝術科高中畢業公演。

＊2005　　　　舞台劇《孤蝶》編劇、導演、表演、演出之總指導老師，國立臺灣戲曲專科學校劇場藝術科專科部畢業製作獨立呈現。

＊2007　　　　舞台劇《緣・點》編劇、導演、表演、演出之總指導老師，國立臺灣戲曲學院劇場藝術科專科部畢業製作獨立呈現。

＊2008　　　　舞台劇《槍聲・BANG！》導演，國立臺灣戲曲學院劇場藝術學系高職部畢業製作獨立呈現。

＊＊＊著作＊＊＊

＊ 《角色人物的創造──如何表演》，國立台灣藝術教育館出版，1998 初版。
針對青少年及對表演有興趣者介紹如何進入表演領域，進而融入生活、寬廣心靈，讓周遭充滿想像力與創造力的表演入門書籍。

＊ 《從生活的體驗到生命的體現──創造人生舞台的表演藝術》，國立臺灣戲曲專科學校之戲專學刊（第八期 p187-p212），2004。
強調「認真生活，熱愛生命」的重要，鼓勵以生活的另一面—戲劇表演作為體驗與體現人生的橋樑，把握出現在生命中的美好事物，享受生命。

＊ 《太極導引—身體概念》，國立臺灣戲曲專科學校之戲專學刊（第十期 p115-p127），2005。

談太極導引對各種表演藝術工作者之訓練妙效，並對照整體劇場創始人安東尼‧亞
陶所研究之猶太教談「氣」與表演關係之論述，試說明表演者之身體概念與表演訓
練之關連性與重要性。

* 《臺灣青年族群對傳統戲曲京劇演出觀賞行為研究》，秀威資訊科技股份有限公司
出版，2005。
針對臺灣 18 至 45 歲之青年族群對京劇演出之觀賞行為與觀賞模式之調查與研究，
企圖以研究分析之數據提供國內相關文化機構及表演團體研究推廣運用參考。

* 《表演藝術的體驗與體現──首輯》，秀威資訊科技股份有限公司出版，2006。
作者近年來作品選集，包括戲劇與生活相關題旨的舞台劇呈現，希望提供喜愛戲劇
者對戲劇與人生結合與運用的參考。

* 《從表演藝術推廣到社區資源共享與運用之初探：以國立台灣戲曲學院為例》，國
立臺灣戲曲學院劇場藝術學系舉辦【劇場藝術研討會】之論文，2008 年 6 月。

以國立臺灣戲曲學院為例，嘗試以該校專長特色─表演藝術推廣達到社區和諧及資
源共享之裡理念。以文化規劃的概念綜覽社區文化資源，繼而探討戲曲學院因應目
前境況的積極思維與作法。並試以文化創意產業的模式介入社區文化經營的可行
性，探索藉由創造總體社區價值並與所屬社區共存共融榮的可能。

* 《青年族群對傳統戲曲「京劇」的觀賞行為》，秀威資訊科技股份有限公司出版，
2008。
為前著作《臺灣青年族群對傳統戲曲京劇演出觀賞行為研究》之增修版，針對臺灣
青年族群對京劇演出之觀賞行為與觀賞模式之調查研究，企圖以分析數據提供國內
相關文化機構及表演團體研究推廣運用參考。

* 《表演藝術的體驗與體現──第二輯》，秀威資訊科技股份有限公司出版，2008。
作者近兩年來作品選集，包括戲劇與生活相關題旨的舞台劇劇本、走位圖之呈現，
希望提供喜愛戲劇者對戲劇與人生結合與運用的參考。

國家圖書館出版品預行編目

青年族群對傳統戲曲『京劇』的觀賞行為 /
  楊雲玉作. -- 一版. -- 臺北市：秀威資訊科
技, 2008.08
    面；　公分. --（美學藝術；AH0020）
BOD 版
參考書目：面
ISBN 978-986-221-059-8（平裝）

1. 京劇

854.6　　　　　　　　　　　　　　97014981

美學藝術類　　AH0020

青年族群對傳統戲曲「京劇」的觀賞行為

作　　者 / 楊雲玉
發 行 人 / 宋政坤
執行編輯 / 賴敬暉
圖文排版 / 鄭維心
封面設計 / 蔣緒慧
數位轉譯 / 徐真玉　　沈裕閔
圖書銷售 / 林怡君
法律顧問 / 毛國樑　律師
出版印製 / 秀威資訊科技股份有限公司
　　　　　　台北市內湖區瑞光路 583 巷 25 號 1 樓
　　　　　　電話：02-2657-9211　　　　　傳真：02-2657-9106
　　　　　　E-mail：service@showwe.com.tw
經 銷 商 / 紅螞蟻圖書有限公司
　　　　　　台北市內湖區舊宗路二段 121 巷 28、32 號 4 樓
　　　　　　電話：02-2795-3656　　　　　傳真：02-2795-4100
　　　　　　http://www.e-redant.com

2008 年 8 月 BOD 一版
定價：280 元

讀 者 回 函 卡

感謝您購買本書，為提升服務品質，煩請填寫以下問卷，收到您的寶貴意見後，我們會仔細收藏記錄並回贈紀念品，謝謝！

1. 您購買的書名：_____

2. 您從何得知本書的消息？

　　□網路書店　□部落格　□資料庫搜尋　□書訊　□電子報　□書店

　　□平面媒體　□ 朋友推薦　□網站推薦 □其他_____

3. 您對本書的評價：(請填代號　1.非常滿意 2.滿意 3.尚可 4.再改進)

　　封面設計____　版面編排____　內容____　文/譯筆____　價格____

4. 讀完書後您覺得：

　　□很有收穫　□有收穫　□收穫不多　□沒收穫

5. 您會推薦本書給朋友嗎？

　　□會　□不會，為什麼？_____

6. 其他寶貴的意見：_____

　　_____

　　_____

　　_____

讀者基本資料

姓名：_____ 年齡：_____ 性別：□女 □男

聯絡電話：_____ E-mail：_____

地址：_____

學歷：□高中(含)以下　□高中　□專科學校　□大學

　　　□研究所(含)以上 □其他_____

職業：□製造業 □金融業 □資訊業 □軍警 □傳播業 □自由業

　　　□服務業 □公務員 □教職　□學生 □其他_____

（請沿線對摺寄回,謝謝!）

秀威與 BOD

BOD（Books On Demand）是數位出版的大趨勢，秀威資訊率先運用 POD 數位印刷設備來生產書籍，並提供作者全程數位出版服務，致使書籍產銷零庫存，知識傳承不絕版，目前已開闢以下書系：

一、BOD 學術著作—專業論述的閱讀延伸
二、BOD 個人著作—分享生命的心路歷程
三、BOD 旅遊著作—個人深度旅遊文學創作
四、BOD 大陸學者—大陸專業學者學術出版
五、POD 獨家經銷—數位產製的代發行書籍

BOD 秀威網路書店：www.showwe.com.tw

政府出版品網路書店：www.govbooks.com.tw

永不絕版的故事・自己寫・永不休止的音符・自己唱